燕园散纪

李道新 著

宁波出版社

图书在版编目（CIP）数据

燕园散纪/李道新著.--宁波：宁波出版社，2022.11
　ISBN 978-7-5526-4488-3

Ⅰ.①燕… Ⅱ.①李… Ⅲ.①随笔-作品集-中国-当代Ⅳ.①I267.1

中国版本图书馆CIP数据核字（2021）第256296号

燕园散纪
YANYUAN SANJI

李道新　著

责任编辑	朱璐艳
责任校对	谢路漫
封面设计	马　力
出版发行	宁波出版社
	（宁波市甬江大道1号宁波书城8号楼6楼　邮编　315040）
网　　址	http://www.nbcbs.com
印　　刷	宁波白云印刷有限公司
开　　本	889mm×1194mm　1/32
印　　张	10.625
字　　数	240千
版　　次	2022年11月第1版
印　　次	2022年11月第1次印刷
标准书号	ISBN 978-7-5526-4488-3
定　　价	78.00元

如发现缺页或倒装，影响阅读，请与出版社联系调换　电话：0574-87248279

目录

/ 上·电影味 /

003　李安的孤独与恐惧

007　电影美好,先生回来

014　徐峥的转型与《囧妈》的"囧"

022　《南方车站的聚会》中的象征与像真

025　《我和我的祖国》里的乡愁与怀旧

029　《烈火英雄》与泪水深埋的英雄叙事

035　《邪不压正》与升降之间的生之魅惑

043　第三排,逼视的妙处

050　"犹太导演"阿方哥

- 062　希区柯克：看到了吧，他总爱偷窥
- 066　《文艺研究》与一墙之隔的缘分
- 074　电影的发生史与一本著作的发生
- 078　从电影建筑到电影绘画
- 083　《日本电影100年》：得其意而忘其形
- 087　"微电影共同体"的想象与创建
- 092　宁敬武的书卷气与文人电影新景观
- 099　纪录山形
- 104　莫斯科的电影时光
- 111　华盛顿的华语电影节
- 115　电影创造新中国
- 123　电影为什么是美国的？

/ 中·燕园思 /

129　我与孔子学院

134　东大三课

145　东京一日

148　三四郎池

151　上　野

155　镰　仓

158　涅瓦河畔的城市

162　雷尼尔:雪山惊魂

168　十日台湾

176　淡水宿命

179　古早味道

181　中元节

183　二手书店

185　好奇而行　兼谈为什么要在北大学艺术

188　一　中

192　师父赵俊贤

194　考　试

198　我的诗生活

202　北大旁听者刘俊

204　印度"青椒"茅笃亮

207　自立，而且悲悯

212　从来路到去处

216　做有用的人

218　寻求一种姿态

220　艺术的学术与学术的艺术

227　在艺术，因北大

230　艺术的大门

233　艺术的光芒

235　以艺术的名义

237　保留生命中的爱与纯真

240　以己之力,成人之美

243　生命温柔,文字敦厚

246　语文者的思想境界

250　读研,就是我们需要的人生

256　我们现在怎样做教师

/ 下·生活流 /

265　爱情的茶味

267　江　中

270　梅

272　来到身边的书

275　城中传奇

280　我　城

282　"宝马"历险记

284　北京,老着给谁看

287　唤醒时令

289　长　调

292　失去了韦朋

295　伤　逝

299　走失课堂

302　老父亲

305　放　飞

307　田园将芜

309　无地域空间的身体伟力

311　谛听摇滚

314 想法或幻梦

317 香格里拉,无须理由

320 西北望

322 生日,或写给自己

326 后记

上・电影味

李安的孤独与恐惧

现在想来,露天电影确实伴随几代中国人克服了物质与精神的双重匮乏,并向惯习的封闭静止的个体,展开了一个陌生的开放活动的世界。不得不承认,与其说是露天放映的影片让我们走出了难耐的孤独和恐惧,不如说是露天电影本身,真正改变了我们的命运。

在互联网与媒介融合的数字时代,露天电影以及与此关联的一切,已成一种怀旧感强烈的现代仪式;值得注意的是,在某种程度上,"拍电影"和"看电影"也是如此。跟电影诞生之初一样,两者同样饱含行为之外的诉求和影片之外的深意。仅就"看电影"而论,在特定时间、特定空间和特定媒介中"看"的"电影",其实并不是观众所要选择的那一部特定的"影片";相反,"看电影"的机遇、场所、机制和氛围等,才是"看电影"所要指向的内在目的。在相关的电影理论、电影哲学,甚至媒介考古学视域里,这一命题得到了较为深入的分析和探讨。

确实,当詹姆斯·卡梅隆的《泰坦尼克号》和《阿凡达》,以及李安的《少年派的奇幻漂流》和《比利·林恩的中场战事》等,携带其革命性的技术创造和震惊式的视听极致来到中国的时候,我们仿佛又回到了曾经的"看电影"的年代。何时去看?在哪里看?看的时候会发生什么?等等,都跟对露天电影的疑惑和期待基本一致。

不仅如此,放映设备、观影场所和受众反应所造成的"短缺"机制,同样会对这种观影模式产生重要的影响。因此,就像当年为数不多的观众在内地仅有的两家IMAX+3D影厅里体验《阿凡达》、两家3D+4K+120帧影厅里体验《比利·林恩的中场战事》一样,当同样为数不多的观众,在依然只有26家3D+4K+120帧CINITY高规格影厅再次遭遇李安的《双子杀手》的时候,值得铭记的必然是"看电影"作为仪式的功能。亦即:多年以后,我们有关《双子杀手》的个人记忆,与其说是影片的技术跨越、主人公的克隆分身及其纠缠的父子关系,不如说是身处某一天某一城的某一家电影院。

从各种迹象看,对电影的"短缺"机制,李安有着非常明确的认知。尽管用不了很长时间,跟《阿凡达》和《比利·林恩的中场战事》一样,《双子杀手》便会以"李安电影"的标签,散布在全球各个角落各种条件的电影院、各种规格的电影厅,以及各种分辨率的电视、电脑和移动终端,并以此止住一部分口碑的失落和票房的亏损。

然而,以这些方式存在的《双子杀手》,并不是《双子杀手》本来的样子。离开了3D+4K+120帧CINITY高规格影厅的《双子杀手》,跟离开了这些影厅的观众一样,剩下的只有这117分钟,属于李安也属于观众的凝视和聆听。李安和他的观众,也就成了一对相约已久的,不可暂停、无法慢放和拒绝快进的生命共同体。

所以,只有在能够收容《比利·林恩的中场战事》和《双子杀手》的电影院里,才能在影片开始之前目睹导演的银幕现身,并听到李安面向他的观众说话。作为一位有幸感受到这一切的观众,笔者也正是在那个电影即将开始的瞬间,才突然意识到一种来自导演李安自身的心绪,那是一种深刻的孤独和恐惧。

时至今日,银幕上的一切跟影院里的观众之间,仍然存在着无法跨越的障碍,这也成为一个多世纪以来无数电影人前赴后继试图解决的技术难题。通过《比利·林恩的中场战事》,特别是通过《双子杀手》,李安总是希望借助最高规格的制作技术和呈现方式,让电影里的细节和内容能够"越过银幕来到观众的身边"。但在《双子杀手》第一次国内公映后,面对舆论的差评和观众的不解,李安开始疑惑地向观众提问:"现在只有我一个人这么拍,是我有问题,还是世界有问题?"

在拍摄《比利·林恩的中场战事》时,李安第一次尝试了一种改变电影生产与消费方式的最新技术,但没有使用一个如影片本身一样清晰的概念成功地为这个即将到来的电影时代命名。如今,因《双子杀手》而倍感孤独的李安,仍然没有找到这个电影时代的命名方式。

或许,这个电影时代真的无法命名;也或许,李安所坚持的,只是"电影"本身。毕竟,等待了好多天,带着小马扎,跟随着人流奔赴露天电影的时代,已经一去不返;这也就意味着,"电影"被称为"电影"的时代,即将消失或者已经瓦解。未来已来,电影还在吗?

这就是李安的恐惧,也是电影失名前夜,李安跟观众共享的一场祭礼。

此文原题《这是李安的孤独与恐惧　也是电影失名的前夜》,载《北京青年报》2019年10月25日

电影美好,先生回来

2020年4月14日13时20分,台湾电影史学家黄仁先生在台北仁爱医院逝世,享年97岁。最早获得这个消息,是在我所在的"中韩国际电影论坛"微信群里,中国传媒大学教授史博公发了一文《敬悼黄仁先生》。紧接着,北京师范大学张燕教授、华中师范大学彭涛教授与四川大学曹峻冰教授等都表达了哀悼。尽管知道这个消息迟早都会到来,但我还是意识到,这一代人全都走了,留下的世界就是空白,没有办法填补的。

我即刻抛下杂务,想要写一点有关黄仁先生的纪念文字。无奈俗务缠身,几次起头几次搁笔。只得匆匆打开早已被自己荒废的微博和博客,找到了一些几近遗忘的记忆,在彼时彼地跟黄仁先生再一次重逢。

那是2015年7月2日,我在北京收到黄仁先生从台北寄来的图文集《黄仁电影之旅》。翻开书里的"大陆影人之旅",竟收录了我跟黄仁先生在台北的两张合影照片,当时感到特别受宠若惊,便在微博上发了信息,写着以下几句:"90岁的黄仁先生,光荣的电影之旅。先生长寿,电影美好,台湾安康。"

先生走了。以往的世界是先生与我们共同的,现在的世界则需要我们独自面对。

前行仍然艰困,告别总是不易。22日下午,我收到了台湾电影资料馆前任馆长、原台南艺术大学音像艺术学院院长井迎瑞教授发来的一封信并附《黄仁先生讣告》。在信中,井迎瑞教授正式通告这一不幸的消息,并专门写道:"黄老生前常跟我提及您不仅学问做得好,而且为人谦虚经常跟他请益交流,所以我想是否可以跟您邀稿,我将会在这个网上贴文,日后并结集出版纸本专辑,字数不限,文章不必仅局限在哀悼,而是可以流传更久远的感怀,回忆,评价,相处的一些值得记忆的事情,并请能附几张照片,更具纪念价值了。我想以黄仁老师对电影史研究的贡献,值得得到我们全体华人共同的肯定,成为我们共同的典范。……如果可以的话是否请您把此消息跟大陆的电影学界通报,如果有黄老师旧识好友而我们并不清楚的,是否也帮我们邀稿,不情之请请务必见谅,因为作业十分仓促,有不周之处在所难免,也都请多包涵。"

井迎瑞教授同样是我敬重的师长。无论是参观他曾经主持的台南艺术大学"电影书院"和"黄仁书屋",还是在厦门大学翔安校区再度遇见教授设计并打点的"电影博物馆"和"黄仁书屋",仍然能够感受到教授对黄仁先生的精心呵护,以及对电影史料及其媒介考古的由衷热爱。不得不说,我们是"不可救药"的同道者。这几天来,我也是一边开着会，一边思考着如何完成井迎瑞教授的重托；一边看着各种论文，一边回忆并整理跟黄仁先生在一起的种种往事。昨天夜里，半梦半醒之间，便回到了2012年春之尽头的台南。

那是我第一次去到台湾。在井迎瑞教授的精心安排下，我跟黄仁先生一行，在天黑之前就到了安平港。巨幅银幕早早地守候在广场，台南艺术大学国乐团已在认真地演奏各种闽南民谣。当《思想起》的乐音渐响，灰蓝的天空竟飞过一群倦归的大雁。演奏完毕，天色渐暗。银幕上，开始放映一部1972年上映的闽南语影片《回来安平港》。银幕上的安平港，银幕下的同一个所在，迷离的光影、凄美的故事和伤感的歌声，将跋涉了半个多世纪的文化空间整合在一起。电影的历史，从来没有这样真切，再也不会如此感性。

醒来的时候，竟然泪目。我终于意识到，一直都在我们身边的黄仁先生，就是那一天的那一群大雁，终于回到了他的闽南。

在讣告中，井迎瑞教授高度评价黄仁先生："黄仁先生的贡献与影响是包括整个大华语区的，他是闽南语片研究的拓荒者，他的著作对于当今的闽南语片研究影响甚大，对闽南语片的研究至今为人称道，他曾仗义执言，为受到白色恐怖冤案而牺牲的闽南语片导演，曾经是台湾电影制片厂第一任厂长的白克先生著书平反，为出身台中但日殖时代到大陆发展而无法回台的台湾导演何非光先生著书请命，因此黄仁老师的人缘佳，交游广阔，他推动两岸电影学术交流不遗余力，近年来海内外的研究者、学生因为缺乏台湾电影史料，为了著作与研究来拜访他的人很多，他为了鼓励大家也从不拒绝，所以他的后生晚学遍及海内外，获得大家广泛的敬重与爱戴。"

确实，我就是较早得到黄仁先生错爱并不断获得鼓励和帮助的大陆学者之一。在我的心目中,黄仁先生不仅是闽南语片研究的拓荒者,是华语电影界最杰出的史学家之一,而且跟李行先生一样,是海峡两岸电影文化交流的一面旗帜。另外,黄仁先生以其温柔敦厚的长者之风,始终如一地传承与赓续电影文化的命脉,为作为后来者的我们留下了坚韧执着而又醇厚绵长的背影。

我跟黄仁先生的缘分,起自1998年11月在重庆召开的第七届中国金鸡百花电影节主办的"重庆与中国抗战电影"学术研讨会。那一年我32岁,博士毕业两年并刚刚调到首都师范大学任教,仍然没有摆脱身心漂泊的悁惶状态。但也正是在这次研讨会上的发言《重庆电影与中国电影的历史叙述》,引起了李行、黄仁两位先生的重视,并开始让我跟台湾电影建立越来越深厚的联系。会后,我收到了李行先生寄到北京的数种台湾经典电影录像带,包括我梦寐以求的《街头巷尾》《秋决》和《龙门客栈》。我想,影片目录应该是李行先生征询黄仁先生意见而选定的吧;而这种寄片行为,无疑寄托着李行、黄仁这一代台湾电影人,对大陆电影及学术新人的殷切期待。也正是在这些影片的鼓励下,我开始了《中国电影文化史(1905—2004)》的写作,并将对台湾电影的关注和讨论,始终贯穿在我的电影史研究观念和整体框架之中。

第二年10月下旬,在第四届上海国际电影节上,我便随着李行先生带领的台湾电影代表团,一一参访了上海电影制片厂、杭州西溪湿地、灵隐寺以及金庸在西湖边的云松书舍等。一路上,我始终跟黄仁先生坐在一起,听他讲电影史上的各种趣闻逸事,并讨论我的《中国电影史(1937—1945)》一书中出现的问题。我想,黄仁先生应该是认为自己终于找到了真正的聆听者和交流对象了。无奈此时我的精力，竟然扛不过年过花甲的黄仁先生，我听着听着竟会在车上睡着。但黄仁先生是能够理解的，待我醒来后继续探讨"罗学濂"跟"罗静予"的区别，偶尔会告诉我，坐在我们后面的秦汉，当年为什么没有娶林凤娇。

此后每年，特别是在春节前后，我都会收到黄仁先生从台北市仁爱路寄给我的信件或明信片。而随着电子邮件、QQ和微信的不断普及，我越来越远地离开了书信沟通，也不再反馈黄仁先生的问候。但黄仁先生不以为忤，一如既往地问候着，有一年，竟专门托人从台湾带给我几包冻顶乌龙茶。2012年7月24日，北京遭遇暴雨，城内积水盈尺，险境丛生，就在傍晚时分，我接到了黄仁先生从台北家里打来的电话。

2013年8月，受廖金凤教授之邀，我到台湾艺术大学访问交流。一个多月时间里，我有幸去到黄仁先生家，并跟黄仁先生和梁良老师一起逛遍了台湾电影资料馆和襄阳路书店街，还在仁爱路三段的福华大饭店里吃到了黄仁先生喜爱的"台菜"。回京后，我写了一篇名为《先生黄仁》的短文：

> 这是第二回在台北见到黄仁先生，今年的黄仁先生已经90岁了，眼睛不太好使，但听力绝对没有问题；说起话来很快，思路非常清晰。
>
> 在我面前，黄仁先生不是一位杰出的电影史学家，而是一个活成了精灵的可爱老人。
>
> 去年5月初，我从台南艺术大学开完会来到台北，住在台北车站附近襄阳路8号、二二八和平公园旁边的台北乐客商

旅。很快,黄仁先生跟梁良老师一起过来了,说是要带我去台湾电影资料馆。从资料馆出来以后,黄仁先生又跟着我们一起在"光点台北"小资了一番,然后回到重庆南路书店一条街猛淘闽南语电影。那是一场台北都市的暴走体验,走着走着(我)会突然想起来,黄仁先生年纪不小了,应该很累吧,可能会掉队。但转过头来,就发现先生背着大大的斜挂包,神定气闲地跟在后边。

黄仁先生当然不是等闲之辈。如果再活 40 多年,我就不敢担保还会喜欢电影,更不一定会写跟电影有关的文字。但黄仁先生仍在策划一个李安的图文展览,还要出版一本影人传记文集。据说这本影人传记文集会把他写我的一文列入其中并置放在首篇。这让我非常惊恐,真的害怕本书面世后带来的恶果。

现在想来,从 1998 年在重庆第一次见到黄仁先生,到现在也已 15 年了。黄仁先生看着我进入电影史学领域并见证了我在学术道路上的每一步。这位获得过台湾电影金马奖"特殊贡献奖"(2008)的电影史学家,该是以一种什么样的心情期待着他的后来者呢?!

话说回来。我最担心的那本影人传记文集,后来果然按照黄仁先生的意图出版了。在这本《中外电影永远的巨星(二)》里,我真的排在了陶秦、胡心灵、罗学濂以至陈立夫的前面。如果不是为了纪念黄仁先生,我是不会提及这种"不堪"的。黄仁先生有自己的原则,为了坚持这种原则宁愿牺牲历史的合理性,我相信这也是他的

"软肋"吧!当然,如果没有这种"软肋",黄仁先生也就没有这么可爱了。

今生有幸,得遇良师;逝者已矣,来者可追。从福建连城,到台北仁爱路,黄仁先生跋涉了将近一个世纪。现在,请让我的心跨越海峡,最后一次回顾那个台北街头的身影,聆听那种闽南味道的乡音。

2020 年 4 月 15 日,北京

徐峥的转型与《囧妈》的"囧"

　　从2010年到2020年，经过十年的尝试和运作，"囧系列"影片虽然没有改变当然也无须放弃其类型架构的规定性及其娱乐观众的初衷，但也开始突破银幕时间的限制和故事空间的设定，试图在更加深广的历史经验与景观塑造中展现喜剧电影的多重视域。与此同时，在《囧妈》里，徐峥也开始直面主要人物的内心痛苦及其情感世界的精神创伤，试图在开掘性格侧面及其矛盾冲突的过程中遵循档期影片的消费逻辑；尤其通过《囧妈》的莫斯科情结及其执着的"歌唱"动机，体现出徐峥作为一个影片监制、编导和主演，正在不断地走向开放式对话与疗愈性和解的更大格局。

　　值得注意的是，正是通过《囧妈》这部不无伤感和悲情的影片，徐峥打破了春节档期家庭伦理题材喜剧电影的类型成规，并以"深度"的执迷和"作者"的预期挑战了此前三部"囧系列"影片的结构模式和叙事惯例，也在一定程度上冒犯了大量受众的观影快感和审美预期；尤其选择在特定时段的网络平台上播出，也使其本身成为一部因备受争议而处境尴尬的"囧"电影。

一、"囧妈"作为主角：从《伊万的童年》和《红莓花儿开》说起

除了中文片名，《囧妈》还有俄文和英文两个片名。虽然"囧"字将这部影片跟此前三部"囧系列"影片联系在一起，但《囧妈》的中文片名没有显示出公路片的类型特征及其地域特质。同样，尽管俄文和英文两个片名，特别是英文片名 Lost in Russia 仍在沿袭此前"囧系列"英文片名所标识的类型和地域品牌策略，但《囧妈》的中文片名表明影片本身的重点已由泰国、香港等特定地域的故事空间转向了"囧妈"这位主角，并暗示了此前三部影片中并没有明确张扬的家庭伦理。

作为影片的主角，"囧妈"的出场方式是"未见其人，先闻其声"。影片开始不久，徐峥饰演的另一主角徐伊万去到北京站开往莫斯科的K3次绿皮列车上，想要找回被妈妈带走的出国护照。还在卧铺外的走道上，就听见妈妈和着伴奏练唱《红莓花儿开》的歌声。这也是全片第一次交代"囧妈"的行为动机及其莫斯科情结，跟影片结尾前不惜减缓节奏，花了将近20分钟大肆渲染"囧妈"及其合唱团成员在莫斯科红星大剧院演唱的段落前后呼应，可谓用心良苦。

围绕主角"囧妈"，影片的构思布局也是自出机杼。在"囧系列"的此前三部影片中，故事情节基本上都是跟随着徐峥饰演的角色而展开，并且完全由这个角色掌控故事的走向和情节的冲突；与此相

应，王宝强、黄渤、包贝尔以及赵薇等饰演的角色，尽管也有独特的个性和主体的诉求，但都被这个角色所左右，无法形成相对完整的人物前史，不可避免地全部沦为主角的陪衬，往往支离破碎甚至无法自圆其说，也就很难获得观众的理解和认同。

但在《囧妈》里，基于剧作设计的导向性和母子关系的特殊性，在其互动的紧张节律与对话的密集语流之间，"囧妈"获得了更多的主导性和话语权，并在情节发展的几个关键节点，拥有了专为讲述"囧妈"故事和铺陈"囧妈"情感而中断主线叙事的段落。在这样的人物关系中，徐峥饰演的徐伊万开始为主角"囧妈"引出话头，并在需要冷静的情节和反思的情感氛围中，选择静静聆听或默默注视。其实，影片一开始，徐伊万的名字本身就已经被"囧妈"的苏联电影记忆和莫斯科情节所决定，角色的姓名所产生的效应，被最大限度地用在了全片最为重要的情节和情感之中。

也正因为如此，当母子俩因各种观念上的冲突无法解决，徐伊万无奈地追着跟他斗气的妈妈下了列车。从"囧妈"在苏多格达森林雪地给伊万讲述1984年的故事开始，影片的叙事便脱离了列车的写实性空间，在回忆时光、人熊追逐、婚礼狂欢以及冰上对话、热气球飞行等充满梦幻虚构性质的空间里继续延展。显然，这是一个对徐伊万更显被动和陌生，却跟列车一样更能引发"囧妈"的回忆和情感，并由"囧妈"引领和主导的物质与精神共在的空间。这一独特空间的出现，跟"囧妈"讲述的她"永远都记得"的那个爱情曾经降临的地方，亦即徐伊万父亲单独为她一个人放映一部电影的"新疆的夜晚"产生了声画上的同构：妈妈怀旧式的画外音与当年模糊的爱情画面相互叠印，对徐伊万的心理转变产生了根本的影响；而当讲述继续,徐伊万在妈妈的回忆中,终于知道了自己的名字跟彼时彼地那一部名叫《伊万的童年》的苏联影片联系在一起。两代人的和解水到渠成。

正是在离开列车后的幻构和怀旧空间里,通过《伊万的童年》这部苏联电影,徐伊万母子俩终于找到了各自的情感寄托和"身份"归属;而在经过热气球飞行和辛苦斡旋才得以实现的梦幻般的舞台表演中,"囧妈"带头唱起的《红莓花儿开》,也因红星剧院俄罗斯乐队的默默合作以及现场观众的陆续回归而获得了跨越国别的共鸣,并向已经逝去的青春、爱情,以及中、苏(俄)两国民众共享理想和信念的历史年代,象征性地举行了一个伤感的告别式。

终于,"囧系列"影片离开了徐峥饰演的主角中心和不无猎奇色彩的地域景观,不再沉湎于喋喋不休的自恋般的情感慰藉和神经质的闹剧式的娱乐效果;以"囧妈"作为主角,通过回到历史语境与重现文化记忆的方式,《囧妈》获得了意想不到的"深度",徐峥也开始走向"作者"的行列。

二、"囧妈"的歌唱:《囧妈》的"深度"诉求与"作者"预期

影片中,为了参加那场最后的梦幻般的演出,"囧妈"准备了几十年,并付出了几乎全部的身心。在演出的感召下,徐伊万和"囧妈"都悟出了"爱是接纳和尊重,不是控制和索取"以及"每个人都可以成为最好的自己"等人生道理,也分别跟自己的前妻和儿子达成了相互的谅解和共识。俄罗斯之旅不是迷失(lost),而是完成了夙愿并找到了自己。这样的情节安排和主题表达,大概承续了前三部

"囧系列"影片的模式，无疑也符合类型电影的规定及其娱乐观众的目的。

即便如此，因为对影片《伊万的童年》和歌曲《红莓花儿开》的关键性引用，《囧妈》在文本策略上跟二十世纪五六十年代苏联的经典文本形成了颇有意味的互文关系，这便使其获得了比其他电影作品特别是此前的"囧系列"影片更加复杂的内涵，以及展开多重读解的必要性。也就是说，不同于一般的类型电影及其浅近的娱乐功能，《囧妈》显然倾向于一种更加特别的"深度"追求；这也在一定程度上表明，经过多年来的戏剧和电影实践，特别是通过监制和主演现实主义题材影片《我不是药神》，徐峥也在逐渐反思自己的电影观念，并试图在类型电影中完成自己的个性表达和"作者"预期。毕竟，跟因强烈的成功焦虑和婚姻危机而"迷失"在泰国和香港的"70后""80后"中产阶级白领相比，怀揣着青春、爱情见证与理想、信念梦想却又最终破灭的50年代出生的中国"囧妈"们，之所以"迷失"在俄罗斯，应该有着完全不同的人生遭际与心路历程。

尽管没有充分的证据显示，当年新疆伊宁生产建设兵团的电影放映员，是否有拷贝或被允许公开放映塔可夫斯基导演的这一部并不一定符合当时中国意识形态氛围的反战影片，但《囧妈》对《伊万的童年》的选择，足见主创者对苏联电影大师的崇敬之情。对一般观众而言，这种致敬的方式未尝不是一种值得肯定的美好情怀；但遗憾的是，"囧妈"在俄罗斯冰湖上跟徐伊万讲述的这个故事，却仅限于一种针对已经逝去的美好时光的浅表怀想。确实，除了徐伊万和《伊万的童年》中所显示的人名本身，《囧妈》并未在两个不同国别、不同时代和不同环境的同名人物之间建立更有启示性的内在联系，无力介入或者无意触碰"囧妈"所代表的这一代中国人的"苏联情结"背后所凝聚的"历史厚度"。

相较而言,《红莓花儿开》这首苏联歌曲及其背后的历史文化积淀,更能在"囧妈"这位曾经的莫斯科大使馆护士心中引发深厚的共鸣;歌曲在对青春、爱情的美好向往中传达出别离的落寞和宿命的伤感,也比较适合借此抒发"囧妈"青春时代的爱恋和婚姻生活的遭遇,甚至可以暗喻几十年以来中、苏(俄)两国民众之间无法用言语表达出来的复杂感情。正是通过"囧妈"们的演唱,影片将一代中国人的过往经历与两个国家共享的历史记忆呈现在观众面前,脱离了作为类型的一般家庭伦理题材喜剧电影的窠臼,并使影片获得了一定的深广度。

然而,遗憾的是,由于各种原因,似乎从一开始,徐峥就没有把"囧妈"一代人的命运主动地跟国家和民族的命运联系在一起,也没有将应有的社会和时代背景纳入这一代人的爱情、婚姻和生活轨迹,更没有从中、苏(俄)两国民众的内心体验出发,认真观照主角"迷失在俄罗斯"的独特情境。当然,对于一部定位于春节档期的公路喜剧片而言,这样的要求未免过于高蹈。但从根本上来说,包括在车中偶遇并展开故事情节的娜塔莎在内,影片始终没有将镜头真正对准俄罗斯和俄罗斯人,而只是跟面对《人再囧途之泰囧》里的泰国与《港囧》里的香港一样,蜻蜓点水一般用镜头扫过,走马观花一般从风景里猎奇。

这便是类型电影实践中经常出现的"深度"执迷和"作者"预期及其引发的后果。这种现象的出现,往往会导致影片在受众接受过程中产生巨大的困惑:正是由于对"深度"的诉求,类型影片无法以消费文化的"同质性"征服最大多数的观众并使其成为流行；也是由于对"作者"的预期，这类影片在强调创作者的主体诉求的过程中，同样无法在同质性的消费文化里始终保持反思和批判的个性特质。

当然，跟更多缺乏整体追求和明确目标的类型电影实践者比起来，徐峥已经在《囧妈》里或者通过《囧妈》的尝试，体现出不断走向开放式对话与疗愈性和解的更大格局。只是，当这种更大的格局跟特定的语境联系在一起，又会使徐峥的尝试面临一种尴尬的境地。

三、徐峥的格局：《囧妈》作为一部"囧"电影

早在 2012 年，第一次以电影导演身份拍摄《人再囧途之泰囧》的时候，徐峥面对采访者表示，自己是抱着要给观众拍一部"好看的电影"的心态去做了这个事情。为了达到让观众觉得"好看"的效果，徐峥延续了《人在囧途》的类型设定及其基本的人物关系，但也不惜代价地在影片里加入了大幅的动作、闹剧的色彩和夸张的表演，在弱化前作的正面价值观的同时，将各种自作聪明的风光猎奇和无聊的小噱头整合在一起。然而，即便如此，《人再囧途之泰囧》还是获得了消费逻辑的青睐，徐峥也成为第一个票房超过十亿的内地导演。

或许是受到了票房的鼓舞，在随后拍摄的《港囧》里，徐峥更是将人物对婚外情的想象和性生活的暗示，以及人工取精、SM 店面打斗、王晶拍戏事故、大段街头追逐、美术馆遭遇与观景台历险等理解为"好看"的因素，为了获得简单的观众笑点和纯粹的视觉快感，反反复复地将故事情节停顿下来，玩味一些并不高明甚至不无低俗的

"梗"。这不仅导致影片缺乏表情达意的合理性，而且从整体上丧失了讲故事的诚意。

显然，对徐峥来说，关键不是抱着要给观众拍一部"好看的电影"的心态去拍电影，而是如何理解自己所能做到的与观众所需要的"好看"，到底在电影里意味着什么。其实，作为演员，徐峥已经拥有十分优秀的台词功底和表演能力，这在《囧妈》里也体现得非常充分，并能保证影片维持在一个基本的艺术水准；但作为监制、编剧和导演，徐峥需要解决的问题确实更多，也更加不易。不得不说，在《囧妈》里，或者通过《囧妈》，徐峥正在寻求"囧系列"影片及其创作观念的转型。但在这次值得期待的转型过程中，徐峥并没有在"深度"上做出更多的开拓，也没有在成为"作者"的道路上走得太远，甚至没有拍出一部为更大多数观众认同的"好看的电影"。因此，《囧妈》成为一部"不上不下"的尴尬之作，其"囧"态跟影片里的"囧妈"和徐峥自己饰演的徐伊万并无二致。

这是一种内心体验的分裂感与面对失落的无奈状态，却又没有在角色塑造中予以明确的强调。就像"囧妈"终于完成了梦想中的演出并回到了自己的家里之后，并没有流露出一般类型电影的观众所期待的那种皆大欢喜式的满足与快乐，而是在镜头的注视下神态黯然地自言自语："电影里的伊万是个小男孩，我的伊万已经是个大人了。"

"囧妈"想要告诉观众的，仅仅是"接纳"和"尊重"吗？

此文原载《当代电影》2020年第3期

《南方车站的聚会》中的象征与像真

一部电影,如果想要以现实关注和美学创新来抵抗随处可见的平庸,并在制片人和编导者之间达成颇为难得的共识,那么,无论采取某类样式或形成何种风格,都会令人期待并收获惊奇。而当制片人与影片编导刁亦男再一次合作《南方车站的聚会》,这样的期待和惊奇便会在前作《白日焰火》的基础上,转化成一种愈益广泛的接纳和更加普遍的赞誉。

"夜戏"和"群演"是《南方车站的聚会》的显著标志,也是影片得以在"黑色电影"的历史脉络中展现个性魅力与"作者"签名的重要举措。正是在"夜戏"和"群演"中,或者说通过"夜戏"和"群演",灯光设计的迷离影像与场面调度的复杂人性,相互交织而又彼此映衬,在银幕上呈现出当下中国电影的艺术格调、工业水准及其思想深度和独特风景,并能与影院里的观众产生更为持久的共鸣。

确实,"夜戏"和"群演"所铺陈的环境,以及光之迷影与人之本性所强化和依托的电影空间,正是影片大力创构并以中英文片名所指向的"南方"及其"车站"和"野鹅塘"。如此"风格化"的诉求与坚定而又明晰的空间生产,既符合"黑色电影"的类型成规,又彰显影片的"作者性"及其特殊意旨;甚至如编导自己所愿,成了影片主人公之外的真正的"主角"。从《白日焰火》甚至《夜车》开始,刁亦男就在努力创造这种既有"真实感"又颇具"异托邦"特征的电影空间,借以寄存其孤独的人生体验与内心深处的恐惧和不安。

因此,"象征"的空间状态与"像真"的日常细节,使影片糅合了隐喻性与生活流的美学质地,在刻意的视听风格与丰富的影音元素中,创造出不可多得的叙事节奏与情感张力。这也就意味着:尽管胡歌饰演的通缉犯周泽农、桂纶镁饰演的陪泳女刘爱爱、万茜饰演的杨淑俊以及廖凡饰演的刑警队长,大约可以被当成这部影片的主人公;但也非常明显,编导并未以主要精力刻画这几位主人公的社会关系、心路历程及其精神世界,更没有按照主流意识形态的要求,将警察与罪犯的形象进行道德式评价与刻板化处理;而是把摄影机对准了更多的人群及其生活的环境。他们大多无名无姓,显影于茫茫人海;他们的世界也太过喧嚣杂乱,在镜头里稍纵即逝;但恰恰是这些充满"毛边儿感"的日常生活和生存方式,还有大量细节中因过于逼真而流露出来的喜剧感和荒诞感,增强了影片主旨的不确定性和无目的性,也在努力建构主题的过程中,不断消解影片本身的意义。

值得注意的是,正是因为逼真的"毛边感",陪泳女始终徘徊在善与恶的边缘;通缉犯也在良心的驱使下,以死亡的救赎得到观众的谅解和同情。与此相应,刘队及其率领的众多刑警,总在这场逃亡与追逐的博弈中被动应付,并没有被塑造成超出一般执法者的英雄模范。

这也就是说,"夜戏"的打造及其灯光设计的迷离光影,为《南方车站的聚会》预设了类型所需的一个非常精彩的表现空间;而"群演"的加入及其场面调度的复杂人性,则在创新的层面上遵循并拓展了类型电影的运作规范和文化逻辑。按美国学者查·阿尔特曼的经典论述,类型电影本来兼具文化与反文化的双重特性,其表现出来的快感和需求,并非主流意识形态的成分却又反映主流意识形态的信条,这使其在表现被禁止的感情和欲望的同时,也能得到主流文化的批准。

显然,通过类型化的隐喻性空间测量迷离光影的内在价值,并在作者式的生活化肌理中探寻复杂世界的样貌与人性复归的诗意,使《南方车站的聚会》成为一部内涵丰厚的作者式类型电影。而刁亦男的出现,无疑也标志着中国电影类型式作者的崛起。

此文原题《漂亮的夜戏与群演》,载《北京青年报》2019 年 12 月 13 日

《我和我的祖国》里的乡愁与怀旧

首次观看《我和我的祖国》的时候,笔者跟在场的大多数观众一样,深深地感动并感奋于其中的每一个单元,并对这种以普通个体映照国家记忆,在宏大历史中散发出生命光辉的集锦式献礼片给予较高的评价。

但即便如此,我还是对作为全片总导演以及《白昼流星》单元导演的陈凯歌,存有一些惋惜与疑惑。毕竟,跟其他几个单元相比,《白昼流星》讲述的故事未免太"跳",想要表达的东西似乎太多。点开网上的评论发现,有很多观众对此表示无法理解。如此"美中不足",到底是为什么呢?带着"解惑"的目的,我又到电影院看了第二遍。

正是在银幕上出现的画面和声音中,在航天员从外太空返回祖国大地,在少年们纵马飞奔的茫茫戈壁,以及"李叔"告诉少年们这些航天英雄也都是"回乡的人"的那一瞬间,我终于明白,《白昼流星》是在借2016年神舟十一号飞船返回舱成功着陆这一共和国的重大事件,表达导演陈凯歌、主演田壮壮与总制片黄建新及其这一代人之于土地、国家民众、历史之间的内在关联。通过特定的时空机制与文化策略,这一代曾经以自己的童稚和青春颠沛流离于祖国的都市和乡野,并因改革开放的宏伟时代而成就于世界影坛的中国电影人,在抒发个人化乡愁的同时,完成了一次充满仪式感和疗愈性的国家式怀旧。吾家吾国,吾土吾民,我和我的祖国,就在"李叔"和航天英雄对少年们的引领,亦即在"家"和"国"对"我"("子"和"民")的晓谕和规训中得到高度的体认。

正像陈凯歌总在跟媒体表述的、那个属于他人生中"最难忘"的瞬间。那是在1964年10月16日下午的北京,12岁的陈凯歌走出西城区的师范一附小,突然间,从四面八方涌出的狂欢人群让他停下了回家的脚步。他跟跟跄跄地随着人群一路往南,拐上长安街,走向天安门。在摩肩接踵的人群中,他看到了蓝天白云在眼前流过,然后就是漫天飞舞的《人民日报》号外:《我国第一颗原子弹爆炸成功》。

在张一白导演的《相遇》单元,电影重现了这一代人"最难忘"的历史时刻。但此时的陈凯歌,已经化身为一个献身于国防科技事业,付出了自己的青春和爱情的普通的科研工作者。值得注意的是,在《相遇》单元里,除了实验室和医院,主要的故事空间,就只剩一辆公交车、一方红旗漫卷的广场与一个冷清寂寞的家。在家里,女主人公面对电视新闻中已经远逝的爱人照片,禁不住感伤垂泪。在张一白、薛晓璐以至文牧野这些新一代的电影人眼中,共和国的历史有多少终生不渝的爱情,就有多少执着坚韧的牺牲。《相遇》如此,《回归》如此,《护航》亦然。

也就是这些发生在20世纪60年代北京公交车上的爱情故事，以及1997年7月1日前后飘荡在港岛的罗大佑歌声，甚至最近一些年里通过电视和网络看到的国家庆典及其阅兵方阵，才能唤起海内外每一个中国人的个人记忆和绵绵乡愁，将一种更加普遍的、全民的公共事件及其历史景观，幻化为无法重现的生命体验或个体成长的心路历程，并以此在国家式的怀旧话语洪流中，获得一种前所未有的呼应与最大限度的共鸣。

正因如此，在管虎导演的《前夜》单元里，除了运用各种手段努力复现新中国成立之初的古都街巷、广场氛围和社会各界的精神面貌，在集中讲述开国大典天安门广场旗杆设计安装者林治远等人克服重重困难，保障新中国第一面五星红旗顺利升起的故事情节，还颇有意味地设计了一些只有一两句台词的"小"人物，试图通过他们联结更多个人、集体与国家、民族的记忆；而当林治远终于打败自己的"恐高症"，在高高的旗杆上望向东方的天空，地平线的尽头便是晨曦初露的北京，也是百废待兴的新中国。此时此刻，国家式的怀旧与个人化的乡愁交织在一起，便能在观众心目中触发强烈的归属感和身份认同的情绪。

在这方面，徐峥导演的《夺冠》和宁浩导演的《北京你好》两个单元，则有更加精彩的创意和更接地气的表达。应该说，从国家层面来看，无论女排夺冠，还是北京奥运，都是跟全国范围内全民的历史记忆联系在一起的，但这两个单元的最大亮点，恰恰是将这种"全域"叙事和普遍情感，展现为一种仅属于上海弄堂里的小乒乓球手冬冬和北京街道上的出租车司机张北京的经历。在某种程度上，女排夺冠的决胜时刻与奥运开幕的璀璨之夜，与两位主人公之间保持着一种若即若离甚至失之交臂的关系；但也正是通过这种特殊关系，两个单元得以花费更多的精力，将镜头伸向更加丰富的城市景观与更加鲜活的人物言行，将新中国的两大历史节点，在银幕上予以更加复杂多样的声画呈现。

为此，当30多年过去以后，身为国乒教练的冬冬，在电视直播现场再见当日来不及告别即要出国的小美的时候，当年的上海弄堂以及聚在弄堂电视机前欢呼女排夺冠的邻居们，便成为两人心中共同享有的美好记忆；同样，跟出租车司机和大量普通群众站在鸟巢外的张北京，看着奥运会开幕式的直播画面，也在忘情的欢呼声中跟自己的前妻、儿子以及来自地震灾区的孩子和世界各国的观众一起沉浸于这一历史性的时刻。

在这里，现实与历史、全球与地域以及自我与他者、个人与国家，都在特定的时间和地点，体验着由纪实与虚构以及实在与虚拟交织而成的、作为一种文化想象的乡愁与意识形态的怀旧。也正是在这一层面上，《我和我的祖国》不仅在陈凯歌、黄建新与徐峥、宁浩之间架起了沟通的桥梁，也在几代影人及普通观众之间，找到了难得的共情与难忘的共鸣。

此文原题《个人化乡愁与国家式怀旧》，载《北京青年报》2019年10月11日

《烈火英雄》与泪水深埋的英雄叙事

尽管在情感表达策略与整体节奏把握等方面,还存在着一些不尽人意的瑕疵,但《烈火英雄》仍然是一部血肉丰满、震撼人心的电影。通过泪水深埋的英雄叙事,影片成功地将油爆火灾中的消防官兵、故事情节里的主要人物与坐在影院内的大量观众联结到一起,在银幕内外达成了一种渴望的理解与难得的共鸣。

正如原著作者鲍尔吉·原野在创作谈中所言,采访写作大连"7·16"大火纪实文学的时候,当事人不止一次放声大哭,作者自己的泪水也泅湿了那些文字;改编成影片之后,跟故事情节和人物命运感同身受的电影观众,同样会情不自禁而又一遍一遍地流泪。值得注意的是,在回应"刻意煽情"这一批评时,导演陈国辉表示,自己跟编剧强调的是不要过于煽动观众的情绪,但观众会哭是因为影片的情感很真实。确实,如果有真情,心中总存敬畏和悲悯,世上最深的水便是泪水。通过泪水深埋的英雄叙事,《烈火英雄》弥合了主旋律电影与主流电影之间经常存在的裂隙,缩短了英雄与常人之间人为设定的距离,也增强了个人、家庭与社会之间对话的情感凝聚力。正因为如此,《烈火英雄》不仅树立了国产灾难电影的新标杆,而且为主流电影寻找到一条表情达意的新路径。

一、弥合主旋律电影与主流电影之间经常存在的裂隙

最近几年来,随着电影产业的不断调整,以及中国电影新力量的崛起,特别是随着《战狼2》《红海行动》《我不是药神》和《流浪地球》等影片的出现,主旋律电影与主流电影之间曾经存在的裂隙,有望得到进一步的弥合。国产电影里的主流电影,也将逐渐取代曾经的主旋律电影,在中国电影甚至世界电影的版图中,占有不可或缺的重要地位。事实上,在题材选择、叙事方式、时空拓展以及审美风格等方面,主旋律电影曾经面临的困难和出现的问题,在这种既有热切的家国诉求和人文关怀,又试图面向全球视野和普世价值并获得观众支持和票房佳绩的主流电影中,正在被一点一点地克服和超越。毫无疑问,这些既具广泛的社会效益,又有可观的经济效益的主流电影,既调整了主旋律电影的话语表达方式和观众接受机制,又强化了商业电影的主流价值观和精神文化共识,更在政界、业界与学界、媒体和受众之间形成不可多得的交流平台,甚至在海峡两岸与中外电影之间,搭建了一座极为重要的沟通桥梁。

《烈火英雄》便是如此。影片虽然改编自纪实文学,但没有停留在一般的消防题材的宣传教育功能与救火英雄的歌颂缅怀使命上,

而是从大量纪录素材和其他相关事迹中寻找重构故事的新方式,并在火灾灾难片的类型框架里,重新设定影片的背景场景、声音画面与情节要素,试图在纪实与虚构相互交织、故事与情感彼此激荡的前提下,精心营造影片的时空结构、人物关系和基本节奏;除此之外,从影片公映前后的各种反馈来看,令人震撼的视觉效果、参演明星的优良表现与紧张刺激的情节设置、不时催泪的观影体验等,都在观众中形成了较好的口碑与期待。正是在将一般的消防片题材转化为普遍的火灾片类型与主流的英雄片叙事的过程中,《烈火英雄》将观众深埋的泪水激发为全民的感动,也成功地完成了从主旋律电影向主流电影的转型。

不得不说,从主旋律电影向主流电影的转型,亦即两者之间裂隙的弥合与平台的搭建,是在改革开放以来特别是中国电影产业化以来的全球化语境、文化工业实践与类型电影探索中,反复寻求、不断试错并渐趋明晰的,离不开中国本土、欧美与亚洲各国电影积累下来的宝贵经验和大量教训。《火烧摩天楼》(1974)、《十万火急》(1996)和《烈火雄心》(2004)等火灾灾难片,无疑已成相同类型电影创作的经典范例;最近几年来,也有韩国的《摩天楼》(2012)、美国的《勇往直前》(2017)和《摩天营救》(2018)等优秀影片在影院上映,并引起中国观众的较大关注;而在国产电影领域,《逃出生天》(2013)、《救火英雄》(2014)和《火线任务》(2018)等,尽管并不尽如人意,却也在转型的过程中取得了各自的成绩。《烈火英雄》的出现,无疑是国产火灾灾难片的一个新的里程碑。

二、缩短英雄与常人之间人为设定的距离

对于主旋律电影和主流电影而言，代表着主流价值观和普世伦理内涵的英雄形象或正面人物，大约是不可缺失的；这也可以在以好莱坞为标志的世界主流电影的话语体系中，得到非常明确的验证。然而，由于各种原因，特别是为了强调英雄形象或正面人物与众不同的精神品质，在许多主流电影塑造的英雄形象与英雄形象之间，以及英雄形象与普通人物形象之间，总是存在着许多人为设定的距离，既将影片导向一种架空现实的英雄神话，又将受众导向一种价值中空和意义耗散的游戏。

诚然，在詹姆斯·邦德、印第安纳·琼斯等超级英雄，特别是在以漫威、迪士尼的虚构英雄为标志的形象体系中，英雄或与常人完全无关，或在英雄与常人之间形成一种专门的设定，并以此作为英雄叙事的主题；但在一般的主旋律电影和主流电影里，如果需要在电影叙事与受众观影之间建立一种面向现实社会和真实人生的意义联系，就需要在英雄形象的性格与行动中，找到跟常人和受众相互一致的内心依据，并以此作为影片与受众之间产生情感共鸣的必要中介。

也就是说，在一般的主旋律电影或主流电影里，英雄叙事的主要动力之一，应该就是缩短甚至消除英雄与英雄或英雄与常人之间因为各种原因而人为设定的距离。在这方面，《烈火英雄》也跟《战狼2》《流浪地球》等影片一样，通过各种方式做出了明显的努力。

就像各款海报所重点提到的一样，《烈火英雄》在"平凡英雄，赴汤蹈火"中注重了英雄的"平凡"身份，也在"血肉之躯，守护你我"中强调了英雄的"血肉"形象。更为重要的是，在将英雄"常人化"

的同时,又以"用电影抵抗遗忘"将常人"英雄化",呼唤人们记住普通的消防战士,致敬牺牲的烈火英雄。

影片中,黄晓明饰演的江立伟,就是一度指挥失误痛失队友并带着无限歉疚期待救赎的一个普通的消防中队队长,甚至因为一直感觉愧对妻儿和队友而患上了应激综合征,这种符合职业特点和观众期待的人物形象,正是让观众产生自我代入和情感共鸣的"常人"素质;杜江饰演的马卫国,虽然也是特勤中队长,但在军人父亲面前总是缺乏应有的成就感;欧豪饰演的徐小斌,更是一个普通的消防员,正在跟恋人大闹别扭。他们都是身陷各种问题之中的"常人",也都需要一些超出"常人"的英勇行为为自己"正名"。正因为如此,当致命的危险和救赎的机会一并到来的时候,无论是影片里的江立伟、马卫国和徐小斌,还是影院里的普通观众,都会做出同样的选择并毅然地冲进火海"逆向而行"。这些"英雄"牺牲自我,或者获得理解的瞬间,就是所有的观众泪水喷涌的时刻。

正是因为最大限度地缩短了英雄与常人之间人为设定的距离,《烈火英雄》塑造了常人一般的"英雄",感动了影院内外的大量观众,在中国电影里成就了一种泪水深埋的英雄叙事。

三、增强个人、家庭与社会之间彼此对话的情感凝聚力

在和平年代里,消防员的奉献和牺牲实在太过严酷和惨烈,但也确实较易被人忽视和遗忘;即便已经牺牲的烈火英雄,也在岁月的淘洗中,可能比其他领域的英雄特别是战争英雄更早被忘却。毋庸讳言,无论消防员或者烈火英雄,还是他们的家庭,以及与他们息息相

关的全社会,面对这种状况,都会表现出一种深深的无力感。

　　火是文明的种子,但火灾是人类的梦魇。迄今为止,在数量上,电影里的烈火英雄或许远远不及现实中的烈火英雄,这是电影作为人类文明和大众文化有愧于消防这个职业以及无数烈火英雄的地方;电影及与此相关的资本,都更愿意打造令人愉悦的梦幻,缺乏跟观众一起直面大火灾难的勇气,因此较少选择如此严酷而又惨烈的题材和类型,这也是影像文化时代里,个人、家庭与社会之间总是缺乏有效的对话沟通和情感凝聚力的重要原因。

　　期待多一些有关烈火英雄的电影,能够在泪水深埋的英雄叙事中,一次又一次地通过泪水的释放,把个人、家庭和社会凝聚在一起,让每一个人都学会感恩并懂得珍惜。

此文原载《中国电影报》2019 年 8 月 13 日

《邪不压正》与升降之间的生之魅惑

在《沟口健二的世界》一书中,日本电影史学家佐藤忠男曾经指出,导演有两种类型,一种是以摄影机为中心进行工作的导演,另一种是以表演者为中心进行工作的导演。小津安二郎属于前者,沟口健二则属于后者。以表演者为中心进行工作的沟口健二,因酷爱升降摄影,形成了一种独特的、对人与人之间的关系进行价值判断的俯仰美学。([日]佐藤忠男:《沟口健二的世界》,陈笃忱译,中国电影出版社,1993,第210-236页)

时至今日,两种类型的电影导演,或因观念的嬗变跨越了各自的边界,或在彼此照应中趋向交流互动,已经不太能够予以明确的区分。但从佐藤忠男所提示的角度分析,跟姜文多年的表演经历联系在一起,大体上仍然可以把姜文归类于跟沟口健二一样的、以表演者为中心进行工作的导演。也正因为如此,姜文才能以不知疲倦而又运动着的升降摄影和广角镜头,通过密不透风而又风格化的人物台词和身体动作,构筑一种更加丰富复杂甚至不无矛盾冲突的俯仰美学,直抒属于创作主体的深邃而又微妙的性灵,使自己成就为中国乃至世界导演谱系里的"这一个"。

事实上,从《阳光灿烂的日子》到《太阳照常升起》,再从《让子弹飞》到《邪不压正》,姜文便一直坚守这一份独具成色的自我,始终不为他者所动,并因激情而疯狂,为感性而迷恋;就在镜头的深度与摄影机的升降之间,展现出一种脱逃尘世的意愿,无须迟疑的行动,以及"飞"在空中的想象力。跟过于芜杂的社会生活和不可逾越的现实世界相疏离,并为取代普遍意义的平面型横向观看所形成的左右惯习,姜文以特别创制的垂直型高低视角所形成的俯仰美学,颇为率性地表达了一种既超越于日常时空,又迥异于其他电影的银幕经验,并有效地呈现出一种仅属个人内心的世之迷幻与生之魅惑。

拒绝被资本力量和叙事成规"格式化"的姜文,虽然总想抛却已有的经验而在每一部新的电影中"借题发挥",或者"无中生有",但其实无法规避自己的感觉和性灵,总也抹不掉从一开始就在银幕上留下的深重印迹。作为演员,姜文饰演的角色总会在自己导演的影片中承担举足轻重的引导性或定位性功能;而作为导演,姜文也以其对表演风格和影片节奏的全面掌控而获得"电影作者"的盛名。这便使得以表演者为中心进行工作的姜文,能在充分重视"演员的表演"的基础上,既可以无所顾忌地"追"故事并且一遍一遍地"打磨"剧本,又可以更多地关注摄影机的角度和方位,以及画面里的光影和声音。

这样,以演员的内心表演、风格化台词及其塑造的人物为支点,姜文电影通过大幅度运动的升降摄影和深焦镜头,改变了一般平面型横向电影叙事的述状情态,并大胆省略附着其上的历史背景和现实环境,直接切入人物的内心世界,集中展现创作主体脱逃尘世的意愿和无所羁绊的精神状态。早在影片《红高粱》里,饰演"我爷爷"的姜文即通过自由狂放的精神气质和义无反顾的角色把握,传达出影片极力张扬的蓬勃热情与生命活力,得到过导演张艺谋的激赏;(李尔葳:《汉子姜文》,春风文艺出版社,1998,第30-39页)特别是高粱地里的"野合"一段:逆光,低视角,疯狂舞动的红高粱;高亢激越的唢呐声起,镜头俯瞰,"我爷爷""我奶奶"仰躺在天地之中。如此俯仰组合,自然非同凡响,也确实震撼人心,势必会给姜文此后的创作带来不可多得的灵感和启发。不得不说,从《阳光灿烂的日子》开始,尤其在《太阳照常升起》和《让子弹飞》中,升降摄影所造成的俯仰效果,以及"离地高飞"所表现的叛逆式创意,便已成为姜文电影具有标签性的美学特质之一。(王一川:《离地高飞的"红小兵"导演:姜文》,《文艺争鸣》,2011年7月号,第100-103页)

在《太阳照常升起》中担任摄影师的赵非,通过跟姜文进行大量沟通,明白对方在影片里所需要的,就是"情绪非常饱满""主观色彩非常浓郁"的内心感觉,从而意识到该片的拍摄不能"四平八稳",而要敢于"反常规"。为此,赵非依靠大量升降摄影、柔光镜以及富有畸变效果的广角镜头,为姜文创造出了一个梦境一般的电影世界。(马戎戎:《姜文和他的电影〈太阳照常升起〉》,《三联生活周刊》,2007年第30期)正是因为倾向于将主人公高高地置于树木、火车和铁轨等景物之上,俯仰之间的个体生命呈现出前所未有的魅惑感。镜头所及,画面之内,既无日常的烟火气息,也少普通的生活实感,人物以其特有的性灵和超拔的身姿跃然于银幕。而在《让子弹飞》中，充满想象力的马拉火车的开场，更具先声夺人的气势。短短两分钟段落，机位变化非常丰富，既有在山顶使用长焦拍摄的大全景，也有以升降摄影拍摄的各种俯仰画面；表现县城环境时，也是大量使用仰角角度，并以广角镜头加以夸张呈现。（梁明：《光影信徒的朝圣之路——赵非影像研究》，《当代电影》，2012年第1期，第103—108页）这都有助于打破固有的观影期待，强化特定的人物性格，形成独具魅力的视觉效果。

不过，跟谢晋、谢飞和张艺谋、田壮壮等几代导演的历史反思、文化批判和现实指涉不同，姜文试图从国家、民族及其历史、文化的宏大命题中挣脱出来，聚焦于个体的成长及其生命的意义。甚至更进一步，姜文还希望从现实中疏离，从尘世中脱逃，让梦想的自由在电影中高飞，让深微的性灵在俯仰中飘荡。这种返归人本却又超越逻辑的自由狂放，虽然总是引发太多的误解和争议，但也在中国银幕上创造了一种电影与生命交相辉映的动人景观。

《让子弹飞》上映后，在一次对谈中，姜文曾经指出，谁都有想要"从物质生活解脱出来"的瞬间，谁都想通过谈恋爱、想入非非、酗酒、远足、登山、宗教等，达到一种"远离尘世"的感觉；但通过电影来实现"远离尘世"、充分极端地接近我们"精神本质"的这样一个作品，需要真正的"勇气"和真正的"舍弃"。（姜文：《骑驴找马——让子弹飞》，长江文艺出版社，2011，第37页）可以说，姜文导演的电影如《太阳照常升起》，以及包括《让子弹飞》《一步之遥》和《邪不压正》在内的"民国三部曲"，都在以其特有的"勇气"和"舍弃"，努力实现这种"解脱"和"远离"，并试图接近他所理解的电影的"精神本质",尽管观众和舆论往往莫衷一是、众说纷纭。

颇有意味的是,针对《邪不压正》的拍片动机,在回答记者提问时,主演彭于晏也曾表示,姜文认为拍电影可以"逃脱"现在的这个世界,因为电影的世界"更美"。确实,通过电影创造一个"更美"的世界,再通过这一虚构的"更美"的世界,体验正邪搏斗中充满魅惑的生命个体及其成长历程,正可作为阐释《邪不压正》"精神本质"的一条可能的路径。

在《邪不压正》这部"讲究才是根本""根本还真讲究"的电影里,姜文表面上"讲究"的是"表演",是"剧本",是"历史考究的科学性"和"镜头美学的艺术性",但从根本上分析,姜文"讲究"的还是高低升降快意俯仰,以及如何更好地经由电影承纳生命。在这里,生命的意义跨越真实的时空,并系于李天然一身。彭于晏饰演的主人公李天然,从美国回到北平的时候,与其说是一位饱受身心创伤并总在伺机报仇的青年,诚如李小龙在电影《精武门》里饰演的陈真,不如说是一位身轻如燕、心如明镜、自由自在、了无挂碍的赤子,更像三十年后从美国回到香港拍片的 Bruce Lee。实际上,无论《精武门》里的陈真,还是电影演员李小龙,都跟1937年前后的北平没有任何关联,但在《邪不压正》里,总是有意无意地暗示这种并不存在的对应关系。这也正是《邪不压正》以及姜文电影令人迷惑的超现实主义。

按照观众的预期,主人公原本需要牢记的,应该是与师门败类朱潜龙和日本特务根本一郎不共戴天的家仇国恨,但《邪不压正》花费大量篇幅展现的,却是这位名曰李天然的天然如璞玉的主人公,以各种高超的技巧和美好的姿态,在民国北平一望无际的青瓦屋顶上飞奔；或者，在两个爸爸（美国医生亨得勒、侠义之士蓝青峰）和两位女性（北平交际花唐凤仪、华北第一裁缝关巧红）之间的情感旋涡和身份纠缠中，不断地"延宕"复仇的根本使命。诚然，手刃了邪恶势力并以仇敌的鲜血写完"李天然"三个字的主人公，最终完成了自己的复仇。但在"七七事变"爆发后的北平屋顶上，再也看不到李天然翩然高飞的身姿。跟潜隐于旧都的大侠关巧红一样，只有爱情而不是仇恨带来的责任，才会让生命成长为一个值得托付的人。

为了满足导演脱逃尘世的意愿，并表达对"美好"生命的尊重，据媒体报道，《邪不压正》剧组不仅严格按照民国地图及各种数据，几乎是以假乱真地搭建了四万平方米的民国北平青瓦屋顶，而且采用当前电影拍摄的主流机型和一流设备，包括常规脚架和12米大摇臂，拍摄彭于晏飞檐走壁的画面。还在片场上空架设一套"蜘蛛眼"（Spidercam），搭配大疆如影2云台系统，通过遥控器和无线跟焦器，使主人公在屋顶奔跑的长镜头成为可能（《正邪之战稳如泰山，揭秘姜文〈邪不压正〉背后的硬科技》，台海网，2018年7月20日），也在更加流畅自然的升降摄影和俯仰画面之间，创造出一个垂直于地面的、令人叹为观止的电影世界，并将姜文电影的俯仰美学，从此前电影中对景观、环境和性灵的梦境呈现领域，提升到一个礼赞生命立于天地之间并无所羁绊的浪漫主义高度。

对于影片而言，极尽写实的民国北平，其在街道分布、建筑样式与店铺陈设等细节方面所达成的强烈真实感，跟主人公在青瓦屋顶上下腾跃所呈现的缺乏逻辑的浪漫段落，无疑会在观众中产生一种不可思议的间离效果；但这正是姜文想要达到的目标：在这种写实与虚拟相互交织所显出的高度反差中，正可让主体的意愿脱逃于尘世，让人物的行动疏离于现实，最终呈现姜文电影惯常表达的一种感性的世界观和魅惑的生命体验。

真实的主观，或主观的真实，以至按姜文所言"看起来又真实又是主观的"，拍摄这一类的电影确实既"费心"又"费力"（姜文，吴冠平：《不是编剧的演员不是好导演——姜文访谈》，《电影艺术》，2011年第2期，第79-87页）；通过《邪不压正》，或者说，早在《太阳照常升起》和《让子弹飞》等影片中，姜文一直都在自己亲手打造的这个以表演者为中心的舞台上，以垂直于地面的升降摄影，创造一个与众不同的、自在俯仰的电影世界；而在这个世界里，真实的是电影，主观的是姜文，真实而又主观的是姜文电影。作为最新一部姜文电影，《邪不压正》仍因对俯仰美学的生发和深微性灵的展陈，而被赋予特别的生命力。

然而，姜文电影这种特别的生命力，与其说源自必须践履的师徒如父子之伦理（师门复仇）、家国一体之大业（抗日战争）甚或人类善恶之大义（正邪搏斗），不如说源自一种更为本真的性驱力，亦即生命最基本的一种驱动能量。按弗洛伊德的观点，人类本能中的性驱力，是人格发展的主要动力；在人的一生中，性驱力的聚集区域，从身体的一个部位转向另一个部位，而每一次转变，都标志着人格发展又进入一个新的阶段。在《邪不压正》里，本应背负家国大恨的李天然，28岁时才从异域回到故乡，但面对少年时代即已是家的北平，荷尔蒙充盈的肉体，只有以高飞于青瓦屋顶的轻盈姿态，才能抵御青春期父权丧失（师傅被杀）和身份困惑（两个爸爸）带来的沉重空虚；而当两位女人分别以肉体诱惑和精神指引的象征出现在他面前的时候，标志着主人公的身体开始进入生殖期。为所爱的女人烧了日本人的鸦片仓库,因所爱的女人跟仇敌近身肉搏血战到底,以及从蓝爸爸那里领受的也要成为一个父亲的嘱托,使其人格在影片结束前发生了逆转。当宿仇已报,青春已逝,终于长大成人将为人父的李天然,含泪站在所爱的女人面前。此时的升降摄影,从北平青瓦屋顶绵延到更远的天地,那是大难当头的故国,也是父辈们早已失去的江湖。

作为对"隐"之"侠"的最后一次彰显,花费巨大心力搭建的四万平方米民国北平青瓦屋顶,原本也只是供给李天然一个人快意恩仇、表演浪漫并祭奠青春的舞台。作为一部姜文电影,《邪不压正》或许承载着一些观众所需的历史担当、文化坚守和社会责任,但从一开始,姜文就在利用极为主观的升降摄影及其俯仰美学,脱逃于历史、文化和社会之念,聚焦于个体的深微性灵与生命本身的魅惑。

此文原题《升降之间的生之魅惑——〈邪不压正〉的俯仰美学与姜文的深微性灵》,载《当代电影》2018年第9期

第三排，逼视的妙处

1928年4月21日，法国影片总公司摄制的悲剧史诗片《圣女贞德的受难》(La Passion de Jeanne d' Arc)，在导演卡尔·西奥多·德莱叶(Carl Theodor Dreyer, 1889—1968)的祖国丹麦公映。这是一部使用石雕一般凝重的光影对比，以大量面部特写和大特写镜头刻画内心世界，并因强烈的艺术表现和视觉震撼名垂史册的黑白无声电影杰作。两年后，亦即1930年5月17日，这部生不逢时但却曲高和寡的神品，在上海霞飞路华龙路西的巴黎大戏院开映。只不过，当日《申报》广告，将片名改成了《法国女英雄》(又名《贞德被焚》)。

此时的巴黎大戏院，专门放映已有"上海第一影戏院"之称的卡尔登影戏院选定却又未映的"无声巨片"；而此时的卡尔登影戏院，已经跟"消寒避暑怡情悦性唯一胜地"南京大戏院一样，倾向于专映《女探员》(The Girl from Havana)和《迷魂女》(Big Time)等一类来自好莱坞的"全部对白"有声片了；即便"上海唯一座价最廉的高尚影院"东南大戏院，也宁愿选择4年前即已拍竣、由"世界第一美人"劳士顿女士（Esther Ralston）主演的加染"天然彩色"的"香艳巨片"《美艳亲王》（The American Venus）。毫无疑问，世界电影正在进入一个新的时代，上海的电影观众，也同样渴望在银幕上听到声音，看到色彩。

然而，41岁的卡尔·德莱叶仍然没有摆脱因《圣女贞德的受难》而导致的票房困境和事业低迷。他也根本不可能意识到，在上海，有两位中国电影史上举足轻重的电影人，却因这部影片走进了电影院，并在对其独特的"逼视"中，感受到了光影的魅力和杰作的光辉。

1930年5月17日，去到上海巴黎大戏院观看《法国女英雄》的中国电影人，是与卡尔·德莱叶同龄的"一代艺宗"和"国片导师"郑正秋，以及比他们小17岁的"后起之秀"蔡楚生。蔡楚生与郑正秋是潮汕同乡，相识于1927年春天的上海，相交于1929年秋天的郑宅，相知于此后6年的促膝、追随和并行，直到1935年7月16日清晨7点多钟，操劳过度、疾病缠绵的郑正秋英年早逝。人生苦短，尘缘已尽，郑蔡之间，实为师徒，形同父子，但也从此天人永别，生死殊途。

就在郑正秋离世不到5天，从潮州八邑山庄送殡回沪的蔡楚生，怀着孤独的心绪和创痛的悲哀，写下了第一篇祭文《献给正秋先生之灵》；紧接着，在先生大殓后一天，蔡楚生再撰《哭正秋先生……和一些杂感》，表达了后辈影人的心声，谓以更加现实的接触、严肃的态度和勇敢的精神面向时代和社会，争取无负先生之于中国电影"奠定始基"的辛劳。正是在这篇杂感性的哭悼文章中，蔡楚生以近乎一半的篇幅，回忆起了那一天，在巴黎大戏院观看《法国女英雄》的情景。

那是一种只有电影人之间才能体会得到的观影经验,是仅属于他们两个人的美好氛围和快乐时光,然而,除了通过文字落寞地追怀,再也没有人可以共同分享了。

在蔡楚生看来,"先生"不仅是一位疏财仗义、大公无我、慈祥和蔼的长者,一以贯之地胸怀着对人类本身的热情,而且拥有不拘一格、任人唯贤、信人不疑的气度,并可跟他这样的"小子"就中国电影的创作问题和"正规发展"促膝长谈,以至通宵达旦。那种经过彻夜未眠的亢奋交流之后,走出先生家门,就着马霍路(今黄陂路)上的晓雾晨光,身心都要"飞跃起来"的感觉,真是永远不能忘记,反而会随着先生的逝去愈益清晰。

事实上,师徒二人之间,还有更多的共性。蔡楚生眼里的郑正秋,总会燃烧着"生命的烈火"和"内心的赤焰",以坚毅的意志和卓绝的精神,令人感泣地为电影、为社会和公共事务倾注全力。同样,在郑正秋眼中,这个常常没日没夜持续工作二十几个钟头仍然不敢松懈的年轻人,确实也是太过辛苦。艺术固然要紧,但身体也是要紧的。

"楚生,你要休息休息才好么!"

楚生当然是不会轻易地就去休息的,但先生始终知道楚生最想干的是什么。他知道这"小子"没有钱,看不起电影,特别是看不起大戏院里上映的好影片。如果碰到有空,正好又有好戏上演,楚生就会听到先生前来跟他说话:

"楚生,阿拉搭侬偷盘出去看影戏好么?"

因此，一师一徒就常常"偷盘出去"，并坐在电影院里的第三排椅子上。

先生的近视，早在彼时的艺坛众所周知。先生身体单弱，面貌清癯，脸上架的那副圆形眼镜，镜片上绕着多重圈层，这一形象的照片，后来登在了《明星半月刊》"郑正秋先生追悼专号"的封面。因为已达"两千个光度"以上的近视深度，先生看电影，也就常常选择戏院里的第三排。

但《法国女英雄》不是平常的电影。这部主要由特写和大特写构成的影片，在独创性的艺术追求、高密度的灵魂探索和特异性的视觉体验等方面，都可谓空前绝后。正如美国影评人罗杰·伊伯特（Roger Ebert, 1942—）所言，这是一部显得超然于时间之外的伟大的影片，它离观众的心灵太近了，以至于令人不安，害怕会从中发现过多的秘密。当年中国影坛的希望之星蔡楚生，正是因为坐在了第三排的缘故，从中发现了过多的秘密。

因为整幅的银幕上，尽是显露些汗毛孔像粗竹筒那样的大鼻子、大嘴巴、大脑袋，摇来晃去，而给它弄得天旋地转，不也乐乎以外，却发觉看第三排不但不会拥挤，而且对面展视，会更显得亲切而另有一种逼视的妙处。何况，还有他那样邃于艺术而得理解力极强的慈祥的长者在旁边呢。

显然，蔡楚生观看《贞德被焚》所发现的秘密，不仅在于直接面对银幕所获得的亲切感，以及因镜头视距太近所体会的"逼视的妙处"，更重要的还在于，跟先生同看之后，自己可以像往常喝醉了酒一样,忍不住发出一些莫名其妙的谈吐,或者大放厥词、捣乱一通,而先生不但不以为忤,反而会把这些行为当成他自己的"得意杰作"而"哈哈大笑"。

或许,作为下一代最优秀的电影导演之一,蔡楚生本人就是郑正秋的"得意杰作"。

从1929年秋天开始,郑正秋便安排蔡楚生在自己导演的影片里担任副导演(助理导演)、布置(置景)和一般演员等工作,使其在电影生产的各个环节都能得到训练提高的机会。蔡楚生也得以在《战地小同胞》(1929)中任副导演兼饰侦探一角,在《碎琴楼》(1930)中任副导演兼布置,在《桃花湖》(1930)中任副导演、置景兼合演之一,在《红泪影》(1931)中再任副导演兼布置,其努力钻研、独特才华与显著成绩,都得到普遍好评,甚至被人认为已经超过了先生的水准。在一篇专门探讨影片《桃花湖》美术布景的文章中,作者就明确表示:"明星公司的布景是考究的,有美化,有新思想,有新的贡献。郑正秋的头脑是新的,然而亦不是过新的'未来派',乃是适应潮流的需要,合于时代的一种新作品。所以无过与不及之弊病。副导演蔡楚生,肯用脑筋去研究,到底比较上有精彩。"

正是因为更"精彩",在《红泪影》拍摄过程中,联华影业公司以超过明星影片公司两倍的月薪,跟蔡楚生订了一年合同。按照当时的报道,蔡楚生"脱离"明星影片公司的事情,本来是极为机密的,明星公司更是没有一个人知道。但最终,还是让郑正秋知道了,也把老夫子"急坏"了。所以,郑正秋亲自出马,"特地"请蔡楚生吃饭,劝他不要脱离,还"很不满意"地责备蔡楚生不声不响地行事。对着翅膀已经长硬的昔日爱徒,正秋先生好多天都"很不快活"。

舆论没有同情郑正秋，而是普遍地站在了蔡楚生的立场上。因为在当时看来，进入联华之后的蔡楚生，将会更加努力地替整个中国电影界服务。蔡楚生也不负众望。从1932年开始，在联华影业公司，蔡楚生先后编、导了《南国之春》(1932)、《粉红色的梦》(1932)、《都会的早晨》(1933)、《渔光曲》(1934)和《新女性》(1935)等影片，几乎每一部都能收获各方赞誉并取得票房佳绩。当报纸上以"每一个画面都是大导演的脑汁凝成，每一个镜头都是大明星的心血结晶"来宣传郑正秋导演的《春水情波》时，同一版面里，对蔡楚生编导的《都会的早晨》，则使用了"联华巨制""中国代表作"和"中国电影的权威巨片"等广告语；而当郑正秋编导的《姊妹花》创造的票房奇迹维持了不到半年，就被蔡楚生编导的《渔光曲》打破，舆论和批评倾向于认为《渔光曲》在各个方面都"驾于《姊妹花》之上"的时候，"小子"完成了对"先生"的超越，郑正秋的时代结束了。

值得注意的是，《渔光曲》之后，明星影片公司在报刊上宣传郑正秋影片，一般都要强调蔡楚生的存在及其重要性。1934年8月，上海蓬莱、黄金等戏院重映郑正秋的《桃花湖》，《申报》广告称"《姊妹花》导演郑正秋为此片工作一度卧病；《渔光曲》导演蔡楚生为此片工作积劳呕血"；1935年3月，中央大戏院再映全新拷贝的《红泪影》，称"郑正秋在导演《姊妹花》以前曾以此作为其空前杰作，蔡楚生未加入联华公司前曾为本片着力"。1935年7月16日，郑正秋辞世。次年5月前后，《桃花湖》再度重印新拷贝，在中央大戏院开映。《申报》广告更进一步："《桃花湖》为已故导演前辈郑正秋先生及后起之秀、以导演《渔光曲》负有国际荣誉之蔡楚生二名导家精心合作之结晶，并由电影皇后胡蝶及息影家园之夏佩珍、久别银幕之郑小秋、被遗忘了的银海笑神黄君甫以及高占非、龚稼农、王献斋、赵静霞等合演,其尤为可贵者,蔡楚生本人亦在片中充饰要角……"

尽管对蔡楚生的"脱离"颇不满意,但大势所趋,无可奈何的郑正秋,仍然是一直以这位"小子"的突出成就而感到自豪的;至于蔡楚生,在他的一生中,一度忍受哀痛、含着泪光为"先生"先后写了三篇深挚的悼文。

毕竟,在他刚入明星影片公司的时候,只有郑正秋会为这位得了"血干"毛病,愁眉苦脸地拖着皮鞋,毫无神气的年轻人"想些法子";也只有郑正秋,恐怕闷坏了和饿坏了"这小子",不顾三七二十一地拉着他,凑上三两个朋友到什么地方去开怀痛饮、饱吃一顿。

更是只有郑正秋,总会适时地带着这位将要超越自己的电影大师,走进电影院,并坐在第三排的位置上,体验"逼视的妙处"。

2018 年 6 月 23 日,北京

"犹太导演"阿方哥

"阿方哥"真名方沛霖,之所以被称为"犹太导演",据说是因为作风"犹太":按照当年的舆论描述,作为有名的大场面布景师和"唯一"的歌舞片导演,阿方哥既是一位忠厚老实、不问政治,没有一丁点导演架子的人,又是一位克勤克俭、拼命赚钱,甚至一毛不拔的"经济家";或者,也可称为"著名"的"节约家"。

以此缘由,阿方哥颇得媒体青睐和各方关注。在《青青电影》《时代电影》《影迷画报》《三六九画报》《香海画报》《大观园》《影舞新闻》《电影新闻》和《新闻报本埠附刊》等数十家大小报刊上,阿方哥的"犹太"作风和可爱行径,也总是各路记者津津乐道的话题。

直到1948年12月21日,40岁的阿方哥应香港永华影业公司老板李祖永之邀,准备迁居香港并筹拍歌舞片《仙乐风飘处处闻》。在上海飞往香港的途中,因客机失事,阿方哥不幸罹难,从此魂归幽冥,生命线断。只可惜经济萧条,时运乖张,阿方哥也是全无积蓄,身后清寒。

阿方哥是浙江宁波人,又被人称作阿拉阿方哥。阿方哥除喜欢看外国影片、经常坐咖啡馆外,别无其他嗜好,被公认为电影界的"模范人物"。在上海,阿拉阿方哥一直怀念故乡,特别是在他出任国联影业公司美工部部长兼导演的时候,上海即将沦陷,宁波也遭日机轰炸。偶闻飞机声响,阿方哥即曰:"抬头望飞机,低头思故乡。"

阿方哥出道的时间是1928年。

从上海美术专科学校毕业后,20岁的阿拉阿方哥对电影产生了兴趣,便进入洪深、郑鹧鸪等主办的明星演员训练班接受半年的电影熏陶,随后开始了幕前幕后的生活,曾经做过"活动布景"(群众演员),管理布景事务。后来,他又进入联华影业公司,以出色的布景工作,跟导演卜万苍、摄影师周克一起,形成令人期待的"铁三角"。

28岁,阿拉阿方哥不鸣则已,一鸣惊人。就在1936年,阿方哥为艺华影业公司导演了一部由"软性电影"论者黄嘉谟编剧的影片《化身姑娘》,并以这种既"软"又"滑"的"纯娱乐"姿态,跻身三四十年代的著名导演行列,也因此走进一段被长期遮蔽和遗忘的中国电影史。

一、"卖铜钿"导演

似乎刚一成名,阿方哥就因"卖铜钿"(卖钱)和"吃冤家"(吃别人的),成为各家报刊争相追逐的热点和反复调侃的对象。

在有些不明就里的小报记者看来,阿方哥导演的《化身姑娘》,就是一部忽然走红的"打炮戏",阿方哥也就成了名副其实的"卖铜钿导演"。事实上,作为"软性电影"的代表作之一,这部"南洋背景"

的"国语歌唱喜剧",有着更为复杂浓重的意识形态背景;影片大卖之后,阿方哥也并未摆脱生存困窘,仍旧面临无片可拍的失业风险。

在大量广告和海报中,《化身姑娘》"轻松香艳""多角恋爱"而又"喜气万丈",讲述的是一个远在新加坡的华侨富商之女,为说服重男轻女的祖父改变传统观念而女扮男装、终获承认的故事。影片里,天资聪颖、清纯脱俗的电影明星袁美云,以分头短发、西装革履的男装扮相出镜,确实令人耳目一新。加上集中展现各种稀奇的情节、大量的噱头和古怪的趣味,充满着"生意眼",颇得时人喜爱,一年之内便拍了续集,三年左右拍到了第四集,算是成功地逃避了现实,给深陷家国危难处境的中国观众带来了些许安慰,也给他们的眼睛喂饱了"冰激凌",心灵坐稳了"沙发椅"。

早在两三年前,《化身姑娘》编剧黄嘉谟,就与刘呐鸥、穆时英、黄天始等"软性电影"论者一起,跟以夏衍、王尘无、唐纳等为代表的左翼影评人展开过激烈争鸣,相互攻讦甚至人身抨击。1934年7月31日,尘无还在《民报》《影谭》发表一首直斥黄嘉谟的打油诗:

<blockquote>
文化街头野狗多,
"黄"是嘉公娇无那。
俏媚眼向老板传,
无奈好事多折磨。
软性乳臭艺术高,
薄薄糖衣包缅刀。
杀人不见一滴血,
好向主子逞功劳。
</blockquote>

面对这种剑拔弩张、势不两立的影坛局面，阿方哥用实际行动表明了自己的立场，选择站在了"软性电影"的队伍里边。然而，跟刘呐鸥和黄嘉谟等人不同，阿方哥既不关心自己的"主子"是谁，也没有经常领受"老板"的媚眼。在时人眼中，阿方哥更加在乎、影迷更感兴趣的就是"卖铜钿"和"吃冤家"，这都是一些无须争辩而且无伤大雅的形而下问题。

《化身姑娘》大卖后，阿方哥曾在一家名为"大利春"的酒楼请客，艺华公司全体同人参加，总共消费七八十元。事后便有记者感叹，阿方哥虽"不无肉痛"，但基于《化身姑娘》的生意兴隆，"实亦相当的兴奋也"。

查考可知，阿方哥的经济状况，确实不容乐观。在艺华公司担任布景师兼美工部部长期间，公司正处于"黄金时代"，阿方哥的月薪并不薄（二百元），每片还另有酬劳，跟卜万苍、岳枫等其他"赚大薪俸"的人一样，也算是"享过福"的。但从1935年10月开始，艺华公司决定改组，除了最为公司看重因而仍拿月薪的岳枫、徐苏灵，其他大多数工作人员被迫解除了已有的合同，每部影片改由导演"包拍"，剧组用人及其日常开支，均由承包者支配。如果没有新片动工，导演就算失业了。

这样，阿方哥跟艺华公司签订了新的合同，除设置布景按片计酬外，还以每部一千元的价格"包拍"了《化身姑娘》。《化身姑娘》赚了不少钱，但都落进了老板的腰包，阿方哥只能继续以一千元"包拍"的模式拍摄《神秘之花》以及后续影片。为了拍摄《化身姑娘》，阿方哥前前后后花去九个月，仔细一算，相当于每月只挣八十多元，真的只够在"大利春"请客一次。

但为了替老板"卖铜钿",阿方哥总是会有不少的"噱头",被记者们拿来炒作。话说拍摄《化身姑娘》时,袁美云不肯表演"浪漫"动作,又因为男朋友兼男主角王引的关系,更是不肯拍摄"肉感"镜头。影片中,袁美云有一个穿着汗衫马夹背对观众的远景画面,阿方哥明知袁美云不肯,便暗中找到一个临时演员充了袁美云的替身。影片试映时,袁美云看到这一幕,正好阿方哥也坐在她后面,她就回过头去,对着阿方哥只说了两个字:"死人!"

或许是接受了被骂的教训,《化身姑娘》第四集中,又出现了一幕"肉麻"镜头:一个包车夫看上了娘姨,在花园里调情,还摸起了娘姨高耸的乳峰。没想到这一次,娘姨竟是"瘦猴"韩兰根反串。阿方哥的这一作为,无疑让影迷"大失所望"了;但也无妨,毕竟还没有达到让观众恶心呕吐的地步。

为了"卖铜钿",阿方哥还会替一些日用品代言,并跟小报合谋发表"软文"。在国联担任布景师兼导演的时候,便有《电影新闻》发表文章,表扬阿方哥的《武则天》"伟大美丽"和《银枪盗》"精益求精",以及阿方哥服饰装束的"整齐清洁""简单朴素",但文章的真正落点,是在发现了阿方哥最近配上一副"华贵漂亮的西装背带"。这副背带,价值二十四元八角,戴在导演身上"柔软""自如"。因为,这是大新公司的"超等出品"。

二、吃一顿"经济饭"

阿方哥如此缺钱,不仅是因为电影圈生存残酷,更是因为一家老小负担太重。飞机失事后,在他上海的家里,留有老母亲、妻子和五个未成年儿女。

即便如此,阿方哥的"犹太"作风和"节俭"故事,还是逃不过娱乐新闻的追踪和影圈内外的逗趣。有记者指出,在电影界,再也没有人像阿方哥这样"节省"了。阿方哥原本年少翩翩,"卖相"蛮好,可是终年一副"冬瓜头",老不肯做发型,说是为了节省凡士林。另外,十年来,阿方哥就没怎么添过新衣着,几身行头,还都是结婚时的"新装",便宜者才十七元,一件夹大衣也只"忍痛"花了二十五元。就是这件夹大衣,放在衣柜里的时候,因为没有舍得买涨价了的樟脑丸,竟被虫蛀得一塌糊涂。那些裁缝店的司务,想都别想"转他念头"。

根据人们观察,每天早晨起来,阿方哥都会空着肚子去到公司,摸索半天才"捞"出三只铜板,叫茶役去买一块大饼,一个早晨就过去了。当时的评论说:这也是阿方哥的脾气,即使按月能挣一千元,也是这样过日子。据说到了黄梅雨天,总有人跟他开玩笑:"阿方哥,可以把钞票拿出来晒晒了,免得发霉。"

确实,为了养家糊口,也为了满足自己的"贪吃"心理,阿方哥简直"节俭"到令人发指。在电影界,要想让他"做人家"(请客吃饭),甚至只请一杯咖啡,据说也有"登天之难"。除了"瘦猴"韩兰根,是再没有人能让他"出血"的。平常宴会,酒足饭饱之后,阿方哥基本上都是牙签在手,说声叨扰,也就罢了。

阿方哥的"鼎鼎大名",还来自勤奋地往返于各种饭局,"吃冤家"。他的口号是:"有吃必到,万一勿到,除非病倒!"1946年拍摄歌舞片《莺飞人间》期间,由于工作太忙,便只能在厂里解决吃的问题。收音师潘武鼎养了五只童子鸡,竟被阿方哥"扰"去了三只。

阿方哥因吃而上当,并惨遭身边人捉弄的故事,总会流传多种版本。话说有一天，阿方哥独自在静安寺路派克路一带踯躅，只因为回家吃晚饭的时间已过。他就东看看，西望望，预备在附近小饭店里吃一顿"经济饭"。不料，正当走过光明咖啡馆门前，前后左右涌上七八个人，把他包围起来。阿方哥吓了一跳，仔细一看，都是圈内朋友，为首的是总在银幕上饰演流氓恶棍的章志直老大哥。这次是逃不掉了，阿方哥只得宣告屈服，于是一行人浩浩荡荡闯进光明咖啡馆，直接花去阿方哥二十大洋。

还有故事讲道，新华公司招兵买马的时候，阿方哥从茶房手里接获一张署名张善琨和史东山的同兴楼请帖。阿方哥深恐这事给艺华公司同事晓得了不大方便，便偷偷地把请帖藏好，还特地去剃了一个头。傍晚六点钟刚过，阿方哥便已徘徊在四马路上。走进同兴楼一问，没有姓张姓史的人请客，心想来得太早，便回到四马路一带继续大兜圈子。一直兜一直兜，直到同兴楼和四马路没有一个人了。惶悚之中，肚皮饿透，只得去到附近的"味雅"，吃掉了一元六角。记者写道，阿方哥在"味雅"吃掉一元六角，真是最痛心也没有，心里苦闷到极点，不能不发泄一下，就自己把这一段上当的故事公开出来了。

另有一个类似的版本。阿方哥在艺华公司导演第三集《化身姑娘》的时候，从公司门房翻到一张署名严幼祥（自己的顶头上司）请他在东亚酒楼吃饭的请帖。到了晚上，阿方哥兴冲冲地去到东亚酒楼，查找宴客表，没有严幼祥的名字，心里着慌。上酒楼去，也找不到老板的踪迹，又急又恨，赶紧去账房间打听，严幼祥当然是没有来过。此时的阿方哥，已经"魂不附体"，拖着沉重的步子走下楼去。到了门口，只见韩兰根、刘继群一瘦一胖两个坏蛋，满面笑容地站在那里，说是"特来迎接"。

诚然,阿方哥也是会主动请客吃饭的。当年,在中央书店平襟亚、《小说日报》陈蝶衣等许多朋友的热心介绍下,阿方哥看中了冯玉奇的一部长篇小说并获得跟作者交流的机会。为了表达心意,阿方哥"预备花十几块钱大开筵席",但舆论调侃起来也是没有底线:"这位方导演向来省吃俭用,他的花钱,宛比战场上的铁军,向来以一当十,以十当百,所以十几块钱,说起来礼轻情意重,应该当他丰筵盛馔的了。"

阿方哥是有名的好脾气,总是被人"寻开心",有的时候难免会不高兴。但即便如此,还是莫名其妙地被人"吃豆腐",成为各色人等喜闻乐见的谈资。严次平是上海名刊《青青电影》的"责任人"(主编),曾跟阿方哥开过一个无伤大雅的玩笑。他在自己的刊物上,给方导演写了一封特别的"约稿信"。

阿方哥:

你在新华公司里到处说:"《青青电影》的编辑严次平寻你开心,你要寻着阿拉!"这真笑话了,阿拉是编辑,毕竟文字稿子是要有人写来的,你应该寻着写稿子的人,与阿拉没有关系的。我还有一个声明,以前的稿子实在不是叶逸芳兄写来的,消息也不是(韩)兰根兄传给我的。

韩兄昨天告诉我一个挖苦你的新闻,说你这期的慈善奖券得了头奖,可是我知道你中的是末尾,所以这消息不登出来,一来是为了本刊的消息准确,二来不挖苦阿拉同乡阿方哥!

完了,这次以后,下次决不吃你豆腐。但是有一个条件,本刊请你写一篇导演的话,请交逸芳兄转本刊!

现在看来,时人对阿方哥的关注和调侃,其实并没有太大的恶意,更多还是出于对他本人的同情和喜欢。他们都知道,如此"犹太"的阿方哥,待人宽厚直爽,无论旧雨新知,都会一视同仁。正因为如此,他家里每天都有外来的客人需要招待,他自己也颇有"小孟尝"的遗风。话说有一天,"小孟尝"的家中,突然来了一位贵宾,当然是阿拉宁波人,跟阿方哥分别已有多年。阿方哥见了他,也是十二分的欣喜,就备了一些佳肴美酒殷勤招待,跟客人谈谈笑笑,做尽主人的道理。没料到客人非但善饮,而且食量惊人,一口气之下,饭就吃了六碗,把阿方哥看呆了,只得口口声声称赞客人胃口好。当客人说"那么,再添半碗!"的时候,"简直把方沛霖吓坏了!"

为了赚钱养家,阿方哥甚至会买航空奖券。像他这样节省的人,买起航空奖券竟毫无吝色,往往一买五条,经常是雪白洋钿,换了五张花纸回来。有人表扬他热心国事,他说是为了"创办美术公司";又有人问他:"你得了头奖,打算怎样?"阿方哥就说:"老婆要养孩子了。"

三、"走单帮"

从1940年前后开始,亦即在"孤岛"上海沦陷和战后一段时期,阿方哥因为《武则天》《雁门关》《家》《银枪盗》等影片的"严正的制作态度"而受到较高赞誉。在其导演兼布景的《武则天》完成后,便有论者指出,《武则天》布景的成就,不仅是方沛霖先生"个人的光荣",而且是中国电影"飞速进步"的现象;在谈到自己编导兼布景的影片《雁门关》时,阿方哥自认有毅力克服困难,去摄制像欧美人拍摄的那样"伟大场面"的电影。剧组曾搭建一个五六十尺的高台,从上面摄取地面的大队人马。按阿方哥自己的描述,正在拍摄的时候,卜万苍看见了,就对他说:"你拍这些镜头,我很替你担心。"阿方哥很奇怪地问他:"为什么?"卜万苍说:"因为你没有保寿险啊!"阿方哥的回答是:"真的为艺术而牺牲,虽死也很值得的。"

为了歌舞片艺术,阿方哥确实敢于"牺牲"。也是在这一段时期里,阿方哥因《三星伴月》《蔷薇处处开》《凌波仙子》《万紫千红》《莺飞人间》和《歌女之歌》等影片,得以跟"恋情片权威导演"李萍倩、"恐怖片权威导演"马徐维邦和"侦探片权威导演"徐欣夫并驾齐驱,逐步稳固了其"歌舞片权威导演"的地位。按当时的舆论,《凌波仙子》和《万紫千红》等歌舞片,成绩虽然未达上乘,但阿方哥"百折不挠的苦干精神",还是值得敬佩的。

然而,世事总是难料,造化依旧弄人。《凌波仙子》《万紫千红》《鸾凤和鸣》《凤凰于飞》等阿方哥导演的歌舞片,都是上海沦陷时期"中联"和"华影"出品的,《万紫千红》更是与日本东宝歌舞团联合摄制,算是为日伪的大东亚电影宣传"尽过绵力"。在战后检举"附逆人员"的声浪中,阿方哥自然无法轻易摆脱干系。

歌舞片在中国,曾经只有导演但杜宇一个人较早尝试,主要原因是当时的中国严重缺乏受过训练的歌舞人才。1937年,阿方哥导演了由黄嘉谟编剧、周璇主演的"新型的国产歌舞影片"《三星伴月》,插曲《何日君再来》风靡一时,传唱不绝,随即成为一首脍炙人口的名曲。此后的周璇大红大紫,根本无暇抽身,阿方哥也再难与其合作。

为了培养符合要求的歌舞演员,在拍摄《凌波仙子》的时候,阿方哥专门邀请俄国人鲍立斯洛夫担任舞蹈教授,除李丽华之外,另外招募16个少女,每天在鲍立斯洛夫指导下勤习舞蹈。鲍立斯洛夫对中国戏剧颇有研究兴趣,曾经指导过卡尔登和丽华剧院公演的话剧《第二梦》和《小妇人》中的舞蹈场面。

1943年,日军占领的南京和上海,迎来了作为"艺术使节团"的日本东宝歌舞团,日伪合作的上海"中联"公司,决定"倾全人力物力",与其联合拍摄一部"纯"歌舞影片《普天同庆》(后改名《万紫千红》),还预备运往日本、满洲、华北及南洋群岛各处"隆重献映"。阿方哥一方面是工作需要养家糊口,另一方面,应该是被《万紫千红》这种"大投入"和"纯歌舞"的诱惑俘虏了,再一次在关键时刻迷失了方向。

战争结束后,"华影"关门,上海影人整批失业。因有"附逆分子"嫌疑,许多电影人只能留在家里"孵豆芽",坐吃山空。物价一天一天地往上涨,吃饭问题受到了更大的威胁。阿方哥不得不卖掉最心爱的脚踏车,李萍倩也将自己的住屋出顶给了他人。为生活所迫,他们不得不大动脑筋。因为听说从前在"华影"服务过的一位职员,走单帮贩柿饼,赚了五六倍,大家都有些眼红。阿方哥便跟李萍倩商量,决计"走单帮"了。

阿方哥、李萍倩跟其他三位,各人带了一摞钞票挤上京沪线上没有车玻璃、冷风往里钻的"单帮车"。阿方哥只到了南京就不敢往北,弄到了一批山东梨,千辛万苦运到上海,人已经不像人。两只脚泡在水里,满身的泥泞。而那些贩来的山东梨,腐的腐,烂的烂,照成本打了四折才卖出去,便不由得叹息:"单帮不是人走的!"当时的报道,放上阿方哥的落魄照片,幸灾乐祸地配文:"阿方哥沛霖,拍歌舞影片,呒啥话头,做单帮勿灵光,难怪他要抓头皮了。"

1948年12月21日,中国航空公司"空中霸王"XT104号客机,在距离香港东北四十里的贝索岛触山焚毁,乘客及技师全部惨死。阿方哥随身携带《天外天》《虎雏》和《仙乐风飘处处闻》三个剧本,除《虎雏》外,均系自己的作品,皆无底稿,也与阿方哥同归于尽。

阿方哥此次去港,已受聘为永华公司基本导演,有将家眷全部迁港计划,故将上海家中所有财产,细软贵重一并带走,只留家用一千元、白米一担。

在阿方哥的追悼会上,电影导演费穆作为追悼会主席发表了沉痛的感言:

> 一个人在活着的时候,他的价值是别人不知道的,直等到死后才被发现。他在沪港间奔波,一年要拍五六部戏,为什么工作如此繁忙?还不是为了生活!

导演如费穆,始终在思考一个人活着的价值;但"犹太导演"阿方哥,只有死后才让人明白,他的一生忙忙碌碌、节俭成习,但大多数时候,只是为了活着。

2018年7月,北京

希区柯克：看到了吧，他总爱偷窥

2012年11月，美国福克斯探照灯影业制作发行了一部由萨沙·杰瓦西执导，安东尼·霍普金斯、海伦·米伦和斯嘉丽·约翰逊主演的传记影片《希区柯克》。影片以希区柯克拍摄《精神病患者》（1960）前后的经历为主线，试图探讨这位年逾六旬的悬念大师的日常生活及其内心隐秘。其中一幕，《精神病患者》女主演在自己的化妆室里，突然看到一个叼着烟斗的胖男剪影从窗外飘过，女主演即对身旁的闺密说："看到了吧？他总爱偷窥。"

窥淫癖是对被压抑的情欲的宣泄，也能在很大程度上询唤和操纵观众。喜欢恶作剧的希区柯克，经常会把偷窥这种人类的本性，跟禁止的欲望和恐怖的乐趣联系在一起，通过躲在角落里拿着摄像机的人，让观众剥开真相，获得真理，随后轻描淡写地告诉所有人：这只是一场电影。

但这一场电影,遍布天才与疯狂的印记,从1920年拍到1976年,从无声拍到有声,从英国伦敦拍到美国好莱坞,影响无远弗届,感受历久弥新。

事实上,法国人最早表现出对希区柯克的高度推崇。正如新浪潮主将之一弗朗索瓦·特吕弗所言,希区柯克的影片是以异乎寻常的细心、独特的激情,并以罕有的娴熟技巧掩盖起来的敏感制作而成,它们连续不断地流传开来,在全世界播散,能与最新出品的影片相媲美,不会遭到时间的损毁。著名导演马丁·斯科塞斯也曾在《视与听》发表纪念希区柯克的文章,并充满感情地表示,每一次都能从希区柯克的电影中发现新的东西;你一年年长大,他的电影也随之发生改变;过一段时间,你就数不清把他的电影看了多少遍;斯科塞斯指出:"我一段一段地看过希区柯克的电影,它们好像伟大的音乐或者绘画作品,你可以跟他的电影一起生活,或者让他的电影引导你的生活。"1998年,为了向希区柯克致敬,导演格斯·范·桑特竟然运用现代拍摄技术,按照希区柯克设计的镜头"照搬"式地重拍了一次《精神病患者》。

作为一个令人迷惑的魔术大师和善于经营的公关天才,希区柯克引发的媒体关注和学术研究,应该超出了电影史上的所有"作者"。在《天才的阴暗面:希区柯克的一生》一书中,唐纳德·斯伯特曾经指出,希区柯克是一个"阴森的狞笑者,惊恐的孩子,暴君般的艺术家",然而,他也认为希区柯克的作品"有力、深刻而迷人,使他成为一位与卡夫卡、陀思妥耶夫斯基和爱伦·坡比肩而立的艺术大师"。

迄今为止,希区柯克个人史里丰富复杂的言行举止以至潜意识中的大量细节,都被不厌其烦地挖掘、整理和分析,甚至包括他的童年拘禁、肥胖身躯以至长年的阳痿和浊重的口气。与此同时，希区柯克电影里的每一个人物、每一个镜头以至每一个道具，也已被置放在大量电影史学家、批评家和无数电影观众的显微镜下，甚至包括早年的写作、散佚的短片以至楼梯的象征和匙孔的隐喻。特别是在派拉蒙的辉煌岁月里，希区柯克导演的《后窗》《眩晕》《西北偏北》和《精神病患者》等杰作，不仅曾让全世界感到惊悚，更成为全世界一代又一代影人和观众去往电影院朝圣膜拜的经典。

不得不说，当阅片无数的老影迷，或者初来乍到的新观众再一次在银幕上看到风度翩翩、潇洒迷人的男主角加里·格兰特，为了摆脱身后紧追不舍的飞机，沿着公路向摄影机狂奔的画面（《西北偏北》），以及典型的、希区柯克式的金发女郎珍妮特·利在浴室中被突如其来的利刃乱刺、挣扎倒地的蒙太奇段落（《精神病患者》），确实仍能体会到一种前所未有的惊险刺激感和"猝死的震撼"，就像当年的观众一样。

除此之外，影院观摩的专业修养也变得必不可少。如果你明白"浴室凶杀"段落是利用库里肖夫效应，在45秒钟组接78个刀子、人体、喷头和浴缸的近景与特写短镜头，令人头晕目眩地完成了快速切换，便初步进入了希区柯克的世界；如果能够想起女性主义电影理论家劳拉·穆尔维的观点，在希区柯克的影片中，男主人公看见的正是观众所见的，他通过窥淫癖的性行为把对形象的迷恋当作了影片的主题，你就已经对希区柯克进行了精神分析学的读解；如果碰巧看过一本名为《不敢问希区柯克的，就问拉康吧》的书，还知道哲学家斯拉沃热·齐泽克和雅克·拉康的名字，认识到对希区柯克的阐释，可以在现实主义、现代主义和后现代主义三个层面上予以展开，你便有可能跟当年的希区柯克一样,在现场收获大量的粉丝。

总爱偷窥的希区柯克,也彻底暴露在每一个偷窥者的视野里;而作为好莱坞历史上接受采访最多的导演,希区柯克也被自己的话语淹没。这是一个窥视与监控的世界,也是一个文本交互和过度阐释的时代。但对于希区柯克,我们仍然保有原初的兴致,甚至比当年更加强烈。

这种原初的兴致,或许就是一种未泯的童心。

因此,当我们回到1929年,在希区柯克导演的无声片《讹诈》(也有一个有声片版本)里,看到30岁的希区柯克客串的一个胖子角色,正在地铁上专心看书的时候,便会在流逝的时间面前体会到生命的永恒;而当坐在前排的一个熊孩子站起来,无来由地不断拉拽希区柯克的帽子,让希区柯克非常气愤而又颇显无奈的时候,我们知道希区柯克始终未泯的童心,其实是一种为了趣味而工作,通过工作而生活的人生境界。

这也是为什么,在我个人的希区柯克观影史上,我总是想要放弃哲学、思想和电影理论本身,一遍又一遍地期待影片中将要出现的希区柯克的身影。这个超重的身体,虽然不完美,却是可爱的。

就像拉康,也像齐泽克。

此文原题《看到了吧?他总爱偷窥》,载《北京青年报》2019年4月19日

《文艺研究》与一墙之隔的缘分

承蒙厚爱,从2005年在《文艺研究》发表第一篇拙作开始,迄今已在这一享有盛誉的学术期刊上登载了7篇学术论文,总计超过10万字。在我的心目中,《文艺研究》不仅是文学艺术研究领域令人尊崇的学术标杆,而且是各类艺术学者展示研究成果的最高平台,更是督促我坚持学术写作并追求学术理想的主要推动力。

说起来,我跟《文艺研究》编辑部的距离,原本遥不可及,却也因缘巧合,曾经只有一墙之隔。

1988年大学毕业后,我回到了老家县城的一所中学。年终,单位号召老师们订阅报刊,我手心里攥着刚刚发下来的80元工资,经过数轮精挑细选,终于在《文艺研究》的选项上打了个钩。正是《文艺研究》,成为我进入工作岗位个人订阅的第一份杂志;也是《文艺研究》,让我知道了中国艺术研究院,也记住了北京市西城区前海西街17号。但当时怎么也不会想到,6年后的我就在恭王府里看到了《文艺研究》编辑部的办公室,8年后竟然阴错阳差地住在了它的隔壁。

离开中学之后,我考到了西北大学中文系攻读现当代文学专业的硕士学位。尽管随身携带的行囊中,还有舍不得扔掉的那几本《文艺研究》,但在我的内心里,"文艺"似乎渐行渐远,北京更加遥不可及。直到现在,我还能清楚地记得,在从岳阳开往西安的绿皮列车上,因无座而在过道里蜷缩了10多个小时后,一个面露菜色的年轻人,仍在如饥似渴地阅读杂志文章的情形;记得读到了季羡林的《关于神韵》(1989年第1期),王蒙、王干的对话录《说不尽的现实主义》(1989年第2期),还有王朝闻的《雕塑的时间性》(1989年第4期)以及王季思的《〈西厢记〉的历史光波》(1989年第4期),希望自己能够躲在这样的文字后面,抵御赤贫的生活,抚慰受伤的梦想。

不能肯定在多大程度上是因《文艺研究》这本杂志,我才在任职西北大学中文系助教两年后,选择投考了中国艺术研究院影视所李少白先生的博士研究生。但我已经知道,《文艺研究》曾经发表过不少有关电影美学、电影历史的研究文章,并在文化界和电影学术界引起了较大反响。其中,夏衍、陈荒煤、钟惦棐、邵牧君、罗艺军与李少白等先生的相关述论,使我更加深切地意识到,电影作为学术,也是可以跟文学、美术、音乐和戏剧等相提并论的。

1994年秋天,我终于离开古都西安,来到首都北京。第一次发现前海西街17号既是中国艺术研究院的所在地,又是清代名邸恭王府的门牌号码。穿过银安殿前银杏落叶铺就的一片金黄,便能在号称"九十九间半"的后罩楼西段,找到《文艺研究》编辑部的小小牌圃,看到柏柳、方宁、廉静、陈剑澜和杜寒风等编辑部成员的身影。跟当时的恭王府一样,里面的刊物与人均安静内敛,仿佛遗世独立,却低调而不失高格,清雅而有古趣。此后两三年,无论是在嘉乐堂或员工食堂,还是在葆光室乃至公共浴室,便都"低头不见抬头见"了。方宁稳重潇洒的儒雅风范,陈剑澜初出燕园的逼人才气以及杜寒风针砭时弊的嬉笑怒骂,都给人留下深刻印象。

更重要的是,真的是因为近水楼台先得月,《文艺研究》在20世纪90年代后半叶出版的每一期,恭王府里的各位学人都有机会在第一时间获得并先"读"为快。对我来说,也是平生第一次集中阅读张庚、蒋孔阳、钱中文、叶朗、张立文、张世英、周来祥和童庆炳等学术名家的论文,并不时地在这本刊物上看见朱立元、杨义、曹顺庆、南帆、周宪、叶舒宪、王一川、王岳川、陶东风、傅谨和丁宁等学者的名字。尽管学术和生活同样艰难,但通过文字辨认属于自己的"学术圈"并大约找到"学术共同体"的感觉,无疑非常美好,也是极为难得。

博士研究生毕业之后,经过几次辗转,我终于在恭王府里觅得了一间10平方米左右的办公室,作为一家三口的暂居之地。1997年至1998年底,我住在了《文艺研究》编辑部的隔壁。

然而,直到2005年下半年,受陈剑澜之约,我才第一次在《文艺研究》发表我的学术论文《消费逻辑的建立与贺岁电影的进路》。(2015年第5期)论文试图将正在热议的贺岁电影当作一个消费文化的命题,并在波德里亚的"消费社会"与齐格蒙特·鲍曼的"后现代性及其缺憾"的理论基础之上,反思贺岁电影所面临的问题和症结。在我看来,贺岁电影的出现,是21世纪前后中国电影面临票房困境和市场压力的无奈选择,也是中国喜剧电影寻求观念突破与整体超越的重要环节。然而，由于各种原因，即便是票房鼎盛、口碑甚佳的冯小刚贺岁片，也存在着"深度"的执迷与"作者"的误区，这是悖逆消费文化逻辑、阻碍贺岁电影发展的主要症结。只有消除传统的"深刻"的价值观、放弃个性的"作者"的预期，在贺岁片的"符号"与"意义"之间寻求开放性的阐释，才能建立正常的文化消费逻辑，打通贺岁电影的进路。

2005年恰逢中国电影诞生100周年，也成为我个人学术发表的"井喷"之年与学术生涯的转折点。正是在这一年里，我在《当代电影》《电影艺术》《北京电影学院学报》《艺术评论》等刊物发表了《建构中国电影文化史》《影像与影响——"〈申报〉与中国电影"研究之一》《沦陷时期的上海电影与中国电影的历史叙述》《以光影追寻光明——沈浮早期电影的精神走向及其文化含义》《伦理诉求与国族想象——朱石麟早期电影的精神走向及其文化含义》及《民国报纸与中国早期电影的历史叙述》等数篇学术论文，在中国早期电影研究与"重写"中国电影史的理论、方法与具体个案等领域，进行了较多的学术思考和写作实践。但《文艺研究》的约稿，才开始让我意识到，当下电影研究也是学术界极为关注的话题，我当然不能"袖手旁观"；何况，对包括贺岁电影、电影文化和电影产业等在内的电影现状及其发展生态，我也确实有话要说。

这样，《文艺研究》成为我关注文化产业与电影生态，并介入当下文艺及其重要现象的发表平台。2008年，受戴阿宝之约，我将我主持的北京市哲学社会科学项目成果的"引言"部分，以《都市功能的转换与电影生态的变迁——以北京影业为中心的历史、文化研究》为题，发表在《文艺研究》2008年第3期。在这篇论文中，我想从芝加哥学派的都市社会学、西方马克思主义的新都市社会学、洛杉矶学派都市研究的后现代取向以及亨利·列斐伏尔（Henri Lefebvre）、大卫·哈维（David Harvey）、迈克·迪尔（Michael J. Dear）和爱德华·W.索亚（Edward W. Soja）等学者的都市研究与空间理论出发，阐发电影产生于都市并与都市之间相互生产的观点，并提出"电影北京"的构想。在我看来，作为人类居民和资金、商品、信息、创意聚集区，都市是电影最适宜的成长土壤与栖息之地；而作为一种特殊的符号生产和象征经济，电影在都市展开着空间的想象并将都市创造为想象的空间，进而创造了新都市。正因为如此，都市功能的转换势必影响并制约着电影生态的变迁，反之亦然。"电影北京"的构想倾向于依托首都北京的功能定位，把电影当作北京各种文化创意产业的中心环节，并与各种文化创意产业相互促进和推动，最终完善和提升北京的都市功能；就像好莱坞、宝莱坞与FilmLondon一样，"电影北京"将是中国以至世界上一个极具生成性的电影空间和都市空间。在这里，"电影"与"北京"相互生产，终将打造出一种新的民族电影与一个新的国际大都会。

随后，我又在《文艺研究》发表了《从"亚洲的电影"到"亚洲电影"》（2009年第3期）与《构建"两岸电影共同体"：基于产业集聚与文化认同的交互视野》（2011年第2期）两篇论文，开始逐渐显示出我自己在"电影文化产业"研究领域从理论到实践、从具体到整体，以及从本土到全球的学术旨趣和考察路径。不得不说，从文化产业的角度研究电影，并非我的长处，更不是我的"主业"。我一直将自己定位为一个中国电影史学者，尤其着力于中国早期电影研究与"重写"中国电影史的理论与实践。得益于《文艺研究》，我的研究视野能够努力向着更加深广的学术层面拓展,并在此后的思考中,努力训练跨界思维的能力,增强史论结合的素养,将主体性、整体观与具体化的撰史原则纳入自己的概念体系,提出中国电影史的"重写"方案。

《构建"两岸电影共同体":基于产业集聚与文化认同的交互视野》一文,便试图从文化政策、区域战略与产业运作等不同层面,提出两岸电影共同体的构想;《从"亚洲的电影"到"亚洲电影"》一文,也是试图在全球化与文化地理学的理论背景下,对作为地域的"亚洲"与作为文化的"电影"所展开的一种特性书写与意义生发的主体行为。至此,从"贺岁电影"到"电影北京",再从"两岸电影共同体"到"亚洲电影"的主体性阐发,通过《文艺研究》的发表平台,我大约完成了自己针对中国电影的"空间"建构。

诚然,作为电影史学者,"时间"建构也是根本的使命,为特定"空间"里的电影展开有效的历史分期,无疑是重中之重。经过数年思考和探索,我在《文艺研究》2014年第3期发表的《冷战史研究与中国电影的历史叙述》一文,便是对此进行的初步尝试。论文建立在20世纪全球史观以及战争、"冷战"与"后冷战"(或全球化)历史分期的基础之上,在对中国电影的文本、作者、类型及美学、文化和工业等进行整体阐发的过程中,对海峡两岸一个世纪以来的中国电影展开一种创新性的历史话语实践。论文表示,需要在"冷战史"研究的学术背景下,通过对相关电影研究的认真梳理,考察"冷战"时期的中国电影与中国电影研究的相关议题;与此同时,通过对电影"冷战史"研究的深入反思,探讨这一时期的中国电影史书写;最后,通过对"冷战时期"中国电影史的分析探究,重新建构中国电影的历史叙述。

显然，跟《当代电影》和《电影艺术》等杂志一样，《文艺研究》也在"纵容"我的学术思考。2014年，《当代电影》发表了李焕征与鲁晓鹏（加州大学戴维斯分校教授）就华语电影研究和"重写"中国电影史等问题的访谈录；我也在当年的《当代电影》杂志上，以《重建主体性与重写电影史——以鲁晓鹏的跨国电影研究与华语电影论述为中心的反思和批评》为题，对鲁晓鹏的主要观点展开争鸣。以此为契机，在海内外电影学术界引发了较大的反馈和持续的讨论。《文艺研究》也主动地参与其中，陆续发表过一些相关论文，显示出杂志本身的学术敏感度和超强的议题设置能力。在这些论文中，张英进的《学术范式与研究主体：回应"重写中国电影史"的争论》（《文艺研究》2016年第8期）与赵牧的《他者目光抑或民族主体——从中美学者"重写电影史"论争看研究范式转型》（《文艺研究》2019年第2期）颇具代表性。

然而，"重写电影史"论争中出现的一些观点甚至有意的误解，让我更加急迫地想要现身出来，表明自己的学术立场，《文艺研究》2016年第8期发表了我的《中国电影史研究的主体性、整体观与具体化》一文，基本回答了论争中提出的主要问题，完成了我在中国电影史研究领域的理论建构。在我看来，主体性、整体观与具体化既是迄今为止中国电影史研究必然提出的三项议程，也是中国电影史研究在研究主体、研究观念与研究方法领域寻求突破的重要途径。我们需要检视和反思中国电影、华语电影与跨国电影研究中的难题和问题，通过跟西方文化观念和欧美电影理论所构筑的话语权力进行对话与商讨，在全球化语境里重建中国电影历史研究的主体性；与此同时,也有必要在理性消退、价值冲突、知识碎片的互联网时代,正视因历史和现实所造成的中国电影的独特境遇及其两岸格局和国族意识,搭建一个跨代际、跨地域的时空分析框架,在后现代主义与后殖民主义、文化认同与国族认同的张力之间确立中国电影史研究的整体观。在此过程中,极力主张一种具体化的中国电影史研究,亦即尽可能回到历史现场并充分关注中国电影本身的丰富性、复杂性甚至矛盾性,以在历史之中和跨文化交流的姿态,依循战争(1895—1949)、"冷战"(1949—1979)与全球化或"后冷战"(1979—2015)的历史分期,将一个多世纪以来中国电影的反殖民化运动、后殖民化体验和全球化拓展整合在一种差异竞合、多元一体的叙述脉络之中。

感谢《文艺研究》,念在曾经的邻居之谊,在心理上始终没有远离。也感谢《文艺研究》,再一次给我提供机会回顾学术之路,重申学术观点。对于我来说,这是滚滚红尘之中不可多得的精神历险,也是难再复制的高峰体验。

此文原题《一墙之隔的缘分——〈文艺研究〉与我的学术写作》,载金宁主编《〈文艺研究〉与我的学术写作》,北京:文化艺术出版社,2019

电影的发生史与一本著作的发生

作为一个仅仅依赖专业性的文字表达而生存的人文学者，我总是固执地认为，在这个世界上，如果真的有人认真地读过你写的文字，并且能够跟你展开深度的交流与对话，那么，这个人一定是你的不可多得的好学生；而作为导师，教学生涯中最值得夸耀的时刻，就是在你认真地读过好学生的文字之后，找到了太多你想要表达却又无力表达的东西。

在张隽隽的著述里，我就体验到了这种被好学生无情超越的"酸爽"感觉。

张隽隽是我作为导师指导的第二个博士研究生，这部书稿就是从她的博士学位论文《中国电影发生学研究》演变而来。得益于她的这篇论文，我也获得了北京大学优秀博士学位论文指导教师称号，以及2017年度北京大学教学优秀奖（研究生部分）。实际上，从

2007年获得北京大学朱光潜奖教金以后,我已经十年没有得到过任何层级的教学奖励了。每次填充各种表格,在这方面都会出现空白,内心的惭愧是无以言表的。

迄今为止,北大最令我敬佩的地方,仍然是它的"底线"意识,这也是身为其中一员的骄傲。我敢肯定地说,至少在学术层面,北大内部的表彰标准,确实远远高于"社会"。现在我要强调:张隽隽就是得到过"北大优博"的好学生。

应该说,这是一本在理论和方法、观点和结论等领域都有创新和突破的学术著作,在建构中国电影发生史以及探讨魔术师卡尔·赫兹、"补助兴复海军社"与上海基督教的电影放映等方面都有填补空白的意义。行文之间,每章每节都是说来话长的议题,是需要专门的论文去讨论了。但择其印象最深的部分,还是一种不畏权威和挑战经典并坚持质疑和辩难的学术勇气,以及穿透巨量文献及其表层信息直击现象核心的问题意识。正因为如此,这本书便拥有了一种自觉的方法论意义和难得的理论品质;而在理论与方法的层面,也尽量保持着动态开放和兼收并蓄。对于一个初入学界的年轻学者而言,这种努力和能力,是非常令人欣慰并充满期待的。

诚然,优点也有可能变成缺陷。由于希望在早期电影研究的中外理论与方法之间寻求整合,本书对相关领域的一些重要问题如"民族主义"和"现代性"之间的复杂关系,还没有展开更有说服力的阐发;而对"是否应该将中外影人合作拍摄的电影称为'中国电影'?",以及"主要在上海、香港进行生产和消费的电影应该被称为'上海/香港电影'还是'中国'电影?"等问题,其实不应该在"发生学"的框架里提出来。因为在我看来,"发生学"或"历史现场"的研究,本来就将问题从"是什么"转换为"在哪里"了。

关于这本书,还就两个话题展开一下。

第一个话题是生活的祝福。

先说结论:念博士确实高冷,何况还是做冷僻的学问,因此更加需要传奇爱情的催化与美好婚姻的见证。初识隽隽的时候,隽隽当然是逍遥的单身贵族,读书作文都是了无挂碍,却也似乎缺少具体的方向。同时我也察觉到,在另外一个生活的领域,隽隽的烦恼也是不少。好在终于有一天,她情不自禁地充满喜悦地告诉我,找到了心中的白马王子。我们当然非常高兴。也就是从那一天开始,隽隽的动力、方向和目标似乎都已明确,我也终于放心下来,意识到她的博士论文应该是没有太大问题了。据隽隽透露,对方是北大名师的博士后,做的也是历史相关的研究。后来,我在西雅图的华盛顿大学见到他,确实是值得隽隽一见钟情的那种人。然而,生活之路曲折多变,毕业之后两人一起去了杭州,不久隽隽又跳槽去了上海,发表了多篇颇有影响力的论文,现在著作又要出版了。我知道,对于他们来说,当下正是事业打拼和家庭经营的关键时刻。

真心祝愿他们携手共进、共渡难关。

第二个话题是西雅图的对外交流。

尽管在北大的课堂和相关的研讨中,有关什么是"中国电影"、如何研究中国电影以及怎样面对西方宏大理论诸如"现代性"或"白话现代主义"等,始终都是我跟我的研究生们一以贯之的话题,但"跨界"研究也是我们坚守的视野,这就需要更多的对外交流。在这方面,读博期间,隽隽借助国家留学基金委的国内外大学博士生联合培养平台,非常主动地联系到了美国华盛顿大学(西雅图)比较文学系的柏右铭（Yomi Braester）教授，并在那里访问了一年。现在这本书，处处可见这一年国外访学所获取的独家资料和新鲜思考。我是因为隽隽才跟柏右铭教授有了直接的交往，并建立了极为深厚的友谊。我没有想到的是，在我们之间，除了学术上的各种沟通，其他有关中国文化的认知如美食和茶道等，竟都是从他那里向我"反向输出"。去年"双十一"，他从淘宝精心"淘"到的各种茶叶和茶具，便曾堆满过我家的储藏间；而今年新增的"小宝贝"也越来越多，眼看堆不下了。对一种东西这么"无节制"地表示热爱的人，我还是第一次遇到。有时候我就猜测，他的前世可能就是中国人。

在张隽隽的这本书里，也可以找到这一年的足迹。尽管在很多方面，隽隽已经比我们走得更远。

此文为张隽隽《从外来杂耍到本土影业：中国电影发生史研究（1897—1921）》序，该著作由中国社会科学出版社出版

从电影建筑到电影绘画

一种新的建筑或绘画,通过向电影学习,或者说以电影的方式思考其存在本性并探索其表现形态,将会获得前所未有的特点并改变建筑与绘画的可能性。无论"电影建筑",还是"电影绘画",均可在这样的层面上予以观照。

通过不在场的在场而存在,这是建筑学家帕斯考·舒宁(Pascal Schöning)在《一个电影建筑的宣言》中对"电影建筑"(Cinematic Architecture)的概念认定。(帕斯考·舒宁:《一个电影建筑的宣言》,窦平平译,《建筑师》,2008年第6期,第81-86页)1993年前后,帕斯考·舒宁跟鲁本斯·阿泽维多(Rubens Azevedo)、朱利安·卢夫勒(Julian Löffler)和斯蒂法诺·拉波利·潘塞拉(Stefano Rabolli Pansera)等一起,以伦敦建筑联盟学校(AA)为基地,从理论阐释与设计方案两个方面开始了对"电影建筑"的探索。

在《一个电影建筑的宣言》中，帕斯考·舒宁愿证明自己更是一个哲学家、诗人和电影编导。他列出的关键词除了"电影""建筑""光"和"图像"，还包括"物质""能量""持续时间""明识空间""过程""实在性""记忆"等；宣言引证的哲学家和诗人有马可·奥勒留、狄奥根尼、爱因斯坦、海森堡、贝克特与吉尔·德勒兹；电影导演让－吕克·戈达尔无疑给"电影建筑"带来了灵感并启发了信念。从海森堡的"空间和时间不可能同时被测定"的测不准原理及贝克特的"不分彼此，此处未曾将走近或远离一切人类的步伐"的注解出发，帕斯考·舒宁认识到"一个建构方案应该被看作一个过程而不是物件的某种集合"，进而指出："让－吕克·戈达尔将电影描述为'每秒24次的真理'，这说明设计过程的结果不仅仅是帧的累积，也不仅仅是某个物体的装配。"

通过一系列思考和深度的辨析，帕斯考·舒宁试图回答"电影建筑"到底是什么的问题。在他看来，电影建筑是用暂时的对抗稳定的，它旨在通过持续的变化来消解或者暴露静态物质世界这个概念。电影建筑的使用者，在最极端的情况下，会失去任何觉得自己正被房子容纳的意识；或者恰恰相反，觉得除房子外什么也没有而产生某种失望之情。通过这样的方式，电影建筑成为实体对话的一种形式，和其他对话一样，它应当导向更高层次的知识和理解；电影建筑揭示出房子作为一个可靠的和稳定的要素的虚幻性，并且将重点转移到生活和叙事的过程上，也许房子只能作为生活叙述本身的一个启动者，因为除非建筑允许和揭示过程和变化这些转瞬即逝的东西，它不过是一些毫无意义的物质的复杂凝聚；创造电影建筑的过程涉及绘制思考的线/绘制对线的思考。在文章的结语部分，帕斯考·舒宁引述了自己跟另外两位同道让·阿塔利（Jean Attali）和荣·肯利（Ron Kenley）共同发表的文字："如果说建筑常常被比喻为电影，那是因为它们与视觉世界和物质世界之间有着共同的关系：它们通过其心理图像对实体世界的维度——它的表面、框架、光和深度——进行放大的方式。在建筑中，同样在电影中，'实在性'与符号世界的混合导向被戈达尔称为'未经解释的（符号的）光'。只有当我们接触到个人和集体记忆的深度时，建筑和电影才显示出它们建造性的力量。只有当建筑和电影展开了它们的物质手段、它们的相互作用和它们的集合时，它们才展示出其创世神话式的灵感。电影对图像的制造概括了建筑对空间的实体建构。"

在"电影建筑"概念和宣言的动议下，更多的论述和设计正在陆续展开。国内《建筑师》杂志2008年第1期便在其"'建筑与电影'专辑预告与征稿启事"中开宗明义：建筑是凝固的电影！电影正取代音乐成为最接近现当代建筑的艺术形式。吉迪翁（S.Giedion）1928年的论断"只有电影才能让人理解新建筑"所言非虚。现在，"电影建筑学"这个跨学科研究领域，也正在形成自己独特的理论和方法，并成为当代建筑的重要实验点。

毫无疑问，让-吕克·戈达尔的电影观念和电影实践，是"电影建筑"和当代实验建筑的灵感之源。这位始终对抗着好莱坞并因其随心所欲的情节、大胆突兀的跳接和变化无端的情绪创新电影语法、改变电影思考方式的法国人，不仅是当代最有声望但也最具争议性的电影导演，而且以其自身的存在改变了电影与建筑和绘画的关系，进而改变了人与时间和空间的关系，并在此基础上改变了人类的世界观。在1968年的一次访谈中，戈达尔为回答观众"你的意思是你想要改变观众?"的问题时,正好说过一句话:"我在试图改变世界。"(大卫·斯特里特编:《戈达尔访谈录》,曲晓蕊译,吉林出版集团有限责任公司,2010,第53—106页)

其实,从一开始,电影就在影像奇观和心理震惊的层面上创造了一个跟20世纪前后人类的生命体验和存在感觉相互关联的新世界。到现在为止,即便是那些看起来过分粗粝和幼稚的无声电影,也在对时间和空间的重组以及对身体和光影的利用上给予观众超出一般的想象力。戈达尔对无声电影潜力的推崇及对全新电影语言的开发激情,或许就是因为体会到了电影与存在之间的更为根本的关系。通过不在场的在场,电影创造了一个最为独特的世界:虚无的存在和存在的虚无。

正因为如此,戈达尔也喜欢绘画并希望在与绘画的比较中确立电影的本质和特性。他的第一篇评论文章,就是比较普雷明格的电影与印象派绘画。在他看来,绘画没有焦点,观众们也不必在意;但在电影中,画面不能没有焦点。尤其是加上对话之后,在聚焦的电影画面和对话中间,就产生了一处焦点之外的地带。戈达尔认为,这种"离焦"才是真正的电影。为此,他将自己广受关注的录像作品《电影史》(1998)当成绘画作品而非影片。

事实上,早在20世纪50年代,另一位著名的法国电影人就深入讨论过绘画与电影的关系。在《绘画与电影》《〈毕加索的秘密〉:一部柏格森式的影片》等文章中,(安德烈·巴赞著:《电影是什么?》,崔君衍译,中国电影出版社,1987,第197–203页)针对画家和许多艺术评论家对阿伦·雷乃、罗贝尔·埃桑和卡斯东·蒂埃尔的《凡·高》,彼埃尔·卡斯特的《戈雅》以及阿伦·雷乃、罗贝尔·埃桑的《格尔尼卡》,亨利·克鲁佐的《毕加索的秘密》等"表现绘画艺术的影片"

或"利用绘画作品进行电影化的综合影片"的非议,安德烈·巴赞分析了绘画的"画框"和电影的"敞光框"及其与空间的关系,指出:画框构成一个在空间上失去定向的界域,它造成空间的内向性;相反,银幕为我们展现的景象似乎可以无限延伸到外部世界。画框是向心的,银幕是离心的。因此,假设我们打破绘画的格局,把银幕嵌进画框,绘画的空间便会失却自己的方位和界限,造成没有边际的印象。这样,绘画作品在不失掉其他绘画造型特性的情况下,获得了电影的空间特性,周围世界成为潜在的绘画世界,画作具有了这个世界的特性。也就是说,由于消除了画框,打破了画框的界限,绘画世界便可与外部世界视为同一;更为重要的是,通过剪辑对时间加以自由的分切,毕加索画作中的每一局部仍保持着每秒 24 个画格的真实时间结构;电影与绘画过程合乎情理地密切结合在一起并成为美学的整体。

值得注意的是,安德烈·巴赞虽然强调了电影之于绘画的"革命"意义,却没有倾向于宣示一种新的绘画形式(这里可称为"电影绘画")的出现。打破了画框界限与时间限定的绘画世界,仍然只是跟时空自由的电影世界合为一体。其实,通过不在场的在场而存在的外部世界,只有在"电影绘画"而不是"表现绘画艺术的影片"或"利用绘画作品进行电影化的综合影片"中得到创造和显现。跟"电影建筑"一样,"电影绘画"是只有电影才能让人理解的新绘画。

回到戈达尔。总共 4 卷 8 集的《电影史》,如果不是电影而是绘画的话,就应该是这种"电影绘画",是只有电影才能让人理解的新绘画。

此文原题《以戈达尔为例:从"电影建筑"到"电影绘画"》,载《美术观察》2013 年第 1 期

《日本电影100年》：得其意而忘其形

久闻四方田犬彦先生大名，却始终未曾谋得一面。在我的记忆中，尽管有两次难得的机会，但都莫名其妙地错过了。好在书房里已经有了生活·读书·新知三联书店的《日本电影100年》(2006)、中国电影出版社的《创新激情：一九八〇年以后的日本电影》(2006)和南京大学出版社的《日本电影与战后的神话》(2011)等著作，也算对四方田犬彦先生及其日本电影史著述不再陌生。现在又有了新星出版社的《日本电影110年》，并应译者王众一先生叮嘱进行"百字点评"，便觉得更应该好好钻研四方田犬彦的大作了。

王众一是中国日文版对日传播杂志《人民中国》总编辑，除了翻译四方田犬彦先生的三部大作，还在传播学、翻译学、大众文化和中日关系等领域多有建树。现在想来，我跟王众一的相识和友情，还是因为东京大学刘间文俊教授的引荐。但自从见到王众一，我就把他当成朋友圈里日语最厉害，并且最懂得中日两国电影及其相互关系的中国人。

事实确实如此。王众一不仅以汉语和日语写作，而且进行大量汉译日、日译汉工作。近年来，还尝试以汉俳形式汉译日本俳句和川柳，并从事汉俳创作。对于我们这种只能听懂库里奇挖、阿里嘎多、莎哟哪啦的门外汉来说，简直是极端地不可思议。因此，我更愿意打探他在为姜文电影《鬼子来了》提供日本相关背景帮助时的逸事，或者直接阅读他翻译的四方田犬彦著作《日本电影110年》。

不得不说，《日本电影110年》是一部个性突出、观念独特、简明扼要而又与时俱进的日本电影史著。阅读这部著作的汉译本，则会产生一种令人由衷赞佩、欲罢不能的快乐体验。在这里，原著的精神与译文的精彩相得益彰，已经不太能够分得清原著与译文之间的界限了。或许，这便如译者所言，是等效翻译理论力求达到的"得其意而忘其形"的效果。

按四方田犬彦先生的预设，《日本电影110年》是写给"专家以外的普通读者"的，因此，原则上以十年为一个阶段进行分期，突出分析每个阶段里发生的重要变化，似乎只是一部日本电影110年的编年史。但如果仅把这本"小书"当成日本电影史的普及型读物，就会大大忽略甚至降低了它的学术价值。在我看来，《日本电影110年》最值得关注的地方，恰恰不是那些由影片、导演和影业公司等具体信息构成的电影史知识，而在于选择并呈现这些具体信息的观念和方式。也就是说，可以从理论和方法的层面，发现作者之于日本电影史写作的积极探索和重要贡献。

实际上，在《日本电影110年》中，作者自始至终都在努力寻找日本电影的"本质性特点",试图"历史地给出一个'日本电影'的统一范畴",并以此回答"什么是日本电影?什么不是日本电影?"的问题。尽管对这一问题本身,作者也很难界定其内涵并确证其意义。作为一位始终对民族主义意识形态保持警惕因而偏向于世界主义影像立场的电影史学家,四方田犬彦对"日本电影"概念边界与共性特征的探析,与其说是为肯定和张扬"日本电影"的历史性存在,不如说是为"日本电影"留下其作为一种具有"人性的普世性"的"世界电影"的独特记忆。

因此,四方田犬彦既在《前言》和《序章》里展开了何谓"日本电影"的讨论,又在此后各章的具体陈述中,坚持将日本电影史的影片、导演和类型以及技术、艺术和产业等因素,置放在与世界各国尤其欧美、东亚和东南亚电影进行比较分析的维度,得出许多令人叹服的观点和结论,这也足以显示作者不凡的专业素质和深厚的学术功底。例如,最后一章《拍片泡沫中的日本电影2001—2011》中《日式恐怖片的成熟》一节,开头第一句:"受歌舞伎和落语的强烈影响,日本电影自战前就有描写幽灵或怪诞事件的电影类型。"便呈现一个电影史学家极为宝贵的历史文化意识。接着,通过具体阐释中田秀夫、黑泽清和清水崇等日式恐怖片成熟时代"旗手"及其代表作品如《午夜凶铃》(1998)、《分身》(2003)和《咒怨剧场版》(2003)等,得出如下精彩的结论:"与好莱坞或东南亚的恐怖电影进行比较,就会发现日式恐怖片的独特定位。它不以基督教或佛教等特定的宗教性意识形态为背景,制作过程中尽可能将残虐场面或暴露场面压至最少。日式恐怖片毫无疑问,远离那种接连不断的过分尖叫。在剪片环节中最为重视的是效果音与物理音产生的间隙节奏。这一点与从能乐到武满彻音乐所贯穿的日本美学不能说没有关系。日本电影就这样，透过往往被人低看一等的恐怖片类型，展现日本文化的独特本质。"

显然，尽管偏向于世界主义影像立场，但在《日本电影110年》中，四方田犬彦还是更愿意抓住日本电影史的"民族主义"轴心，通过检讨所谓"纯粹的、非常日本式"与"文化杂糅的、马赛克般"这两种相互对立的电影史观，冷静地反思、批判并确认日本电影与民族主义的关系。如此电影史，由浅入深、言近旨远而又个性独具，是"专家以外的普通读者"需要悉心体会的。

按四方田犬彦的观点，电影不应成为服务于民族国家的文化工具。但时至今日，电影确已成为民族国家的形象载体及其文化象征，正如《译后记》里王众一先生所言，这本书在帮助读者了解日本电影发展的同时，也从传播学的维度提供了一个"了解日本"的新视角。

2018年1月12日，北京

"微电影共同体"的想象与创建

2013年春夏之交,作为外审专家,我收到了四川大学研究生院寄来的几篇博士学位论文。《民间表达:中国当代微电影研究》就是其中一篇。出于保密原因,我不知道论文的作者是孙婧。但读过之后,我的反馈意见是"优秀"。

说实话,尽管我的专业是电影研究,但毕竟集中在电影史的理论与实践,尤其聚焦于中国早期电影史,对于刚刚兴起的"微电影",还是缺乏必要的知识和准备。记得在此之前,只在2010年11月26日,勉强应《人民日报·海外版》记者之约,发表过有关"新媒体电影"的只言片语:"作为一个正在生成中的概念,……目前学界对'新媒体电影'表现出极大的关注,但界定它还为时尚早。在我看来,'新媒体电影'最重要的特征是与网络平台及网络受众联系在一起。这是一种介于传统电影与网络视频短片之间的新生事物,比传统电影更具灵活性和草根性,但比网络视频短片更专业、更有理想和抱负。……'新媒体电影'将为更多有志于电影和影像的个体提供表达自己和成就自己的机会,也将为网络受众带来新的内容。'新媒体电影'顺应了网络时代的发展趋势,也会改变中国电影的生产与传播格局。"

到孙婧的博士论文完成之际,以包括《老男孩》在内的"11度青春系列电影"等为代表的中国第一批"新媒体电影",已经被正式命名为"微电影",不仅得到了"结构性社会认可",而且成为跨界研究中引人注目的学术领域。就我个人的判断,这本专著,便是迄今为止有关"微电影"的最具敏锐感觉和问题意识、也最有理论深度和学术价值的研究成果之一。

其实,当年收到孙婧博士学位论文的第一印象,还是比较糟糕的。在我这种主要研究"历史"的学者眼中,刚刚兴起的"微电影",应该是没有办法也并不值得花费太大气力予以观照的;尤其,如果以一篇博士学位论文的篇幅来展开,就更是小题大做甚至太过冒险的行为了。但当我翻开论文,很快就改变了"成见"。我是没有想到,关于微电影,竟然可以想得这么多,写得这么精彩。

四年一晃就过去了,孙婧也成了四川省社会科学院文学与艺术研究所副研究员。限于时间关系,对于微电影,我还是看得很少,仍然没有研究。但孙婧找到了我,嘱我为她的大作写序。这当然是难得的荣幸,可也真的难倒了我。因为我早就意识到,孙婧的研究虽然是谁都知道的"微电影",却不是谁都能懂的学术话语。要对得住孙婧的理论潜质、独特情怀和研究才华,我还必须逐字逐句地阅读,一部一部地观摩,然后认认真真地思考。这就是为什么,写这篇序言会断断续续地拖延了超过半年的时间，也不知道等着拙序的孙婧和出版社编辑，到底会怀着怎样焦虑不堪而又无可奈何的心情。

好在终于读完了20多万字的原文，也看完了文中所提的100多部"微电影"，终于可以不用愧疚地表示，能够体会到孙婧在这本书中想要表达的观点，也比较清楚这部著作在当下的价值和创见，更明白不可避免都会存在的不足和遗憾。

在我看来，《民间表达：中国当代微电影研究》最重要的特点，是以极其严肃的学术姿态和颇为深广的人文关怀，在跨学科的研究视域中，积极敞向多元理论和多种方法，致力于厘定概念和边界，抓住主流和主旨，反思现象和问题，最终导向交往运作和主体建构。应该说，作为一部从博士学位论文衍生而来的学术专著，能够在理论和方法上达到如此高度的自觉，实在是令人相当惊喜的。

孙婧的学术自觉，在给"微电影"下定义的过程中，表现得淋漓尽致。为了克服学术偏狭，走出"视频短片""网络视频""新媒体电影""草根视频""短片电影""短电影""微视频"和"微电影"等大量概念和无数文本编织而成的纷乱现象和话语迷宫，回答何谓"微电影"并梳理"微电影"的现实存在和学理逻辑，孙婧耗费了不少笔墨，可谓小心谨慎、殚精竭虑。值得注意的是，在比较"微电影"与"中国当代短片"之后，她还是非常果断地以"独立的艺术形式""自主的民间表达"和"开放的文化公共性"肯定了"微电影"的核心价值，并将其与传统电影和当代短片明确地区分开来。

同样，为了进一步将"微电影"与传统电影、广告片、宣传片和草根视频、拍客视频等进行区分，孙婧还明确地站在电影艺术专业主义与电影美学自主性的立场上，讨论并肯定了"微电影"的专业化制作路线、介入社会议题的生动活力与建构公共空间的重要意义,对"微电影"打破传统电影约束和桎梏的影像系统,以及恰当契合新媒体时代的影像精神予以高度评价,还在自我主体建构与交往运作的前提下,大胆地提出了"微电影共同体"的想象与创建。在孙婧看来,所谓中国当代微电影的民间表达,不仅是在抵抗体制收编与商业诱惑的过程中,对电影的独立制作与草根写作的反思,而且是在弥合精英思维与大众文化的裂隙时,对电影的艺术性与商业性的摆渡;除此之外,还通过真实与虚拟的同构以及多元主体的民间立场,来实现中国电影交互式生产与接受的功能性,在对公共事件与社会权力场的介入和干预中,以拒绝失语的方式完成对权力本身的超越。

基于对"微电影"不无偏爱的阐释和期待,以及对"微电影共同体"颇有信心的想象与创建,孙婧将"微电影"置放在电影生态里一个独立、自主而又开放、有效的中间环节,无疑是极大地提升了"微电影"的精神文化地位和艺术美学价值。在其重点列举的一些微电影如《微博有鬼之系列》、小悦悦系列微电影以及《老男孩》《行者》《特殊服务》和《交易》等作品中,"微电影"的小屏幕美学、民间表达和社会责任、主体建构确实令人感佩,但也毋庸讳言,"微电影"中的大部分,其实是并没有如愿显现出"电影艺术专业主义"的平庸之作。即便"微电影"中最杰出的代表作,在精神走向、文化蕴含、技艺探索以及社会影响、经济效益和国际传播等方面,也没有真正超出影院电影和电影长片。如果说,按孙婧的观点,互联网及"网生代"的出现,本来就意味着中国当代电影"后影院时代"的来临,那么,微电影及"微电影共同体"的吁求,是否真能让电脑和手机终端的受众最终远离电影院,却始终是个无法回答的问题。

值得提出来的问题还有：文学与文艺美学的教育背景和学术理路，让孙婧拥有相对深广的理论资源和流畅准确的表达能力，使其在谢尔盖·爱森斯坦的蒙太奇、马歇尔·麦克卢汉的媒介理论、于尔根·哈贝马斯的公共空间、曼纽尔·卡斯特的网络社会、尼尔·波兹曼的娱乐至死、本尼迪克特·安德森的想象的共同体，以及斯图尔特·霍尔的文化表象与意指实践、皮埃尔·布迪厄的文学场与自由交流等话语体系中上下转换、左右逢源，但却在具体分析和深入探究微电影的过程中，无暇顾及或较难深入更加丰富、复杂以至布满矛盾、问题丛生的中国社会、文本现实及其受众心理。而在面对微电影的"电影语言"时，尽管颇有值得赞赏的镜头、画面和叙事、表演等分析，但其依凭和引述的主要论著，大多停留在以胶片生产和影院接受为中心的经典电影理论框架，这必然会在很大程度上影响著述本身的观点和结论。事实上，对于微电影在固定机位、小景别和质朴表演、"点"叙事等方面的"影像展示"，及其建构的"民间性电影美学"，我一直是有所疑惑的。

但无论如何，通过这本著作，孙婧已经出色地完成了有关"微电影"的学术化工程。相信在今后的相关研究中，无论是谁，再也不可能忽视孙婧的努力和创见了。

（此文为孙婧《当代文化生产中的微电影研究》序）

2018年1月30日，北京

宁敬武的书卷气与文人电影新景观

我跟宁敬武导演是同龄人，在教育背景、知识结构和事业追求、人生道路等方面，也有诸多相似点。按他的说法，我们都是对这个世界索取不多而又心怀感恩的人。

我想，这就是宁敬武导演嘱我为他的电影文集写序的原因。

应该说，我是没有资历做这件事情的。因为在他的师友圈里，会有更多更好的选择。但当他做出这个决定的时候，我没有过多谦让或推辞，竟然就这样接受了。真正动笔之际，才感到惭愧之至。

在这个世界上，人与人之间的关系，终究是由心灵之间的距离决定的。

我不知道宁敬武导演读过我的多少文字，但我是看了不少他导演的电影。迄今为止，我还能记起当初，在中国电影资料馆艺术影院和北师大北国剧场等地观摩《无声的河》《夺子》与《鸟巢》等影片的情景。作为一个电影史学者，我也明白，身为电影导演的宁敬武，其实是一位非常难得的文字写作者和颇有成就的费穆研究专家。我本来想说，这两种身份之于宁敬武是相辅相成、彼此彰显的，但我还是想明确地表达，后者甚至比前者更重要。

当这本文集出现在面前的时候，我相信我的感觉是对的。

尽管坚持个性不从众、不随俗，深耕细作不浮躁、不冒进，并因此获得圈内外重要奖项和众多赞誉，但在所谓"第六代"导演中，宁敬武的作品数量并不是最多，影响也不如张元、王小帅、管虎和娄烨等人那么显著。而在文学和电影领域，也有更好的文字写作者，以及更加深入的费穆电影研究，但可以肯定的是，不会有人像宁敬武一样，将其学术研究及其研究对象的美学风格和文化精神，成功地转换为自己多年来的安身立命之所系，并因此成就为中国电影版图中个性彰显、风格独具的一位不可多得的作者型电影人。

文学和电影的双重背景，阅读和观摩的反复历练，以及用文字进行的思考和对费穆展开的研究，使宁敬武的为人处世、思维方式及其所有作品，都透露出一派文质彬彬的书卷气，显现出文人电影的新景观，映照出当下中国这一位温柔敦厚的电影文人的内心图景和精神世界：一种深厚的文化担当和沉潜的主体意识，以及浓郁的人文气质和独特的诗性魅力。

我相信，遭遇费穆，应该是宁敬武一生中具有决定意义的转折点。1996年，宁敬武以费穆导演风格为研究对象，完成了他在北京电影学院导演系的硕士学位论文。1998年，该论文收入他的论文指导教师乌兰主编的《世界著名电影导演研究》一书中。在这部《诗化电影研究——宁敬武电影文集》里，一半左右篇幅便是据此整理的

《诗化电影：费穆导演艺术论》；而文集标题，正是使用了"诗化电影"四个字，足见宁敬武对费穆导演艺术的重视，以及费穆和对费穆的研究之于宁敬武电影生涯的深远影响。

1996年，我也正好在中国艺术研究院影视所完成了我的博士学位论文。我记得我是听说了宁敬武的硕士论文选题，并暗中敬佩一个导演系的研究生，竟会放下中外电影当前的许多热门话题，对中国电影的历史感兴趣，孜孜不倦地坐在图书馆翻故纸堆，钻进资料馆看黑白残片，应该是有更大的志向了。因此，当《世界著名电影导演研究》一书刚刚面世，我就在书店买了一本。迫不及待地读完宁敬武的费穆研究，我当时的感想是：宁敬武比我更适合做电影史。

为了写作此序，我再一次认真拜读了这篇完成于22年前的硕士学位论文，惊艳之余仍觉兴味盎然。在宁敬武写作论文的年代，费穆还是一个"被忽略"的电影导演，相关讨论中，除了费明仪的《歌与歌者》（1975）、黄建业的《人文电影的追寻》（1990）与刘成汉的《电影赋比兴集》（1992）等少数著述，确实没有太多研究文献可供参照启发；但宁敬武的贡献，主要集中体现在对北平、上海和香港等地第一手报刊资料的搜寻、爬梳和整理、运用，甚至对费穆之女费明仪的私人访问。对1996年前后的中国电影研究而言，充分采纳《北平华北画报》、津沪港三地《大公报》和上海《申报》等报纸以及《联华画报》《时代电影》和《中国图画杂志》等刊物的相关信息并得出令人信服的结论，已是非常艰苦而又极为难得的举措，在费穆研究领域确有开创之功。其中，有关费穆对美国电影特别是金·维多和西席·地密尔的学习和批判，以及有关《天伦》《小城之春》等影片的镜头分析，更是细致入微,颇见专业功底。

当然,这篇论文最有价值的部分,还是宁敬武试图从导演的专业性出发,结合自己的文学背景和诗人情怀,在古典文化和艺术传统的框架中,在与好莱坞和苏联电影美学以及巴赞电影理论的比较视野里,通过对费穆的诗化人格,以及中国戏曲和欧洲文艺对费穆电影的影响等层面,对费穆电影诗化风格(本体的诗化、直达诗化本体的单镜头、自由的诗化时空)所展开的整体感悟和条分缕析。因此,才会有如下精彩观点的出现:"从30年代开始,中国电影一方面被喜爱采用'看不见'的分镜头(或剪辑)的好莱坞电影强烈影响,一方面又被以蒙太奇理论标榜的苏联电影所迷惑。在这两种力量的夹缝之中,中国电影倔强地在寻找自己的电影美学,因为,一个民族的艺术传统、人生哲学、世界观决定了它可以在电影中找到自己的语言。三四十年代,中国电影为寻得一个吻合自己特殊的历史及文化处境的道路而斗争。诞生于40年代末的《小城之春》,可以说是费穆长期探索的结晶之作。费穆《小城之春》标志着一种区别于好莱坞、区别于蒙太奇,也区别于巴赞'长镜头'的中国'单镜头'电影观念的诞生。""从《城市之夜》到《小城之春》的16年,费穆走过的是一个悲壮的艺术殉道者的涅槃之路。他以咬定青山不放松的执着精神孜孜以求他心目中的理想电影。在好莱坞主宰市场的背景下,他宁肯不要片酬也不向商业低头;不论是在'国防电影'的《狼山喋血记》,还是在古装片《孔夫子》中,甚至在宣传色彩很浓的《天伦》中,他丝毫不放松对电影艺术形式的探索;他批判美国电影、扬弃欧洲电影、扎根于中国传统的戏曲、诗词书画、建筑等艺术门类吸取营养,使诗化的民族电影风格日益成型;另一方面,作为一位电影诗人,长时间的战乱使他悲悯的情怀升华为更高境界的人生感悟⋯⋯，各种因素在1948年汇合，使《小城之春》成为一座辉煌的丰碑，一座标志着中国民族电影艺术高度的丰碑。"——如此表述，既是一种论从史出的学术判断，又蕴蓄着研究者个人情绪的张力。

1996年前后，宁敬武确实走在了费穆研究以至中国电影史研究的前沿地带，体现出史论相济、文质相生和情理兼具的学术才华。但此后的宁敬武，并没有沿着这条学术道路继续走下去，而是相继编导或导演了《成长》（1998）、《鼓手的荣誉》（1999）、《无声的河》（2000）、《极地彩虹》（2003）、《夺子》（2003）、《我要做好孩子》（2004）、《随风而去》（2005）、《滚拉拉的枪》（2008）、《鸟巢》（2008）、《我最好的朋友江竹筠》（2012）、《阳光留守》（2013）、《为了这片土地》（2015）、《旺都之恋》（2015）、《毛丰美》（2016）和《黄玫瑰》（2018）等20余部故事影片，以电影圈里的一个"文人"身份，主动疏离"娱乐圈"和"商业化"，在主流电影的"边缘"，努力寻求中国人观察万物和认识世界的独特角度，掘发普通人现实处境和日常生活中的诗意；或者，在人类学、民族学和文化人类学的视野里，倾心观照现代化进程与全球化语境中民族文化的命运与生态文明的可能性。这种电影，既是沟通心灵的歌乐，又是面向世界的絮语。

值得注意的是，在此过程中，费穆及其诗化电影仍是宁敬武不断提及并高度认同的"理想电影"目标。谈到自己的处女作《成长》时，宁敬武虽然没有直接提到费穆及其诗化电影，但以"现实观照与诗意发现"为题，表达了自己"喜欢把生活比作一条河流，它饱含着情感和愿望而无声流动的感觉是应该写在胶片上的"创作观点，跟费穆的电影形态存在着显而易见的关联性；而在《〈无声的河〉：于无声处寻诗意》一文中,宁敬武明确表示:"诗文艺的传统在中国电影中是以非主流的形态出现的。诗化风格在中国早期导演中有萌芽显露,成熟之作当属费穆和他的《小城之春》。之所以赘语细述,是因为诗化电影是我的电影理想,费穆是我敬仰的导演。到今天为止,他仍然是代表了中国电影最高水准的电影大师。"

费穆是否仍为"中国电影最高水准"的电影大师这一命题,确实需要另文讨论,但宁敬武主动师法费穆,并以诗化电影为理想电影的努力,却是一以贯之的。正因为这一点,对宁敬武而言,无论研究学术,还是拍摄电影,应该都是殊途同归。

"为什么电影拍不出那种生活的质感?为什么演员演不出普通人最自在的瞬间?为什么一部电影不能以20年的时间来倾听岁月流动的声音?"

"为什么你一个汉族的导演,会拍少数民族电影?"

"古代羌族主要活动在西北地区,这个早在甲骨文诞生前就在青海高地上、牧羊而歌的东方古老民族,随着时代变迁,为什么会在长江和黄河的上游,像蒲公英种子一样,派生出如此之多的、活跃在当今的少数民族?"

"《公民凯恩》中那个让凯恩一辈子魂牵梦绕的童年雪橇上刻的'玫瑰花蕾'对他的含义是什么?什么是毛丰美的那个'玫瑰花蕾'?"

……

在各种创作谈和导演总结中,宁敬武都在用这样的问题逼问自己,也总想在人类文化精神、语言摄影本体以及鲁迅、沈从文和艾青等现代文学资源中寻找问题的答案。而在拍摄《滚拉拉的枪》和《鸟巢》这样的少数民族题材电影时,宁敬武还会去参加一些人类学论坛,让自己成为"半个"人类学学者。在他看来,"我是谁,我从哪里来,我到哪儿去?这样一个接近哲学意义的命题,它会产生超过民族记录价值的故事片,更有深度的价值"。——这种难得的书卷气,也会被当作执拗的学究气,往往令人无法做出有效的回应。这便使得宁敬武的电影创作,较难为大多数观众真正理解,在票房上很少出现奇迹。好在他自己是有准备的。尽管没有同龄人的那种"大师情结",但如自己所敬仰的"大师"费穆一样,用喜欢的电影来表达自己,总是会一部一部地接近"想象中的电影"。

今年9月上旬,我与宁敬武跟着中国影协秘书长饶曙光等一行人去黑龙江"中国东极",参加首届抚远少数民族青少年电影周。因天气原因,从哈尔滨到抚远的航班取消。在近十个小时穿越东北大地的漫长车程中,我才第一次跟宁敬武导演有了面对面的深入交谈。当然,费穆仍是我们的共同语言。那几天,我全程裹着他带的黄色夹克,虽然并不合身,却也有效地遮挡了风寒。

(此文为《诗化电影研究——宁敬武电影文集》序)
2018年11月15日,北京

纪录山形

10月5日到东京,6日便去山形。

下午4点多,刈间文俊教授亲自驾驶着一辆日本少见的韩国现代JM,带着刚到日本不到一整天的我,从东京大学本乡校区出发,驱车前往300公里以外的山形。

一路上,我们沿着东北高速公路,途经琦玉、宇都宫、福岛和仙台。在福岛与仙台之间的国见,驻车稍事休整,并各点了一碗仙台名物牛肉饭,竟然特别好吃。在这里,不仅感受不到刚刚过去不久的核电泄漏带来的后果,而且没有我一直在暗中寻找的鲁迅的影子。毕竟,在《藤野先生》一文里,鲁迅写到过的仙台,也太过深入我的脑海了:"我就往仙台的医学专门学校去。从东京出发,不久便到一处驿站,写道:日暮里。不知怎地,我到现在还记得这名目。其次却只记得水户了,这是明的遗民朱舜水先生客死的地方。仙台是一个市镇,并不大;冬天冷得利害;还没有中国的学生。"现在想来,鲁迅在仙台的日子,已经过去一个世纪了。

未到山形,夜色降临。汽车奔驰在高速公路上,刈间教授邻家长兄般的说话声,夜空中明明灭灭的灯火,以及仍在很远的远方的山形,这一切之于我,均仿如梦中。

山形,是一座安静而又宜居的小城;山形国际纪录片电影节,是一个低调而又平民的各国纪录片展映与评选活动。秋天的山形,天气变化较快,或细雨蒙蒙,或风和日丽;街道总是干净整洁,市民神态恬淡祥和。我也是太享受这种白天看片,晚上休息的日子了。三天下来,一共看了十部参赛影片。其中,印象比较深刻的有如下三部:

《拥有五只大象的女人》(*Die Frau mit den 5 Elefanten*),46岁德国导演Vadim Jendreyko作品,93分钟。影片记录一个出生于乌克兰,但在二战时期迁往德国的女子,终其一生将陀思妥耶夫斯基的5部代表作品(五只大象)翻译成德语的经历。镜头始终凝视翻译家的脸,并紧紧跟随翻译家的足迹。如此严肃执着的纪录作品,凸显着文学的力量与人性的尊严。

《要做什么?》(*Que faire?*),46岁英国女导演Emmanuelle Demoris作品,152分钟。拍摄埃及亚历山大港附近一个名叫Mafrouza的贫民小镇,大量普通人的日常生活。影片里的宗教仪式与音乐歌舞我非常喜欢,可惜全片太长,似乎缺乏提炼。如果不是看到了这样的纪录片,我不太相信一辈子能够看到这样的人群和他们的世界。纪录片的意义可能就在这里。

《河流的拥抱》(*Los abrazos del rio*),38岁哥伦比亚导演Nicolas Rincon Gille作品,73分钟。描述哥伦比亚西部河流的渔民,他们的艰辛劳动,及与地方邪恶势力的矛盾,还有悲惨的虐杀和神秘的死亡。在精致的声画与饱满的情绪之间,充满着底层的愤怒与悲伤。这部纪录片是我非常喜欢的作品。可惜导演并没有来到放映现场。

来山形之前,我知道很多中国纪录片导演跟山形国际纪录片电影节之间的深刻关联,也大约了解吴文光、段锦川、张元、朱传明、杨天乙、沙青、李红、李一凡、鄢雨、王海兵、杜海滨、王兵和冯艳等中国导演,在此前各届分别获得过包括国际竞赛"弗拉哈迪大奖"和亚洲新浪潮"小川绅介奖"等在内的各种奖项。这一次,我们在看片间隙遇到了吴文光,我因为平时较少跟纪录电影人接触,所以没有太多交流;也很遗憾没有看到顾桃导演的《雨果的假期》,这部影片获得了本届电影节亚洲新浪潮单元最高奖"小川绅介奖"。但值得庆幸的是,在展映影片之中,观看了中国导演和渊的《阿仆大的守候》。

《阿仆大的守候》片长 142 分钟,纳西语对白,以极其朴素写实的镜头,讲述一个父与子的故事。片中父亲曾是金沙江北岸深山峡谷最伟大的纳族歌手,但他的儿子已近中年,因智力障碍,心智还像个孩子,父子俩相依为命。我非常喜欢这部具有影视人类学特征的纪录片,观众应该也有同感。放映结束接受提问环节中,这位来自云南省社科院的纪录片导演非常认真,但也显得十分青涩。

总结三天的看片经历,最大的感受还是观众。每场放映,偌大的影厅几乎都是满座;无论影片长短,中途绝无观众早退;影片结束之后的互动环节,所有观众仍然凝神静听。这都是什么样的观众啊,真的有些不可救药!

当然,我也发现了以下几个问题:第一,参赛纪录影片大多一个半小时以上,有些甚至达到 5 小时(当然比不上曾经在此获奖的,长达9个小时的王兵作品《铁西区》）。这是纪录片表达的需要呢，还是其他原因？第二，在国际竞赛单元，可发现欧美纪录片呈现出明显的颓势，无病呻吟或过于自恋的作品还是太多。也许，优秀的欧美纪录片没有来到山形？第三，亚非拉等非主流国家的纪录片颇有可观，不仅呈现出令人期待的文化多样性，而且具有深厚的人文关怀。第四，山形国际纪录片电影节，可以更加充分地融入山形市的历史文化与地方发展之中。

电影节期间，我们也走上街头。正逢周末，又是山形的地方节日，主要街道汽车限行，代之以各种各样的演出节目，以及丰富多彩的土特产品展示。饮食摊点前面排起了长队，县民会馆则在举办映画音乐会。偶尔，还能看到盛装的男女，立即让人想起日本的古装时代。

回程路上，一路风光无限。前往藏王山的路边，红叶愈来愈浓。快近山顶，景致美得惊心动魄。随后，在藏王温泉大露天风吕（澡堂）入浴纪念，据说身上的硫黄味道，将会延续好几天！藏王山顶峰的五色岳和火山湖，是全日本较有名气的景点，视野开阔，山风凛冽，海拔已近1700多米。

沿着山形高速公路，过了藏王山顶峰，就到宫城县境内。在一个叫村田的地方，终于汇入东北高速。已经开始感到路上的拥堵，原来跟北京的周日不同，周一下午才是东京上班族赶回首都上班的时间。车过福岛松川，交通越来越紧。于是决定从郡山转入磐越高速，途经阿武隈高原取道沿太平洋的常磐高速。这就意味着：车在福岛县的群山中穿行，我们离核电站越来越近了。

终于能够最近距离地感受到地震与核电的后果了。一路上，被地震破坏的路段越来越多。有的路段还在修整,有的路段仍旧高低不平。震灾后的交通提示,也随处可见。前往仙台市的被封路段,应该就在不远处。

穿越福岛,为福岛祈福。

回到东京,已经入夜9点。

2011年10月10日,日本东京——山形

莫斯科的电影时光

对莫斯科红场和克里姆林宫，以及苏联和俄苏电影，我都是怀有特别的执念。

而由中国电影博物馆主办的首届"一带一路"国际电影交流活动，不仅有效地促进了中俄两国电影人之间的理解、交流和沟通，而且在很大程度上遂了我个人的心愿。

事实上，当我们一行人乘坐的 CA909 航班抵达谢列梅捷沃国际机场的时候，我们都已经意识到，即将在莫斯科展开的，会是一段难忘的电影时光。

当地时间 9 月 27 日晚，在莫斯科 illusion 电影院，"一带一路"国家电影交流活动开幕式暨"金丝带电影"推介活动拉开帷幕。中国电影博物馆活动管理部主任王宁，俄罗斯联邦文化部电影局顾问、非虚构类和动画类电影国家支持处处长列奥尼德·杰姆琴科，中华人民共和国驻俄罗斯联邦大使馆二秘郝若琦,俄罗斯国家电影基金会第一副总理事谢尔盖·阿列克谢耶夫,以及俄罗斯国家奖获奖者、制片人、电影学家、"新人"电影公司总经理娜塔莉娅·莫克丽茨卡娅分别致辞。在主办方的安排下,我也有幸获得了致辞的机会。西装革履登台之后,便将字斟句酌准备妥当的发言稿,认认真真地读了一遍:

尊敬的各位嘉宾:

4年前,也是9月,应圣彼得堡大学东方学系和孔子学院之邀,我第一次来到俄罗斯,终于看到了此前只在电影里看到过的美丽的涅瓦河。今天,站在这里,我的脑海中也一直在回荡《莫斯科郊外的晚上》的动人旋律,还想起了一部电影的名字:《莫斯科不相信眼泪》。

在电影中,或者通过电影,中俄两国展开了一个世纪的交流互动。独具魅力的苏俄电影,以及包括爱森斯坦、普多夫金、邦达尔丘克和塔尔可夫斯基等在内的电影大师,更是深刻地影响了几代中国观众;而中国故事电影最早获得的国际声誉,也来自1935年在莫斯科举办的(第一届)苏俄国际电影展览会。作为一位中国的电影史学工作者,我当然非常明白,从1920年代的上海,到1940年代的重庆和延安,再从1950年代的长春和北京,到1980年代改革开放以来的全中国,那些耳熟能详的苏俄电影,不仅见证了人类社会的历史巨变,而且呈现出民族文化的璀璨光芒。

去年春天,我有幸参加了在北京举办的"金丝带电影"推介活动,并作为评委,从"一带一路"沿线65个国家的23部入围影片中遴选出6项推介荣誉。借此机会,在大银幕上目睹了俄罗斯导演卡伦·沙赫纳扎罗夫令人震撼的战争电影佳作《白虎》,也在尤里·鲍里索夫主演的《通往柏林之路》中,重新领略到俄罗斯电影充沛的人道主义气息,还看到了如《伪装者》《核桃树》等风格各异、颇有水准的爱沙尼亚、立陶宛、拉脱维亚和哈萨克斯坦等国家的电影。这是一次难忘的观影经历,也是我们来到这里的主要原因之一。

我们希望各位也能看到《战狼2》《无问西东》《绣春刀2：修罗战场》《湄公河行动》和《七月与安生》等优秀的、不同面貌的中国电影新片,也希望能与各界就中国电影的各个方面展开座谈沟通,增强彼此之间的友谊,深化电影领域的交流与合作,促进电影文化产业的共同发展与繁荣。

记得2014年年底,在北京访问的俄罗斯文化部部长梅金斯基曾经表示,将为中国电影进军俄罗斯开辟绿色通道。我想,今天的活动就是这种绿色通道。在莫斯科,在俄罗斯,在"一带一路"沿线,每一部美好的电影,就是一棵绿色的树,都会成长为最美的风景。

面对现场300多位主要来自莫斯科的嘉宾、观众和媒体从业者,我真心希望俄语翻译能够准确传达我的意思,也特别遗憾自己不能用俄语直接告诉他们我对俄苏电影的热爱,因此只能在致辞结尾,向我们的团长王宁主任现学了Спасибо（谢谢）和Спокойной ночи（晚安）两个俄语单词的发音。而我们的团长,也只是比我早一点刚从别处学到的。好在从各位来宾的脸上，我能感觉到一种发自内心的尊重与善意，既是对我们这些中国客人，也是对他们期待的中国电影。

第二天上午，为了参访在世界上享有盛誉的、最大的电影收藏库之一，我们驱车前往位于莫斯科郊外的俄罗斯国家电影基金会。作为电影史学者，我更是带着急迫的心情，想要了解基金会里所有的中国电影信息。在基金会负责人的带领下，我们参观了专业性极强的拷贝检测车间和蔚为壮观的胶片保管库房，并由专业人员现场演示影片瑕疵手动修复，还特地为我们找出了北京电影制片厂1962年出品、谢添、陈方千编导的《花儿朵朵》的多张剧照及相关记录。据负责人不无自豪的介绍，在基金会的片库里，存放着6万本中国电影拷贝！这一数字，简直让我们大吃一惊。我也不由得产生遐想：在这个片库里，至少应该保留着《渔光曲》1935年的参展拷贝吧?！如果找到了当年的版本，我们现在所看到的《渔光曲》便不再是残片，中国电影史里的相关章节，也就可以重写了！

时间有限，也由于疑问太多，实在无法刨根问底。离开电影基金会之前，我仍在渴望看到一本由基金会分辨整理的中国影片目录。虽然无果，却也产生了一个想法：我们的国际电影交流活动，下一步可以更加深入，尝试着在资料馆、博物馆或大学等展映、教学和研究机构，举办相应的馆藏电影孤品或影片珍本放映研讨会。基于以往的经验，对中外双方来说，每一次放映研讨，也将是一次国家之间弥足珍贵的外交佳话、影迷狂欢以及学术热点和文化盛事。

从基金会返回莫斯科市内，交通就不像来时那么顺畅。经历了几个小时的堵塞，我们一行终于到达梦想中的莫斯科电影学院。来不及参观，我便跟中国艺术研究院影视所副所长赵卫防研究员、中国传媒大学索亚斌教授一起，相继就中国电影的历史、现状等各个方面，跟已在会场等候多时却热度未减的电影学院师生，进行了较有成效的讲解沟通。虽然没有达到预想中的目的，却也引起了同学们的广泛兴趣。这些可爱的电影学子们，大都看过一些李小龙和成龙的武打片，对张艺谋和陈凯歌的名字也不太陌生，特别是对赵卫防研究员所讲的香港电影颇有好感，讲座结束后有很多同学围住他提问题，场面很是令人欣慰。

讲座结束后，我们终于放松下来。在主楼一层的宣传区域，挂着莫斯科电影学院无以复加的辉煌历史以及群星璀璨的各路大师。对我们这些后来者而言，除了膜拜，只有崇敬。我们一行中的制片人关海龙（《战狼2》）和陈焕宗（《无问西东》）先生，也在电影学院优秀制片人校友前，留下了他们的纪念。

这一天还没有结束。晚上，我们再一次赶往 illusion 电影院，参加本次活动第二部影片《无问西东》的观众见面和放映仪式。踏进座无虚席的电影院的那一刻，我更加强烈地感受到了俄罗斯人对中国电影的期待心情。放映之前，我还对陈焕宗先生表达过些许忧虑，担心这部讲述20世纪中国历史及心路历程的电影作品，无法被海外观众顺利接受和真正理解。但整个放映过程异常安静，中途无一退场。影片结束后，大厅里响起长时间的热烈掌声，有观众情不自禁地对着银幕伸出了大拇指。交流环节中，很多观众都表示，这是一部优秀的电影，故事十分感人，编导非常专业，还纷纷感谢这次活动带来了这么好的中国影片。其中一位"超级影迷"阿列克·沙赫巴江，本人也是电影演员和制片人，看完电影后一直兴奋地跟着我们，不可遏制地表达内心的共鸣,甚至十分激动地表示,通过这部影片,他已经爱上了中国电影,以及每一个中国人。第二天,他还"追"到机场给我们送了礼物,只为向《无问西东》和这次活动给他带来的感动表达敬意。

29日上午,我们集体参观了莫斯科电影制片厂。在莫斯科阴雨未定的一派秋色中,我找到了著名演员和导演谢尔盖·邦达尔丘克的白色雕像。在我心中,邦达尔丘克是银幕上最具刚性气质、父性魅力和人格光辉的表演艺术家,也是我此生最想凝视和倾听的人。每当我看到或与我的学生们分享邦达尔丘克导演的影片《一个人的遭遇》时,我都会无语凝噎,身心得到前所未有的净化。影片中,邦达尔丘克饰演的主人公索阔洛夫,虽然被战争夺走了所有的亲人和温暖的家,却仍然顽强地活了下来,并让一个柔弱无依的流浪孤儿知道:"我是你爸爸。"

尽管只有短短三天的交流时间,但莫斯科的电影时光真的非常美好。回到北京后不久,我收到了影片《核桃树》导演、哈萨克斯坦艺术大学影视系主任叶兰(Yerlan Nurmukhambetov)发来的邮件。在邮件中,叶兰导演诚恳地发出了合作邀请:

尊敬的李道新先生:

我是哈萨克斯坦艺术大学影视系主任Yerlan Nurmu-khambetov,在莫斯科"一路一带国际电影交流活动"中,您对于我的作品《核桃树》颁发了特别推介,得到你们对《核桃树》的肯定是我很大的荣幸。该作品曾在"北京国际电影节"中得到放映。北京独特的文化艺术氛围令我印象非常深刻。中国影视行业的飞速发展,涌现了很多优秀的作品。我们一直在密切关注这些值得我们学习的影视作品。对此,我系有着与贵校艺术学院影视系关于影视教育与资源交流并合作的美好意愿,并有着未来将在两国首都开展电影节,从而促进两校影视系学生彼此交流学习的美好愿景。热烈欢迎贵校影视及相关院系的专家来我校分享影视教育中的宝贵经验。

对此,我们期待您的答复!

活动中的大部分时间,这位哈萨克斯坦导演始终默默地跟着我们,共处在一起。虽然言语无法交流,但心灵总是相通。我想,"一带一路"国际电影交流,其意义正在于此。正如我在接受《北京青年报》记者采访时所言,对中国电影来说,任何"走出去"的活动都是重要的。这次俄罗斯之行,也让我明白了一个道理:世界需要和平,人与人之间更加渴望沟通;中国有好的电影,只是没有更好地传达给能够看懂这些电影的观众。

2018年11月7日,莫斯科 — 北京

华盛顿的华语电影节

2015年9月底,受邀去到美国首都华盛顿特区,参加华盛顿华语电影节。这是一个由民间组织的电影节。适逢中国国家主席习近平访问美国,先是去了西雅图,然后来到华盛顿特区进行访问,也让这次电影节显得非常应景。其实,早在春天的时候,在学生兼好友朱红梅的有效沟通之下,电影节负责人蔡以滨即专程回到北京,我们一起讨论过电影节的大致主题和相关问题。有趣的是,组织者是一位典型的理工男,目前在美国一家实验室工作,举办电影节仅仅是他的爱好之一。这一点,也是颇让我惊奇而又赞佩的。

这次华盛顿华语电影节包括三个方面的内容。在E街电影院举行纪念中国电影110周年"光影百年回顾展",以及"中国光影百年:中国电影的回眸、传承与展望"论坛和"时光长河里的'功夫梦'论坛";在海军遗产中心举行招待会和开幕式。回顾展从9月25日开始,到10月1日结束,先后放映《马路天使》《神女》《小城之春》《红高粱》《阮玲玉》《阳光灿烂的日子》《让子弹飞》《少林寺》《英雄》《叶问》《饮食男女》《喜宴》《海洋天堂》《逆光飞翔》《野草莓》《满汉全席》《新少林寺》等18部次华语影片。其中,《少林寺》放映了两次。

开幕式上,在放映动画片《西游记之大圣归来》之前,E街电影院已经热气腾腾,热闹非凡。接受完电视采访,我作为中方的代表上台致辞:

> 上次来美国进行文化交流,我的第一站也是西雅图;今天在华盛顿特区,仍然跟我们的习主席同在一个城市,官方主办的华盛顿中国电影周也已开幕。可见中国领导人多么重视美国,热爱文化和电影。作为一个大学教授,有幸参与这次华盛顿华语电影节"光影百年——中国电影110周年回顾展暨中美电影与文化交流论坛",又一次深刻地感受到了电影之于国家及其对外交往的重要性。事实上,一个多世纪以来,大多数中国人正是通过好莱坞电影获知美国的存在,并在《白雪公主》《魂断蓝桥》《乱世佳人》与《爱情故事》《阿甘正传》《泰坦尼克号》等电影中了解到美国人的生活方式和价值观。
> 当然,中国电影也凝聚着几代中国电影人的欢笑和血泪,传达着一个世纪以来中国观众的喜怒和哀乐。就像吴永刚导演的《神女》,阮玲玉在都市的暗黑中那种忧郁的眼神;费穆导演的《小城之春》,残破故园里老中国儿女欲说还休的心情;以及张艺谋导演的《红高粱》,我爷爷我奶奶惊天动地的爱与恨。即将放映的《大圣归来》,更是取材于中国民间广为流传、距今

已有400多年历史的古典名著。中国电影的美丽与魅力,正来自中国的悠久文化及其民众的动人品性。通过这次电影节的活动,但愿中国电影能够让你再一次看到中国,但愿电影里的中国能够让你再一次感动。

致辞开始部分,博得了在场观众的笑声,让我觉得自己苦心设计的幽默终于得到了反馈,可见关注中国和中国电影的海外人士还是非常友好的。当天发了微信朋友圈,在深圳工作的大学同学陈冬平留言:"今日(9月26日)晚上,中央台《新闻联播》中播出了美国华盛顿中国电影周的新闻。"

我真的没有料到,这个民间举办的华语电影节,竟然能够引起国内官方媒体的重视。除《新闻联播》外,《光明日报》驻华盛顿记者王传军也在9月25日电文中报道:

开幕式上,《西游记之大圣归来》作为首映影片与观众见面。这部以讲述中国式英雄主义为题材的影片首次亮相美国,就备受当地观众追捧。《蝙蝠侠》系列执行制片人奥斯兰在开幕式致辞时特别提及这部影片。他风趣地说,在过去几十年里,我们致力于通过电影的方式向外输出美国式的杰出人物和超级英雄,这些英雄人物源于古罗马、古希腊和古埃及的文化;而现在,我很高兴看到,中国也通过电影向美国回馈中国式英雄人物故事。在这里,美猴王与蝙蝠侠见面了。

北京大学艺术学院教授李道新在接受本报记者采访时指出,举办这样的民间交流活动,就是要通过电影带动和影响美国青年一代,加深他们对中国文化的认识和了解。电影对推动中美人文交流具有重要意义,电影是一个先行者。

他还认为,电影本身具有很强的外交功能,曾被称为"装在铁盒子里的文化使者",在各国外交实践中扮演了积极的角色。对中国来说,电影外交早有先例。此次习近平主席访美,"中国电影周"就落地华盛顿。

在9月27日《光明日报》上,标题为《中美青年"电影外交"欢迎习主席访美》的报道,也强调"此次活动是一次中美民间文化交流活动,主办方希望通过'电影外交'的形式欢迎中国国家主席习近平访美"。看来,活动的意义一下子提升了不少。

开幕影片放映结束后,我们跟《蝙蝠侠》制片奥斯兰(Michael Uslan)等人一起,在与满场观众的对话中,谈到了中美英雄的异同,以及其他有关中国文化和中国电影的话题,我自己也是深受启发。在电影节期间,我再一次观摩了《神女》和《马路天使》。这两部影片尽管在国内看过无数遍,但在异国他乡,目睹银幕上的阮玲玉和周璇,以及她们演绎的中国人的喜怒哀乐,感觉确实非常不同。

值得提及的还有:电影节期间,我们遇到了一位真心热爱中国早期电影的老影迷。据电影节工作人员说,这位老影迷背景不详,似乎也不懂中文,但他每场必到,几乎看了所有的展映影片。我想,一定是有某种机缘,让这位老人跟中国联系在一起;而中国电影,便是这位老人关注中国,或者从中国故事里寻回美好记忆的最佳载体。

2015年10月,华盛顿DC—北京

电影创造新中国

在《电影创造美国：美国电影文化史》一书里，美国学者罗伯特·斯科拉（Robert Sklar, 1936—2011）指出，自从爱迪生的电影视镜第一次捕获城市观众的心灵开始，电影就对美国社会产生了革命性的影响，并在使美国文化天翻地覆的同时确立了美国梦的神话。言下之意，美国电影文化史，亦即电影创造美国的历史。

在某种程度上，新中国电影七十年，也是电影创造新中国的历史。正是在电影中，或者通过电影，新中国建立以来的几代电影人，在银幕上记录了新中国栉风沐雨而又坚韧顽强的成长历程，表达出人民大众苦苦追索而又不离不弃的家国情怀，传承着中华民族从苦难压迫走向富强振兴的梦想。新中国电影七十年，尤其是新时代以来的中国电影，同样正在确立一种属于中国梦的神话，也在执着呈现家国情怀与复兴梦想的过程中，创造着属于我们自己也属于全世界的一个新的中国。

一、记录：新中国栉风沐雨而又坚韧顽强的成长历程

从一开始，新中国的电影工作者们，就在努力学习和积极响应新中国电影的指导思想与方针政策，并以深入体验的创作姿态，通过认真严谨的电影创作实践，在新闻纪录片、科学教育片以及各种故事影片中，大量描写中国工人、农民、士兵和知识分子等各阶层人民为缔造新中国而进行的艰苦劳动和英勇斗争，并为塑造以工、农、兵为主体的新中国电影的崭新形象而展开辛勤探索，记录并呈现出新中国栉风沐雨而又坚韧顽强的成长历程。银幕上的新中国，既是中国影人不可更易的理想和信念，又是中国观众自始至终的希望和向往，更是中华民族无法磨灭的激情和梦想。

实际上，"新中国电影的摇篮"——东北电影制片厂拍摄的第一部较为完整的长故事片《桥》（1949），作为新中国电影的开山之作，便以其崭新的质朴自然的电影风格，为人民电影开拓了新的园地和新的道路，又以崭新的工人阶级形象及其内蕴的智慧和力量，为新中国的建立推出了恰切的行动者与杰出的代言人。而在影片《董存瑞》（1955）中，生动活泼的战斗英雄董存瑞，最终以自己的身体作支架，手托炸药包炸毁暗堡英勇牺牲之时，高喊的一句话"为了新中国，前进！"，更是家喻户晓，激励过无数中国人。在同样脍炙人口的影片《上甘岭》（1956）里，正当抗美援朝上甘岭之役的阵地争夺战进行至最残酷、最艰难的时刻，硝烟弥漫、铁血无情的坑洞中，响起女卫生员在战士们面前唱出的深情款款的歌声，银幕上也相继出现祖国

的大好河山、万里沃野和袅袅炊烟。所有的观众都知道,这便是由无数英雄和先烈的鲜血与生命保卫着的新中国。

这样的银幕记录,浸润着新中国的精神气质及其电影艺术的独特品格,不仅充满着朝气蓬勃的时代激情,而且呈现出新中国栉风沐雨而又坚韧顽强的成长历程。改革开放之初,影片《海外赤子》(1979)里的归国华侨,虽经磨难终究不悔,因为热爱家乡而矢志不移地献身于新中国的社会主义建设;《牧马人》(1982)里的主人公,同样饱经磨难和沧桑,却也在祁连山和敕勒川的怀抱里得到了深沉的滋养,抵御了来自父亲和美国的诱惑,面对自己的祖国毅然地选择了热爱和坚守。此后,《巍巍昆仑》(1988)以英雄史诗的格调,展现国共两党即将到来的最后决战以及决定中国命运的历史画卷;《开国大典》(1989)更是直接回到开国大典这一伟大的历史瞬间,以纵横古今的宏大视野和高屋建瓴的非凡气度,揭示出伟大事业的艰难险阻及新中国成立的内在必然性。

21世纪以来,中国电影痛则思变,变则能通。特别是党的十八大以后新时代的中国电影,不仅以全球第二的市场规模,为电影大国和电影强国之路奠定了重要的基础,而且以《建国大业》(2009)、《可爱的中国》(2009)、《秋之白华》(2011)、《飞天》(2011)、《建党伟业》(2011)、《中国合伙人》(2013)、《战狼》(2015)、《我的旗》(2015)、《湄公河行动》(2016)、《建军大业》(2017)、《战狼2》(2017)、《血战湘江》(2017)、《十八洞村》(2017)、《中国蓝盔》(2018)、《信仰者》(2018)、《片警宝音》(2018)、《港珠澳大桥》(2019)、《流浪地球》(2019)、《烈火英雄》(2019)、《古田军号》(2019)等一大批主旋律电影甚至主流大片,接续并拓展了银幕上的新中国形象及其话语建构。

其中,在为新中国成立60周年献礼的重点影片《可爱的中国》结尾,革命烈士方志敏决定为他的理想而从容赴死。画面上叠印的几行文字便选自方志敏的散文:"中国一定有个可爱的光明前途,到那时,欢歌将代替了悲叹,笑脸将代替了哭脸,富裕将代替了贫穷,康健将代替了疾病,智慧将代替了愚昧,友爱将代替了仇杀,生之快乐将代替了死之悲哀,明媚的花园将代替了凄凉的荒地!"因信仰而殉道才是真正的梦想,正是这些梦想的表达者和践行者,为新中国描画出美好的蓝图,也以自我的奉献和牺牲见证了新中国从积贫积弱中奋发图强的痛苦历程。也正因为如此,在《湄公河行动》《战狼2》和《流浪地球》等影片中,观众才能看到一个充满着自尊与自信,并以世界和平和人类命运为责任担当的新中国,正在崛起于当下和未来。

二、表达:人民大众苦苦追索而又不离不弃的家国情怀

总的来说,为人民服务并面向广大受众,是新中国文化艺术及电影实践一以贯之的指导思想与方针政策。新中国电影七十年,正是建基于人民电影和大众电影的一般理念,在表达人民大众苦苦追索而又不离不弃的家国情怀的过程中,试图为最大多数的本土观众,倾注一种出自家国一体观念的全部的爱恋与热情,并以此在银幕上下达成最大限度的共通、共享和共鸣。从《白毛女》(1950)和《红色娘子军》(1961)到《人到中年》(1982)和《红高粱》(1987),从《大决战》(1991)和《沂蒙六姐妹》(2009),再到《十八洞村》(2017)和《烈火英雄》(2019),等等,当银幕上的恋家爱国情怀,通过特定的人

物和动人的故事反复呈现，便成为新中国电影的家国梦想，在世界电影史上散发出独特的美丽与魅力。

众所周知，根据同名歌剧改编的影片《白毛女》，故事来源于一个富有传奇色彩的民间传说。但这部在新中国建立之初便获得巨大成功和国际声誉的电影，正是将主人公喜儿的个人命运和家庭悲剧，跟"使人变成鬼"的旧社会与"使鬼变成人"的新中国进行了有意的并置和深刻的对比，进而获得了极其强烈甚至震撼人心的艺术效果。在这部影片中，由于喜儿对自己作为人的存在及其美好生活的执着追求，才会最终获得八路军的解救和大春的爱情，并在新中国到来之后的丰收的田野里幸福地劳动，白毛女的头发也重新变回乌黑。值得注意的是，新中国另一部为大众喜闻乐见的影片《红色娘子军》，讲述了大约相同的故事。作为恶霸家中女仆的主人公吴琼花，在遇到党代表洪常青之前，不仅被吊在水牢里遭到毒打，而且根本无法掌握自己和家庭的命运。但在汇入革命军队和党员队伍亦即将自己的命运与民族国家的前途联系在一起之后，吴琼花也成长为红色娘子军的党代表，在鲜红党旗的映衬下，英姿飒爽地行进在下一场战斗的征途上。

为了表达人民大众苦苦追索而又不离不弃的家国情怀，几代电影工作者付出了艰苦的努力，确实取得了持续不断并令人瞩目的成绩。在《人到中年》《红高粱》《大决战》等影片中，家国情怀均以特定的方式贯穿在人物、叙事及其价值选择层面，显示出新中国电影在这方面的开拓性、原创性和生命力。而在《沂蒙六姐妹》中，因以女性的命运为中心，再一次将个人、家庭与国家的命运联系在一起，让银幕上的战争悲剧，带给观众心灵的净化。特别是"浮桥"一段，当战士们在沂蒙六姐妹用孱弱的身体搭成的人桥上行进,主创者给予主人公的那种美好的家国情怀就非常成功地体现出来:仿佛在不经意间,浸泡在河水里的新媳妇回过头来,眼光从战士的队伍中掠过,她仍在寻找自己的丈夫。这几乎是一种无望的寻找,但通过摄影机镜头,已将这种寻找升华为沂蒙六姐妹对所有战士的生命的一种永远的关切,也把战争悲情及主创者对战争的理解提升到了一个新的高度。

近些年来,中国电影的家国情怀,作为一种深藏于心的家国梦想,也较为普遍地出现在主流大片及各种类型的电影创作实践之中。《烈火英雄》便是如此。通过泪水深埋的英雄叙事,《烈火英雄》在很大程度上弥合了主旋律电影与主流电影之间经常存在的裂隙,缩短了英雄与常人之间人为设定的距离,也增强了个人、家庭与社会、国家之间对话的情感凝聚力。正因为如此,《烈火英雄》不仅树立了国产灾难电影的新标杆,而且为主流电影寻找到一条表情达意的新路径,更在影院取得了令人欣慰的票房业绩。

这也表明:电影创造新中国,只有在深切地表达人民大众苦苦追索而又不离不弃的家国情怀的基础上,才能真正引发人民的关注与大众的共鸣。

三、传承:中华民族从苦难压迫走向富强振兴的梦想

相较于前两类电影,新中国电影七十年更为重要的成就,是以大量具体的创作实践和未曾中断的电影作品,与几代中国观众接力并同行,一以贯之地传承了中华民族从苦难压迫走向富强振兴的梦想。

检视新中国电影七十年的发展历史,梦想的传承方式各有不同,但传承的梦想内涵高度一致。这是由不胜枚举的影片目录所构筑的梦想话语,也是由民族复兴的梦想话语所积淀的精神传承。毫无疑问,如何在反封建主义毒害、帝国主义压迫、消费主义狂潮以及其他各种剥削、贫困、战争、动乱的过程中,实现国家富强、民族振兴和人民幸福,并展开"五位一体"即政治、经济、文化、社会和生态文明建设,也是新中国电影之于"中国梦"的主要内容。

正如影片《六号门》(1952)中,在封建把头压榨下,搬运工人胡二一家食不果腹。看着被饥饿严重威胁的一家人,胡二问丁大哥:"咱这苦还有个头没有?"丁大哥毫不犹豫地回答:"有!"因为"东北就要解放了!"摆脱饥饿和苦日子,尽管只是为了满足人最基本的生存欲求,但也是一个民族从苦难压迫走向富强振兴的第一步。

诚然,在国破家亡的战争年代里,"中国梦"除了需要满足人最基本的生存欲求,也可让平凡的个体达成精神的满足,在对家庭与亲情的美满想象中克服自我的缺失与孤独。在影片《啊!摇篮》(1979)里,一个八月十五的晚上,延安保育院的孩子们来到八路军炊事员罗爷爷的厨房。这时,已经身负重伤的罗爷爷无力地倒靠在草垛上,强忍着腰上的剧痛,听孩子们为他唱响《月饼歌》:"……爷爷是个老红军呀,爷爷待我亲又亲呀,我为爷爷唱歌谣啊,献给爷爷一片情啊……"歌声中,罗爷爷安详而又永远地闭上了眼睛。

随着时间的推移,新中国电影里的"中国梦",开始突破物质层面和个人情感的领域,更多地跟人民大众的精神诉求和自我超越联系在一起。在影片《秋菊打官司》(1992)中,主人公秋菊更是改变了观众对中国传统农妇的刻板认知,以向踢伤丈夫的村长"讨说法"

为由,不屈不挠地逐级上告申诉自己不被侵害和侮辱的权利;在影片《十八洞村》(2017)里,主人公退伍军人杨英俊在精准扶贫工作队的帮扶下,带领杨家兄弟立志、立身和立行,打赢了一场扶贫攻坚战。杨英俊的言行准则,已经远远超过了眼前利益和个人得失;而在《流浪地球》(2019)里,国际空间站的中国航天员刘培强,为了给地球提供燃料并延续人类生存的希望,毅然地牺牲自己把空间站推向了木星,"中国梦"里的民族英雄,第一次承担起了人类命运共同体的重大职责和使命。

梦想犹在,光影绵长。期待"中国梦"早日实现,也祝愿中国电影越来越强。

(此文部分内容以《光影抒写巨变 梦想照亮征程(逐梦70年·银幕上的70年)》为题)

载《人民日报》2019年10月11日

电影为什么是美国的？

在我的专业视域里，电影的发明或诞生的问题，既不是一个完全的科学问题，也不是一个纯粹的历史问题，而是一个跟国民精神、民族文化和自我认同相关的价值观念问题。

因此，阅读各个国家不同作者编撰的国别电影史或世界电影史著述，总能在电影的发明或诞生的问题方面获得各种不同的答案。大凡法国或欧洲国家的电影史著述，都会强调卢米埃尔兄弟1895年12月28日在巴黎大咖啡馆的第一次公众放映；与此相应，美国或英语国家的电影史著述，则会着力于呈现爱迪生在电影方面的诸多贡献及其活动电影装置。颇有意味的是，基于法国电影史学家乔治·萨杜尔跟新中国电影的亲密关系，1963年初版、程季华主编的《中国电影发展史》，则既肯定了乔治·萨杜尔提出的"法国在发明电影和向全世界传播电影这一点上曾起过决定性的作用"这一观点，又开门见山地指出，中国的灯影戏"也被某些历史家视为电影发明的先导"。

所以，如题所问"电影为什么是美国的？"，或许就是美国或英语国家预先设定的话题或有意设置的议程。事实正是如此。

在美国当代神学家威廉·迪安（William Dean）所著《美国的精神文化：爵士乐、橄榄球和电影的发明》（*The American Spiritual Culture And the Invention of Jazz, Football, and the Movies*）一书中（袁新译，商务印书馆2013年版），便从怀疑论、背井离乡的人民、实用主义和宗教奥秘等美国"独有的精神文化"这个"看不见的上帝"出发，分析探讨了爵士乐、橄榄球和电影作为美国的"三项发明"所昭示的"看得见的美国"。正是在这部著作里，威廉·迪安论证了"电影是美国的"这一"宗教真理"。

诚然，中国当下的知识体系和价值观念，很难有效地理解并成功地兼容任何一种"神学家"的基本立场和话语范式。无论在宗教与文化之间的关系探索，还是有关"文化神学"的理论建构，大多溢出了中国读者的认知框架和接受期待。即便如此，我们还是非常明确地被告知，这种对美国人赞同的"共同的精神文化"的探索，作为一种比美国历史更长的"美国写作"的类型，实际上是一种"国民性探讨"。亦即，基于美国的国民性立场，电影不仅是美国本土的发明，而且获得了改变美国现实的力量，创造了新的美国形象并成为20世纪以来最有影响力的美国意义的阐释者。

按照威廉·迪安的观点，爵士乐、橄榄球和电影都是"典型美国"的，尽管它们都有自己的外国祖先，但它们实际上诞生在美国，具有在美国土生土长的优点；即便它们也在其他国家出现，但只有在美国才是最好的。这是因为,它们都以一个想象的却不被承认的世界为前提,能够在这个世界中创造意义;而这个世界的特点,在很大程度上是由美国故事决定的。作为从虚构中创造出事实,或者始于虚构终于事实的美国电影和美国故事,在创造一种比"普通美国人"更为美国化的美国人的过程中,逐步改变了美国的精神文化并成为美国历史和文化意识的一部分。

其实,电影之于美国或美国之于电影的内在关联性,在世俗的、一般的电影理论尤其是电影历史叙述中,大约也会导向"电影是美国的"这种价值判断,正如美国学者罗伯特·斯科拉(Robert Sklar)在1975年首次出版的一本有关美国电影文化史的著作中所采用的概念"电影创造美国"(Movie-Made America)一样。在这本名为《电影创造美国:美国电影文化史》(*Movie-Made America: A Cultural History of Amerian Movies*)的著作里(郭侃俊译,北京大学出版社2018年版),罗伯特·斯科拉认为:在好莱坞的黄金时代,作为最流行和最有影响力的文化媒介,电影站到了美国文化和思想意识的舞台中央,拥有了一种空前绝后的力量和发展动力;电影为美国创造了统一的神话和梦想,提供了新的价值观和社会理想,取代已经破碎的旧传统,并将所有的美国人凝聚在一起。

显然,无论威廉·迪安的文化神学,还是罗伯特·斯科拉的电影历史,都是从本体的层面将电影归结为"美国的"。这种从美国自身发明的实用主义观点出发,以"事实"反证"虚构"并将电影据为己有的方式,无疑在很大程度上漠视或者否定了其他国家和民族在电影诞生及其发展过程中的角色和地位,更没有为其他国家和民族在电影与其精神文化之间的关系中留下些微可能性。按照两位作者的观点，美国以外其他国家和民族的电影及其电影史，自始至终都是"他者"的电影及其电影史，永远缺乏"自我"意识的根基和"主体"存在的空间。

或许，作为一种必要的反思和批评，我们不仅应该质疑"电影为什么是美国的？"这种先入为主的设问方式，而且可以提出"电影也是中国的"这种断语。

此文原题《电影是美国的？》，载《大众电影》2020年第6期

中・燕园思

我与孔子学院

较早听说孔子学院的时候,并不以为自己会跟这个机构产生关联。但现在,我不仅成了孔子学院的"家属",而且走访了美国、日本等全球十多所孔子学院,并在俄罗斯、意大利和巴西等近十所大学的孔子学院参加会议,或举办过相关的中国文化与中国电影讲座。

孔子学院之于我,已是一种欲罢不能的关注和超越理性的牵挂。

我与孔子学院的关联,始自任职于北京交通大学的妻子在四年前决定报名参加孔子学院院长选拔的那一刻。在此之前,我所在的北京大学,也会经常挂出孔子学院中方院长和汉语教师招聘公告。作为大学教师,我们当然理解孔子学院在国家战略和对外交流中的重大意义,也知道海内外有些舆论或部分机构针对孔子学院所表现的激烈言行。妻子和我正处在教师职业和各自专业的高峰期,按理并不是离开的恰当时机,之所以选择孔子学院,是因为随着时光的流逝，我俩都体会到了生命的短暂并达成了基本的共识：当我们慢慢老去，可以不断回顾人生中远在地球另一端的特别经历。

说起来浪漫，做起来却是不易。2014年秋天，当我把妻子送到首都国际机场，看到她孤独的背影渐渐消失，我还是忍不住泪眼模糊。我相信妻子有着更多的不舍、更大的担心与更深的伤感。巴西坎皮纳斯州立大学孔子学院，那个连中途转机加起来需要三十多个小时才能到达的国家，那个离圣保罗还有两个小时车程的陌生城市，那所一般国人闻所未闻的南美名校，还有那所等待创建的孔子学院，从此成了我们一家三口的魂之所寄。

作为孔子学院"家属"，在去巴西探亲之前，我也不可避免地走在了"孔院通"的道路上。这几年来，通过一点一滴的积累，我也正在形成一种仅仅属于自己的孔院观点。除了从妻子那里得知创建、开拓和维护一所孔院需要国家、单位和个人付出多么巨大的努力外，我还通过走访和观察，获得了一些有关孔子学院的感性知识。

第一次去到真正的孔子学院，是在2015年1月的美国。受国家留学基金委委派，赴华盛顿大学（西雅图）比较文学系访问交流，便跟同时访美的妻子顺道拜访了四川大学、重庆市教委与华盛顿大学合办的华盛顿州孔子学院。此时美国的一些舆论，正对孔子学院颇有微词，我们能够亲身感受这一点，也体验到中方在海外传播中国语言文化之艰辛。2月初，借道纽约，又参观了位于曼哈顿下城、紧邻市政厅与华尔街，由南京师范大学、凤凰出版传媒集团与佩斯大学合办的佩斯大学孔子学院。在大雪纷飞的佩斯大学校园里，孔子学院热气腾腾，中方院长朱敏也对孔院成绩如数家珍，更对孔院未来充满信心。孔子学院的各种标识，以及印着仁、义、礼、智、信汉字的各种小卡片，实在令人爱不释手。能在纽约核心地带有声有色地推广中国文化，意义当然非同凡响，妻子和我也正好从这里汲取了一些继续前行的动力。

接下来的9月，在俄罗斯圣彼得堡，我应邀参加圣彼得堡国立大学及其孔子学院与北京大学等主办的"东方是东方？西方是西方？"学术研讨会。在这次研讨会上，虽然没有见到孔子学院中方院长和各位教师，但领略到了俄方院长阿列克谢·罗季奥诺夫教授深厚的中文功底，以及东方学系研究生不俗的中文见解。徜徉在美丽的涅瓦河畔，我在想，圣彼得堡大学的东方学系和孔子学院，应该既是"东方"又是"西方"吧！中外沟通、东西交汇，各美其美、美美与共，这也应该是人类文明持续发展的基石。

今年春节前后，在国家留学基金委支持下，再一次赴日本东京大学访问交流。此间，跟回国休假的妻子一起，又拜访了位于东京的早稻田大学孔子学院和位于京都的立命馆孔子学院。巧合的是，这两所孔子学院，都是跟北京大学合办的。在日本朋友高桥先生的联络下，我们得到了早稻田大学孔子学院事务局局长江正殷先生的热情接待。江正殷先生是台湾人，也是早稻田大学国际部东亚部部门长。在领受了江先生大刀阔斧的介绍和自由奔放的作风之后，我们对孔子学院的理解更加全面，也更加深入了。同样，在久闻大名的立命馆孔子学院办公室，事务局局长武田龙马先生亲自坐镇，各位教员忙忙碌碌，现场气氛相当严肃，工作效率自然不低。临走前，还由武田龙马先生提议，在温家宝总理2007年视察时留下的"欲穷千里目，更上一层楼"的墨宝前，郑重地合影留念。

从日本回国，妻子返回巴西，我则急忙赶往意大利，再续我与孔子学院的不解之缘。由我在北京的德国朋友雷伟德夫妇牵线搭桥,在那不勒斯东方大学宝拉教授的精心安排下,我利用半个月左右时间,先后在那不勒斯东方大学、米兰国立大学、比萨大学、博洛尼亚大学和罗马大学,讲授中国电影的民族记忆与文化历程。这是一次收获巨大的文化交流之旅,也是我与孔子学院所展开的又一次亲密接触。因为不懂意大利语,每到一处,孔子学院的中方院长和各位教师都会热情接待、全力作陪。在此过程中,意大利的孔子学院及其意、中双方人员,都给我留下了深刻印象。

那不勒斯东方大学是欧洲最古老的汉学和东方语文教研中心,其孔子学院与上海外国语大学合作。宝拉教授曾在中国留学和工作,受意方院长委托,策划了我在意大利五所大学的讲座,并时刻关注着我在意大利的衣食住行。因沟通愉快,我们很快就成了无话不说的"姐弟"。与辽宁师范大学合办的米兰国立大学孔子学院,也是一所成绩显著、颇得好评的优秀孔院,最打动我的是中方院长金志刚。金院长是一位有着职业理想和献身精神的对外汉语教育专家,在米兰国立大学书店的橱窗里,就摆放着孔子学院培养指导、体现了汉语教学"国别化"理念的汉语教材。从金院长介绍孔子学院的热切眼神中,我也强烈地感受到了孔院事业的艰巨性与神圣性。

比萨孔子学院、博洛尼亚大学孔子学院和罗马大学孔子学院,分别由圣安娜高等研究大学、博洛尼亚大学、罗马大学与中国重庆大学、中国人民大学、北京外国语大学合办。中方院长吴雪燕、许颖、张红都是女性,带着一批同样以女性为主的年轻教师和志愿者,孤独地穿行于这些意大利城市及其周边,在异国他乡的风雨中,辛勤地传播汉语和中国文化。看到她们,我总是想起远在巴西的妻子,她一定跟她们一样,忙忙碌碌、自顾无暇。到底是为了什么,让她们别离至亲的人和无距的爱情,在世界各地的几百个孔子学院,用柔弱的身体,坚强地站成了中国或中国文化的象征?

当我终于去到巴西,第一次走进坎皮纳斯州立大学孔子学院,看到妻子两年来据守的办公桌时,我的疑惑顿消。妻子正在做的,是一个人放弃一时,但也值得骄傲一生的事情。人有家,自当回;人有业,更可追。正是因为志同道合,我们才会走到一起,并在人生的某个节点,飞越地球上最远的距离。

离开巴西的时候,妻子没有送我们到机场,我知道她是无法忍受离别的心痛,其实我也无法忍受。几年来,孔子学院成了我们一家每时每刻的"家事",牵扯着太多的情感和精力,透支着我们年近半百的身心。其实,我们是想告诉我们的朋友、学生和家人,特别是要告诉身为"95后"的宝贝儿子:孔子学院,就是我们的家事、国事、天下事。

此文载《海外华文教育动态》2016年第9期

2016年9月1日,北京大学

东大三课

2011年10月13日早晨8点,我从日本东京大学本乡校区附近的追分国际公寓出发,很快就汇入壮观的人流之中。身着黑白衣裤的中小学生、西装革履的上班一族,在狭窄的人行道与拥挤的地下铁奔往各自的目标。饭田桥、赤坂见附、京王井之头线……而在拥挤的地铁上,有人在闭目养神,有人在翻看厚本的漫画书,还有一位看似嬉皮的年轻人,竟拿着一册标注汉语拼音的中国话读本。

这就是东京,也是我在东京大学开始讲课的第一天。

从10月5日至12月10日,应刈间文俊教授之约,我有幸担任日本东京大学综合文化研究科特任教授,跟刈间教授一起为该校本科生和研究生开设"中国当代文化现象研究"和"影像研究"两门课程。其间,也受三泽真美惠教授之邀,在东京的日本大学做了一次"中国电影史:理论与实践"的公开讲座。

从东北山形的一路红叶,到东大校园的银杏金黄,东大期间两个多月的三种授课经历,是我作为一个中国学者体验日本的重要方式,也为我反观自身的学术与生活提供了不可多得的参照系。

一

10月13日早晨9点前,我就抵达东大驹场校区。站在校门口,看到那些赶在9点上课的学生们横冲直撞地"闯"进校园,未免觉得好笑。门卫大爷站在两扇门中间,一个一个地弯腰点头打招呼,我颇感此景温暖内心。疑似教师的我,得到了大爷最热情的笑脸,一时竟感到不太能够适应。在这样的心情下工作,想必更有成就感,效率也会高一些的。

今天的课10点40分开始,在8号馆323教室,课名叫"中国当代文化现象研究",选课提示是我跟刈间文俊教授合作,对象主要为本科三、四年级的学生,也包括部分二年级学生和硕士研究生,需要一定的中文基础。按刈间教授的估计,因对中文有要求,这门课应该不会有太多同学选报。但到了教室一看,围成两圈的座位已经满员了,大约20多人。刈间教授即刻宣布,下次上课要找一个大一点的教室。

刈间教授先让同学们填一张表,除自报家门外,还要说明自己感兴趣的领域和需要了解的问题。我大致浏览了一下,发现这20多位同学主要是日本人,也有几位亚洲留学生,其中3位来自中国内地。所有选课的同学中,有五六位同学从来没有学过中文,他们分别来自文、理、工及跨学科,感兴趣的问题主要有:映画中的性别和少数族裔、中日和日韩电影关系以及映画与表象文化,等等。

按刈间教授的安排,今天主要是跟同学见面,并探讨一下中国当前的"大片"。这样安排,也是想从当前的电影文化现象引出话题,因为吴宇森导演的《赤壁》在日本上映较有影响,陈凯歌的《赵氏孤儿》也进入了日本院线。

我的讲课力图从电影史的角度切入,尽量联系中、日、韩等亚洲国家的电影状况,结合好莱坞大片对中国的冲击,以及中国加入WTO以后面临的市场困境,讲述了"大片"在中国的缘起,并给出了《英雄》《无极》《赤壁》《十月围城》《建国大业》《建党伟业》等几部"大片"作为参考文献。刈间教授没有用日语简单翻译我的讲课内容,而是结合他对中国电影以及中国大片的理解,在对我的讲课内容进行分析探讨的过程中,继续展开话题,并用黑笔在白板上写下了大量的板书。第一次在讲台上合作,发现刈间教授跟我一样,也是站在讲台上就兴奋的那一类。看来无论在哪里,教师都是天生的。

教室并不大,多媒体没有启用,一个多小时很快就过去了,同学们对今天的课有什么反应是我所遐想的。在山形电影节上,我就发现日本人非常耐心,也善于克制。第一次课只有一个同学中途离开,但有两个同学课间进入。教室里一直都很安静。这种安静的感觉,跟在北大是不同的。

跟本乡校区相比,东大驹场校区貌不惊人,但图书馆同样不错;同学们来到这里没有太多消遣,也只能好好学习;更重要的是,跟本乡的三四郎池相互呼应,驹场也有一二郎池(驹场池的"爱称")。第二次上本科生课,教室里多了12个从南京大学前来东京大学考察学习的中国学生,加上我这个北京大学的,就只有西京大学没人在场了。

我开始讲"两岸电影共同体",想要结合1979年以来中国内地、香港、台湾电影的发展状况,以时空观念的转换为中心,探讨两岸电影共通的精神走向和文化蕴含。理论部分,提及《广岛之恋》《野草莓》等现代主义电影的时空策略以及《黑客帝国》《盗梦空间》等科幻电影的时空生产;历史部分,则现场放映了《小花》《城南旧事》《孙中山》《黑骏马》《黄河谣》《黄土地》《红高粱》等影片片段,分析这些影片在边远历史与边缘地域寻求民族文化身份的独特尝试。然而,说起《黄土地》,在座的同学们中竟很少有看过的,毕竟是在日本,又多为"90后",情有可原。不过,对今天的讲座内容,很多同学还是充满了浓厚的兴趣。

值得庆幸的是,刈间教授就是这些影片中好几部影片的日文字幕首译者,并在中国和日本跟这些影片的创作者们有过深度交流。为此,刈间教授跟同学们分享了自己亲历的中国新电影,还特别放映了日文版的《孙中山》片段,讲到其中的一些场景和细节,真的很令人怀想。我们两人在对待第四代电影的态度上,展开了进一步的商榷和交流。时间已到12点30分,同学们竟然没有急着要去吃午饭。

第三次本科生课,接着上次的"两岸电影共同体",继续讲台湾新电影的时空策略。我主要以《光阴的故事》,还有侯孝贤的《童年往事》《恋恋风尘》《悲情城市》以及王童的《无言的山丘》等影片为例,探讨台湾新电影对已经逝去的时间/历史和正在生息的本土/乡土的感伤情怀。每次看侯孝贤电影,都会有新的情绪体验。这次在东京大学的课堂上,听到《童年往事》结尾处的画外音,内心的忧伤同样难以消弭。

跟我的话题联系在一起,刈间教授回顾了自己在20世纪80年代中期,以香港为据点,跟台湾的侯孝贤、杨德昌以及大陆的张泽鸣、陈凯歌等人互相分享信息、彼此对话交流的兴奋场景。那同样是一个已经逝去的美好年代。

课程结束前,我们给同学们布置了作业:课下观看王家卫的影片《东邪西毒》,下次课上讨论。下一周再上课,在座的同学们已经大多专门看过了这部影片,并分别用日语和中文表达了自己的观点。其中的主要观点有:影片是从"西毒"欧阳锋的视角出发,讲述几个女人的故事;影片的镜头语言动静结合,表现了一种独特的时空观念;影片中以慕容燕/慕容嫣双重身份出现的东方不败,是性别与身份迷惑的典型体现;影片表达一种"望"的过程,既是希望,又是失望,所有的人物则总是在观望;影片并没有采取传统的时空安排策略,而代之以一种情绪和心理结构;跟原作《射雕英雄传》相比,影片已经非常不同。另外,一个没有找到影片的日本同学,就《无间道》的香港版本和美国版本进行了颇有深度的比较。显然,同学们都在一周内进行了很多准备。

我对同学们的理解感到非常吃惊,能够想到这么多真的很不容易了。点评阶段,我结合同学们的观点,根据王家卫电影与《东邪西毒》的影像,就相应的话题展开了进一步的阐释。出现的特殊词汇和专门的表达方式太多,但也没有难倒刈间文俊教授。下课后,我们还就香港警匪片的卧底情节与内地电视剧的谍战话题展开了简短的讨论。

二

根据刈间教授的安排,我在东京大学的研究生课程,从10月13

日开始。

在这个十人左右的小班里,有一半中国留学生。他们本科分别来自北京大学、南京大学和中国传媒大学等高校。大约了解了一下,他们不仅学习努力,成绩优异,还都在上课之余辛勤打工,争取为国内的父母减轻负担,这是很令人欣慰的。

前两次"影像研究"课,主要介绍我在北大展开的《申报》与中国电影研究。

一开始,我放映了德国影片《樱花树下》片段,这是一部受到日本电影大师小津安二郎《东京物语》影响的当代德国电影。通过这部影片,我强调了电影自始至终都是文化交流与跨文化传播的重要媒介。在中国,1949年以前,《申报》里的电影正是如此。

除此之外,我还回顾了《申报》电影研究跟新中国建立以来学术范式的转换之间的关系。《申报》研究除了是一种跨时空、跨文化、跨学科、跨国别的电影研究,还是一种放弃了传统与现代的各种宏大理论,力求以中层理论获得自身历史性与在地感的研究。刈间教授则谈起自己在东京国会图书馆见到的孙瑜电影《到自然去》剧照,就电影史研究的话题展开生发。有许多材料,是需要中日双方共同发掘和研究的。我们俩实在太有同感了。

课后,又到刈间教授的办公室聊天,并互相交换资料,收获真是不小。在综合文化研究科办公室,我还看到了一套日本影人写于1941年前后的映画研究文集。对我而言,这真的是绝好的资料。决定回到北京之后,到新东方学习一段时间日语,然后好好地把这些材料消化一下!

离开驹场校区,跟中国学生于宁一起从涩谷往新宿。新宿之夜,宛如梦境。走过新宿二丁目著名的 GAY BAR 街，又在更著名的歌舞伎町转了一圈，算是到此一游，内里的景象如何，尚不得而知。在地铁新宿站，竟发现到四谷的快车线路，一站即可抵达离东大前站不远的南北线。不到半个小时就回到了住处，比我此前选择的路线缩短了二十多分钟。东京的地下交通，应该算是世界奇迹了吧！

第二次研究生课，继续讲《申报》与中国电影研究的关系。《申报》研究逐渐从"大远景"进入"特写"，根据研究过程中积累的经验和教训，每次展开，均会设定不同的主题、范围或侧重点。在这里，我重点介绍了以《火烧红莲寺》为对象所进行的跨媒介、跨学科、跨时空和跨文化研究。

讲述过程中，涉及《劳工之爱情》与马徐维邦的恐怖片等话题，刈间教授补充了很多极有价值的信息。其间，有同学专门从日本的亚马逊网上书店购买到了我的一本《中国电影的史学建构》；课程中也有同学根据我对"中层理论"的阐释，提出为何现代主义与后现代主义都是宏大理论的问题。所有在场的同学都学习得很认真，只是我给出的阅读材料，发过来发过去总有乱码。

第三、四次研究生课，感觉来听课的同学很齐整，甚至还多出了一个从日本大学赶来的中国籍博士研究生。我总结了此前有关《申报》与中国电影研究的各个方面，给同学们提供了一个研究性的参考书目，并分别予以介绍。多亏了刈间教授，要把这么多理论概念翻译成日语，还要应付我的一些非习惯性表达，该是一件多么伤脑筋的事情！何况他还在忙着张罗南京大学副校长带学生在东大交流的许多事务。每次下课，总有同学感叹：刈间文俊教授的中文和日文实在了不得。在我看来，不仅是了不得，简直就是独此一人而已。

然后，我就侯曜的《西厢记》、吴永刚的《神女》和《浪淘沙》以及袁牧之的《马路天使》、费穆的《联华交响曲·春闺断梦》等影片，结合20世纪30年代前后法国的"纯电影"、意大利与瑞典的表现主义和超现实主义电影以及日本衣笠贞之助的《十字路》等，探讨中国民族电影生成过程中，作为运动的现代主义电影的缺席；分析现代主义电影在中国的困境与表现，提出"现代主义对于中国电影而言是否真的有必要"这样一个话题。我们发现，在中国电影语境中，"现代主义"概念跟西方和日本相比都有很大的不同。刘间教授则展示了"文革"中的某些珍贵影像，其间对身体的发现和性感的展示，别有一种特殊的"现代"意味。接着，我开始讲1941年至1945年的上海电影，从卜万苍导演、周璇主演的《渔家女》片段开始，进入沦陷时期的上海电影与中国电影的历史叙述。这方面的研究，我已经在国内学术刊物发表。对于这方面的问题，刘间文俊教授没有给出明确的意见，我想他是有他的想法的；在他的电脑里，总有很多令人吃惊的好东西。

最后一次研究生课程，以《一江春水向东流》《小城之春》《太太万岁》《万家灯火》等影片为主要对象，探讨20世纪40年代中国电影在民族性与现代性方面所达到的杰出成就，其间涉及《一江春水向东流》的版本，以及上官云珠和舒绣文此后的星海沉浮，不禁唏嘘神伤；比较费穆《小城之春》与小津《东京物语》等影片中的机位及人文气质，深感东方电影沉潜的同情之心。刘间教授也结合费穆的话剧体验，画出影片主导镜头的机位图，很有说服力；并谈到多年前在香港跟舒琪（导演、影评家）、李焯桃等人一起讨论《小城之春》时，舒琪对整部影片令人称奇的解读；还涉及田壮壮对《小城之春》的致敬方式,在这方面我们俩的评价是有差别的。

三

11月22日,在日本大学讲座。

日本大学文理学部位于新宿京王线的樱上水站,樱花盛开的时候肯定美得一塌糊涂。看到办公室门口横批为"出入平安"的喜气洋洋的大红对联,就知道应该是中文系了。

我想,在这里讲"中国电影史:理论与实践",应该会有听众的。

果然,听众比我想象的还要多。除了一二百名学生,还有一些老师。前时专程拜访过的日本电影史学家岩本宪儿教授,更是抱病坐在师生之中,这真的令我非常感动,也不由得有点紧张起来。早稻田大学政治经济学术院教授、《映像文化论》编集谷川建司博士,更是从自己的事务所赶了过来,我们以前在北京见过一面的。

为了翻译,三泽真美惠教授早就做好了准备,把我的那些枯燥的相关文章和过于简略的PPT读了许多遍,并且提前在东京大学和其他地方做了广告。这个学术性较强的讲座,也真苦了日本大学的同学们;我原以为这次讲座只是在中文系的老师们之间进行交流的,但同学们实在太能坚持了,一个小时下来,似乎还有他们普遍感兴趣的地方。

很遗憾,讲座结束后,自由问答的时间比较短。一个叫小岛的老师用日语问到了中国电影研究中的资料问题;另一个日本同学用中文问到了1989年前后的中国社会变化,中文表达非常流畅;更多的同学用字条把他们的问题和感想写了下来,交给了他们的三泽教授。

我看了一下，每一个同学都写了很多字，应该是有不少想法需要表达。看得出来，这些日本同学对中国问题颇有兴趣，对中国电影更加关注。作为一位来自中国的学者，确实很为自己的职业自豪。

值得高兴的还有，一个年约七旬的老者，以"社会人听讲生"的身份提出了有关《黄土地》的问题：《黄土地》到底是一部恋爱片还是政治片或者其他？讲座结束后，我又在办公室跟三泽真美惠、谷川建司等教授和部分同学一起继续讨论了半个多小时。回住处的路上，谷川建司这位曾经留学美国的博士陪我用英语聊天，一直坐到离我最近的四谷站。他说他身上穿着的这一套行头，就是在上海置办的；在中国的北京、上海和哈尔滨之间，他最喜欢哈尔滨。地铁到了四谷，互说一声"Have a good future"，我们就分道扬镳了。茫茫人海，到底是什么内在的机缘，让人们彼此联系在一起呢？

过了几天，岩本教授的博士生在我的博客文章下留言："您那天的讲演非常精彩。今天岩本老师还说，如果不是因为身体不适，肯定要参加演讲之后的交流会，并仔细询问我交流会大家都问了您什么问题，我进行了如实汇报。"而在自由问答环节用中文提问的日本同学名叫荒井智晴，是我在日本见到的最认真、最好学的日本学生，他以邮件的方式表达了他的感受，并提出毕业后想来北大进行中国知青文学和电影的研究：

李道新老师您好：

我是日本大学文理学部史学部研究生2年级，荒井智晴。感谢您在百忙之中来到日本，来到我们的大学给大家做了这么精彩的一场讲座。相信在座的各位都和我一样，受益匪浅。

我是一名历史系研究生。平时喜欢看中国电影,对中国历史非常感兴趣。我有几个问题,想(向)您请教。这个问题以前问过了。不好意思,我听不清楚的部分有:

1. 请问,在中国的电影界中有没有什么禁忌。比如说,宗教问题,或者,政治问题,您怎么理解呢?
2. 日本人在中国电影界中有大展身手的机会吗?
3. 在中国,电影的演员和戏剧的演员有什么待遇差别吗?
4. 最后,香港电影和内地电影的差别大吗?

荒井智晴
2011 年 11 月 24 日

随着邮件,荒井智晴寄来了我跟他在讲座后的合影。

每次走出地铁东大前站,总能看到一家名为"用心棒"的小店。我较早就看过黑泽明导演的同名影片,也知道"用心棒"的日语含义是"保镖"或"防身用的棍子",但我还是宁愿用汉语去理解这三个字:只要用心,就会很棒。

2011 年 12 月,东京 — 北京

东京一日

在东京大学,最后一次本科生课程,讲授的是中国地下电影与海外艺术院线的关系。因时间原因,我并没有太多展开;也因国内资料欠缺,没有进行更加深入的研究。但邀请我来的刈间文俊教授,恰恰是这方面的知情人和亲历者,于是听到了一些从未听到的故事,也聊起了一些很难再聊的问题。

一起讲完上午的课,经过刈间教授的策划,我们决定前往东中野一家名叫 POLE POLE 东中野的艺术影院,观看一部名为《纪佳》的纪录电影,可算今天课程的继续。

影院外,影片的墙体广告比较醒目,排队等候进场的人群竟也不少。这在我看来有点不可思议。一部大学生的毕业作品,又是纪录影片,票价高达 1700 日元,竟然还会有这么多的观众排队。好在我们赶上了第一场,已经没有座位,只好坐在过道的台阶上。

《纪佳》是立教大学现代心理学部映像身体学科的毕业作品，由制作过《蚂蚁的兵队》《延安的女儿》等作品的池谷薰监制，毕业生赤崎正和导演。影片入情入理、节奏准确，作为大学生毕业作品，已具较高水准。影片没有字幕，我几乎一句话都没有听懂，但还是被许多场面和细节感动了。

放映结束后，导演和监制在现场讲述拍片心得。让我觉得最难得的是观众。看完影片，竟没有一个人起身离开；直到导演和监制说完所有的话，灯光放亮，大家才一个一个鱼贯而出。等待进场的下一拨观众，则在影院外面耐心地等待着。作为电影人，拥有这样的观众是应该满足的。独立电影的发展，需要的也正是这样的环境和土壤。

看完电影，吃过吉野家。刈间教授建议前往明治神宫。上次独自一人暴走涩谷时，差一点来到这里。今天有教授指引，自然是乐得成行了。在我眼中，明治神宫，真的是一个很日本的所在。

明治神宫里，各国游客络绎不绝。一家三口或四口相携前来，进行"七五三"仪式的日本人也相当不少；跟着父母的那些三岁、五岁或七岁的小孩子们，简直太可爱了，回头率非常高；身着盛装的爸爸妈妈，也是相当地吸引眼球。很幸运，我们还看到了庄重肃穆、古风依然的结婚庆典。

不经意之间，我们便到了原宿站。原宿站前的竹下通时尚一条街，遍地皆是少男少女及潮流门店。我跟刈间教授已经成了不折不扣的老头和不明就里的落伍者了。在列车、人流与林木、闹市之间，总有一种疑似梦幻的东西在我脑海中盘旋。都市真是一个奇怪的地方，有的时候会以一种恍惚的氛围和深刻的喧嚣，显现出它单纯的寂静。

很快进入著名的品牌购物街表参道，但我们感兴趣的不是商品。刈间教授把我带到大街上大量建筑中的其中一栋。进到里面，瞬间便被某种特殊的气氛所打动。这是我第一次在本能上被一栋用作综合商厦的建筑物吸引。这栋名叫同润馆的建筑，跟外面街道的坡度几乎平行，楼梯是一种十分平缓的坡；静静地走在里面，人是如此自然而又舒缓。去过许多商场，隐藏着的电梯，一级一级的楼道，方位感缺失，无数的折返；然而，在这里，一切都是舒适而又随意，通透而又简单。不愧是安藤忠雄的设计，只要一眼，大师的灵感和创意就扑面而来。

这时才真正懂得，一个城市的品位，确实并不在高楼大厦的数量，也不在名胜古迹的珍藏，而在每一个可能的空间，都有动人的细节，总在抚慰人的灵魂。

2011年10月29日，日本东京

三四郎池

每次走进东京大学,总想去看看三四郎池。校园中心,却又被绿植隐藏,低调得不想让人找到,因此是很孤傲的。

为此,专门阅读了夏目漱石写于1908年的小说《三四郎》。主人公小川三四郎初从九州熊本乡下来到东京大学,拜访一直躲在地窖里研究理科的老乡野野宫君。野野宫君很冷淡,只是请他看了看测试光线压力的望远镜。随后,小说写道:

"三四郎很客气地道过谢,从地窖里出来,走到人来人往的地方一看,外面依然骄阳似火。天气尽管热,他还是深深地吸了一口气。西斜的太阳照耀着宽广的坡道,排列着工科专业的建筑,房子上的玻璃窗像熔化了一般放射着光辉。天空高渺,清澄,在这纯净的天际,西边那团炽烈的火焰不时地飘散过来,熏烤着三四郎的脖颈。三四郎用半个身子承受着夕阳的照射,走进了左边的树林。这座树林也有一半经受着同一个太阳的光芒的考验,郁郁苍苍的枝叶之间,像浸染着一层红色。蝉在高大的榉树上聒噪不已,三四郎走到水池旁边蹲下来。四周非常寂静,没有电车的声响,原来通过大红门前面的电车,在学校的抗议下,绕道小石川了。三四郎在乡下时就从报纸得知了这个消息。三四郎蹲在水池旁边猛然想起了这件事,这所连电车都不允许通过的大学,离开社会该有多么遥远。"

急遽变动的东京、远离现实的理科学者,以及幽静寂寥的"水池",让三四郎产生了前所未有的孤独之感。然而,正在孤独之际:

"三四郎蓦地抬头一看,左面的小丘上站着两个女子。女子下临水池,池子对面的高崖上是一片树林,树林后面是一座漂亮的红砖砌成的哥特式建筑。太阳就要落山,阳光从对面的一切景物上斜着透射过来。女子面向夕阳站立。从三四郎蹲着的低低的树荫处仰望,小丘上一片明亮。其中一个女子看来有些目眩,用团扇遮挡着前额,面孔看不清楚,衣服和腰带的颜色却十分耀眼。白色的布袜也看得清清楚楚。从鞋带的颜色来看,她穿的是草鞋。另一个女子一身洁白,她没有拿团扇什么的,只是微微皱着额头,朝对岸一棵古树的深处凝望。这古树浓密如盖,高高的枝条伸展到水面上来。手拿团扇的女子微微靠前些,穿白衣的女子站在后边,距离土堤还有一步远。从三四郎这边望去,两人的身影斜对着。

"三四郎此时只感到眼前一片明丽的色彩。"

在这里,批判现实主义作家变成了一个唯美的浪漫主义者。窃以为,以作者"窥视"水池小丘上两个女子的角度和距离而言,要想真正看清女子的白色布袜、腰带颜色以及微微皱着的额头,确实是有些勉强的。

在等待上课的日子里,三四郎时不时就会去"水池"转一转。那个令三四郎无法自拔的女子,终于嫁给了别人。当年的那片"水池",则因这篇名为《三四郎》的小说而被叫作"三四郎池"。

有时候,历史比小说更浪漫。

2011年11月6日,日本东京大学

上　野

东京这样的城市，是非常适合暴走的；但对你来说，在东京，无论怎样暴走，最终的目标都是上野。

当一个人不经意地置身汹涌起伏的人潮，或者有意识地从清晨走到天黑，直到大街上空无一人。这样的感觉，就是在都市丛林里与天地相通，或者是一种肉体与精神的放纵。

这时，你就会怀念文字，那是一种久违了的亲切。灵魂会从字里行间走出来，一个一个地跟你问好或者道别。心情不错，是一种从来没有过的心情，就像童年时代拂过脸颊的一阵风。

东京有雨。等雨一停，即刻出发。上野之于你，或者你之于上野，可能存在前世的缘分。从上野走远，然后回到上野。这就是你在日本和东京的生活轨迹，还有自然而然的心理节律。

从赤门进入，穿过东京大学。从东大附属医院旁边的池之端，很

快就进入上野公园一带。上野是一直想来的,因为早就读过鲁迅的文字:

> 东京也无非是这样。上野的樱花烂熳的时节,望去确也象绯红的轻云,但花下也缺不了成群结队的"清国留学生"的速成班,头顶上盘着大辫子,顶得学生制帽的顶上高高耸起,形成一座富士山。也有解散辫子,盘得平的,除下帽来,油光可鉴,宛如小姑娘的发髻一般,还要将脖子扭几扭。实在标致极了。

记得当年学习鲁迅文章的时候,就觉得"清国留学生"太妖娆,但上野却是十分熟悉的地方。到了东京,只要出门,就想着是不是要去上野;或者回到住处,仍要选择一条经过上野的路径。这是一种奇怪的动机,理性很难解释的。

十月下旬,东京的樱花已经收了,仿佛不曾开过一样。但上野给你的印象,确实非同一般,于是三番五次地流连。这一次,虽然没有见着上野的樱花,只是遇到了迷迷蒙蒙的上野的雨中的树,是从刚来日本的时候一点一点变红的,不免有些感伤。然后就想,当年的鲁迅该要如何面对这种愈益凄厉的秋雨呢?

上野周边的街道和市面,应该是比鲁迅的时代摩登而又繁华了太多,只能用车水马龙、摩肩接踵这样平庸的成语来形容。然而,上野公园是人与生态和谐相处的所在,早已不见了那么多的各国留学生。不远处的上野御赐公园,也是鲁迅到过的。但现在的上野,还是当年的上野吗?

实际上，去往上野，又可以从本乡追分的东大国际公寓出发，经本乡三丁目，进入春日通直到上野，然后从这里走向更远的地方。第一条路径是从上野公园进入莺谷站，再从入谷步入昭和通；半个多小时以后，转向浅草通，经合羽桥道具街，到达浅草公园。回程则经浅草通，直接走到上野站，然后找到春日通，按原路折返。一路上，既不打算乘坐任何一站地铁或公交车，也不会去动一下打个出租的念头。只要是经过了上野，就不会迷路了。沿着这些或通达或蜿蜒的街道，即走即停，率性而为，应该就是所谓的自由。再一想，包括夏目漱石、森鸥外、川端康成以及小津安二郎、北野武等在内的那些久居东京的文化名人，当年不就是这样在上野及其周边走来走去的吗？

第二条路径，则是从东大国际公寓正对门的那条路走去，不到十分钟就到了根津神社。看到蔚为壮观的橙红祈愿柱，也是人们休养生息的精神支柱。是的，这是一条祈愿之路。在上野清水观音堂，也是醒目地挂着入试合格祈愿的奉纳；在东照宫和上野大佛前，更是琳琅满目的各人的祈福。探访了上野之森美术馆、东京艺术大学美术馆和国立西洋美术馆，驻足过上野公园里的杂耍表演和上野动物园的大熊猫，浏览过东京文化会馆里的各种演出信息之后，在文化会馆之外，还会遇到各种各样的游说和请愿，张扬的总该是人间的正义或良善。

就这样，尽情地将身体托付给了流动不居的都市空间，却仍能发现，心情总是要执着地回到原点。上野之于你，就是这样的原点。东京的原点，日本的原点。

第一次暴走东京，就是从本乡追分出发，经过上野之后回过头来，再沿本乡通去到六义园。在离开东京之前，又一次去了上野，再沿本乡通走到了更远。庭院的文化在梦幻般传承,旧町的历史在遗忘中记起,人在深巷里栖居,寺门的生命因死亡而延续。

又是急骤的秋雨。一个人站在本乡通的尽头回望上野,东京的历史与文化,便飘荡在这迷迷蒙蒙的红尘与烟云之中。

2011 年秋冬,东京 — 北京

2020 年春改定

镰 仓

镰仓是久已向往之地。

在日本,时光也走得没有那么快。一下北镰仓,即是镰仓五山之一的大本山圆觉寺。风景自是清幽,寺庙的历史与风格却更有说头。如果没有刈间教授的提醒,我们确实很难分清面前的一切,竟跟南宋中国存在如此紧密的关联性。

但我们很快就到了圆觉寺,找到了小津安二郎墓。于是献花上香、清水祭扫。实际上,在小津墓前,已有最多的鲜花、香烟和酒。想起小津电影中那些不动声色,却又感人肺腑的画面,是不愿相信这样的灵魂会永远地离开。

在圆觉寺,还有著名导演木下惠介、著名演员田中绢代等人的墓。镰仓令大量文学艺术家们流连忘返,更是日本电影人群聚之地。北镰仓前站,即是著名的松竹映画大船摄影所。难怪车经大船时,我总觉得这个地名一点也不陌生。

终于到了镰仓市川喜多映画纪念馆。这是我在国内时就一直想着要来的地方。17年前做博士论文时，第一次遭遇川喜多长政这个名字，无尽的纠结伴随。川喜多，这个一度主持沦陷时期上海电影的北大校友，在中国人眼中是敌是友？是痛是幸？我真的不希望历史就这么匆匆地流逝，更不希川喜多在中国是永远的谜。今天来到这里，是我的学术经历，也是我摆不脱的宿命。

川喜多映画纪念馆在川喜多旧居的基础上翻建，落成不久，面积不大，却布置得很有电影的氛围；除了展览区和资料区，还有设施完备的放映厅。川喜多一辈子都在做电影，也曾一度倾力将黑泽明的《罗生门》亦即日本电影推向世界。纪念馆周围，还有川喜多家族的人在静静地生活着。

纪念馆馆长大场正敏先生原是日本电影资料馆馆长，也是刘间教授多年的老朋友。在纪念馆，大场先生亲自介绍了纪念馆的收藏并引导我们参观，还为我们亲手端来了咖啡。又是一个热爱电影的可爱风趣的小老头。有这样的人守护电影，电影是幸运的。

参观结束，在大场馆长的带领下，雨中漫步镰仓古城，真是别有一番情调。最后，我们一行五人钻进一家杂货铺，在店家柜台小小的空间里站着排开。就着几包零食，这就开始喝酒了。当然，聊天还是最重要的。大场先生聊起当年在四川青城山跟中国电影资料馆陈景亮馆长喝酒的情形，那是中日电影界两个特大酒鬼的对话，每人白酒一斤后还要登顶；刘间教授则在责怪大场先生，当年两人在北京见到30年代明星黎莉莉时，大场心怀鬼胎地指使刘间送花，自己则抓住黎莉莉的手吻了起来。大场还不止一次地说起当年在中国电影资料馆做客座研究员时,往返于小西天和护国寺之间,在新街口地摊上随意喝酒、乐观中国的美好岁月。

清酒应是日本的国酒,那是一种清冽而又柔和的滋润。我们的聊天一直进行,中间还有陌生人插入,但很快就聊在了一起。店家看我们聊得投机,也不断过来凑凑热闹,自己也开了酒瓶喝起来。晚上八点左右,店家预备打烊,使用了从我这个来自北京但又唯一不会说日语的中国客人学到的中国话:

"谢谢""再见"。

2011年10月31日,日本镰仓

涅瓦河畔的城市

在 2013 年 1 月 27 日圣彼得堡反围城胜利 70 周年纪念晚会上，俄罗斯流行音乐领域的著名歌手维塔斯用其标志性的"海豚音"演唱了一首《晚歌》。歌中唱道："涅瓦河畔有座城，艰辛劳动把它建成。听吧，列宁格勒，我为你歌唱，最美好一首歌在心上……涅瓦河上歌声扬，亲爱城市悄悄入梦乡，公园花园里椴树沙沙响，祝福你，列宁格勒，好家乡。"

对于这座涅瓦河畔的城市，我们这一代中国人耳熟能详的称呼是"列宁格勒"，但早在维塔斯歌唱的 22 年前，列宁格勒就已经恢复了她曾经拥有过的名字——圣彼得堡。作为一扇"瞭望欧洲的窗口"，俄国的伟大诗人普希金也曾经这样赞美过："涅瓦河披上大理石的盛装，一座座桥梁飞越河面，它那大大小小的岛屿之上，缀满了浓荫蔽日的花园，面对着这座新兴的都城，古老的莫斯科已黯然失色。"

然而，在我的心目中，莫斯科已经很远，圣彼得堡就更遥不可及。如果没有特殊的机缘，这座涅瓦河畔的城市，仍然只能从普希金、果戈理、陀思妥耶夫斯基和拉赫玛尼诺夫等大师的文学艺术作品中获得间接的感知。

好在很快就等到了意外的机会。2015年9月中旬，在同事彭锋教授的引荐下，获邀赴圣彼得堡参加北京大学与圣彼得堡国立大学联合举办的"东方是东方？西方是西方"学术研讨会，得以真正走近我梦想中的这座历史文化名城，并怀着非常复杂的心绪，几度徜徉于美丽的涅瓦河畔。

圣彼得堡国立大学就坐落在涅瓦河边。尽管早有心理准备，但身处校园，还是会被毕业于这里的诸多校友所震撼：门捷列夫、巴甫洛夫、屠格涅夫、普京、梅德韦杰夫……每一个都是如雷贯耳的名字，每一个名字都书写了人类文明的历史。

在第一天的学术会议上，我以"《狼图腾》与跨国电影的作者论"为题，就法国导演让-雅克·阿诺执导的中国影片《狼图腾》进行了专题发言。虽然提前做了一个比较生动的PPT，并有圣彼得堡国立大学东方学系青年教师兼汉学研究博士生尤利娅的现场翻译，但我相信因为语言的关系，在座的与会者不一定真能理解我的观点。幸好此前莎莎已经把我的会议文章翻译成了俄文，并印在了发给大家的论文集里。

次日，天气晴好。得益于莎莎的陪同，参观了圣彼得堡国立大学校园及其声誉卓著的东方学系；而后，在古老宽阔而又热闹繁华的涅瓦大街，尽情享受俄罗斯"北方首都"的风景和韵致。在温暖的阳光之下，普京与其他俄罗斯名人的大幅画像静静地伫立；《喀秋莎》的乐声中，身着民族盛装的姑娘们手拉手围成一个圆圈，在小广场上欢快地舞蹈；书店里，莫言小说的俄文版跟其他各国作家的书籍，并列摆放在相当显眼的位置。告别莎莎之后，等到傍晚，我还独自去到了尼古拉耶夫斯基剧场，默默地观摩了一场俄罗斯民族民间的声歌乐舞。尽管语言不通，交流不畅，但一天下来的所见所闻，仍形成一个强烈的印象，就是那种似乎熟悉却又完全陌生的特别感觉。

此后两天，我把自己交给了圣彼得堡国立大学佳吉列夫现代艺术博物馆馆长兼博雅学院教授塔吉亚娜·尤里耶娃。原以为只到她的办公室，没想到进了她的家。就在教授非常自豪、充满艺术气息并俯瞰着涅瓦河的家里，吃到了她精心调制的、非常地道的俄餐。除此之外，更是在塔吉亚娜·尤里耶娃教授的亲自陪伴下，一起游览了涅瓦河上的圣彼得堡，观看了彭锋教授策划的中国当代艺术国际巡展，并在埃尔米塔日博物馆（冬宫）里，度过了差不多一整天。直到看得眼花缭乱，走到精疲力竭。

告别冬宫里的达·芬奇和伦勃朗，我决定在离开圣彼得堡之前，再一次徒步涅瓦河，希望通过一天的暴走，更多体会这个我想要进入却又始终不得其门的城市。于是一早起床，便从宾馆出发，沿着涅瓦河去往市中心。一路走走停停，快到下午两点钟才开始折返。随着耳机里的音乐，情不自禁地写出下面的诗句：

天空阴晴不定
涅瓦河波澜不兴
地球北方的港
普希金和陀思妥耶夫斯基的城

和鸥鸟一起垂钓
随挥舞的姿势寻找列宁
这明亮的俄罗斯的忧伤
飘荡在拉赫玛尼诺夫的琴声

途经斯莫尔尼宫的时候，天开始下雨。躲了一会儿，见雨还没有停下来的迹象，于是干脆冒雨前行。脑海里突然浮现出安德烈·塔可夫斯基电影《乡愁》的画面。影片中，俄国诗人安德烈去往意大利寻访一位18世纪俄国作曲家的生活，为此，他游走在支离破碎的现实与超现实的梦境中不能自拔。

这一刻，我仿佛理解了塔可夫斯基的追问：那些我们不能抵达却又无法舍弃的，也就成了我们永远的"乡愁"吗？

2015年9月14—20日，圣彼得堡—北京

雷尼尔:雪山惊魂

雷尼尔是美国华盛顿州一座雪山的名字,位于西雅图东南方85公里处。按照各种旅游手册的介绍,雷尼尔雪山海拔4323米,比邻近的山峰均高出约2500米,宽广辽阔如海中浮岛,不仅是世界上最雄伟的山岭之一,而且是华盛顿州的地标,更带有几分神秘与传说的色彩,颇具神圣的地位,因而是美国西北部人们心中的"那座山"。

我第一次看见"那座山",是在2015年1月中旬。受国家留学基金委委派,作为博士生合作指导教师,得以赴华盛顿大学(西雅图)比较文学系访问交流,这也是我第一次去到美国,并与柏右铭(Yomi Breaster)教授结下了深厚情谊。一路参观华盛顿大学数量众多的哥特式建筑,铺满红砖的中央广场,间歇工作的卓姆海乐喷泉,以及水上闲游的小鸭子,一点也没有感觉到这个季节应有的寒意。虽然因为时令关系,无法领略传说中大路两边盛开的灿若烟霞的樱花,但趁着天刚放晴的间隙,抬起头来望向远方,便见到了伫立在蓝天白云之间的壮观场景。是的,就是"那座山"。

据说华盛顿大学的教授工资,虽比其他大学低百分之二十,但大家心甘情愿。重要的原因之一就是校园景色优美,并能看到壮丽的雷尼尔雪山,这便是所谓的"雷尼尔效应"。就这个问题,我专门请教了柏右铭教授,教授说尽管存在着以前西雅图消费水平不高、提了薪水以后也暂时无法赶上其他大学等历史原因,但"雷尼尔效应"的说法,确实是真的。

无论如何,"那座山"是种在心里的一个念想了。

两年后的秋天,我再一次去到美国,在加州大学伯克利分校访问交流。这一次,打算从旧金山取道西雅图飞往美国东海岸。我的博士生周正汉正在伯克利进行一年的访学,经过商量,他决定抽出上课的间隙,带着新婚不久的妻子,直接开车送我去西雅图。三人自驾奔驰在风光绝美的美西大地,想起来就觉得很有挑战性,也太具强烈的吸引力。

10月25日一早,正汉驾驶着一辆租来的几乎全新的红色吉普"指南者",到宾馆接了我,开着导航就上路了。一路上,因为有正汉夫妇的精心准备和照顾,我也就撒手不管,心无挂碍地专注于沿途风景。然而,现在回想起来,如果当时好好考虑一下两地相距1300多公里,连续不断地行进就要用去14个小时左右,我是会产生更多犹豫的;同样,如果正汉早一点告诉我他来美国之前才刚刚学会开车,因而还是新司机的话,我也不会这么放心。

更重要的是,如果早知登上雷尼尔,将让我们体验一次终生难忘的雪山惊魂,并在绝望之中死里逃生,我们一定不会选择这条线路。

因为这是一趟不经意间突然变得迷离恍惚的、近似于疯狂冒险的旅程。

但是，我们已经在路上。当汽车穿过正因森林大火而烟尘弥漫的旧金山湾区，加州的天空重新恢复湛蓝本色的时候，我们还真有点掩饰不住内心的激动。

"指南者"主要是沿着97号公路的方向一路往北。为了抵达火山口湖国家公园和雷尼尔雪山这两个"蓄谋"已久的景点，我们还需要离开这条美国最长的南北连续公路，另外择道专程拜访。当然，去壮美幽深的火山口湖国家公园是不虚此行的，尽管需要进入俄勒冈州西南部的崇山峻岭，以及生长着铁杉、红冷杉、松树和遍地野花的茂密森林，还有车窗外不时闪现的梦幻般的绿色牧场，才能在冰雪覆盖、寒风刺骨而又鬼斧神工的火山口，一睹美国最深的湖泊，这造化聚集的诡奇和宝石积淀的沉静。我想，仅仅因为这种苍茫的嶙峋山色和深邃的蔚蓝湖光，便足以震撼每一个来到此处的灵魂。

夜宿山间，得享天籁。次日一早，继续前行。经过俄勒冈广袤迷人的高山草甸，任由公路无尽地绵延，仿若心绪将要彻底地放飞。午后，终于从哥伦比亚河边的比格斯结点，进入华盛顿州。迷迷蒙蒙的细雨不期而至，应了这个地方多雨的天气。但我们的目标是雷尼尔雪山，天空渐暗的时候，我们的车就在进山的路上了。

雨点消失，逐渐变成了雪花。路两边的丛林也消失了，树梢已在悬崖之下。透过车窗往外，漫天飞舞的暴雪，将远近的峰峦和山谷笼罩在一片银灰之中，酷烈而又惨淡。夜幕正在降临，雪打车窗发出凄冷的响声，一种被扔进孤独的无助感和恐惧感向我们袭来。但我们都不知道该说什么，只是任由黑暗弥漫。

好在终于看到灯光,到达了预订的旅馆。登山之路虽然出乎预料,却也算有惊无险。第二天早晨,雪已止住了,仿佛什么都没有发生,便将昨晚的惊骇一扫而光。正汉认真地研究了路线,仔细地观察了方向,设定了谷歌导航,便准备再次出发,去往官方推荐的一条观光步道。毕竟,还没有真正登上雷尼尔雪山呢!

没有想到的是,车进山中,竟然越来越远地偏离了目的地。只好回到山脚下的一个无名岔路,才发现导航也罢工了。无奈之下,只好硬着头皮往前走。海拔越来越高,一路上很难看到车辆,也几乎杳无人迹。似乎又回到了昨晚穿越过的山腰暴雪区。开始下雨了,接着飘起小雪,随后小雪变成暴雪。再往前走,峭壁下的丛林和远处的山峰都被皑皑的白雪包裹着,面前的山路曲曲折折,也已被厚厚的白雪覆盖,但天地之间一片寂静,一切都显得很不真实。车轮开始打滑,路况愈加不测。昨晚入山的那种无助体验和恐怖感觉,再一次占据我们的内心:这是在哪里?又是要到哪里去呢?

正汉小心翼翼地掌握着方向盘,我们也尽力屏住呼吸,冀望早点摆脱这一段被我们误入的寂静之地。我们都明白,尽管车速放缓,但车轮失控的危险仍在增加,而悬崖就在眼皮底下;只要稍差毫厘,后果便不堪设想。更可怕的是,我们完全无法预计,将在什么时候或者以何种方式,才会遇到其他的人和车,可以带领我们离开这样的险境。

正当惴惴不安,在一个连续Z字形急弯的中段下坡处,我们的车突然失去了控制,直接冲向悬崖。还没有来得及清醒,便发现轮胎打滑导致整车漂移,撞在了崖边凸起的岩石上。车停了下来,车轮卷起的雪泥,溅飞在峭壁下深深的山谷里。后来我才意识到,就在这一瞬间,这块岩石的存在避免了一场悲剧,挽救了我们的性命。

惊魂之下,身心的感觉突然变得十分迟钝,甚至都不知道害怕。下了车,发现积雪已经没过膝盖,"指南者"的右前车架卡住了前轮,是无法正常行驶了。想要打电话报警,却发现手机网络不在服务区,早就没有了信号。就这样,我们莫名其妙地被困在雷尼尔雪山,只有伴随着恶劣的天气,无望地等着救援,期待奇迹的发生。

暴雪未止,时间流逝。终于有一辆车穿过雪幕,如其所愿地停在我们面前。像在梦中,却又真实无比。车上下来一对老夫妇,在查看了我们的车况之后,便建议用他们的车带我们下山。难道,这是又一次获救了吗?

在温暖的车厢里,名叫比尔和珊迪的这一对老夫妇,为了平复我们的惊恐并安抚我们的情绪,非常热情地跟我们聊起天来;还打开手机里的照片,让我们欣赏儿子媳妇和孙子一家人的美好生活。下了山,他们仍然一直默默地陪着我们,等我们处理完各种事情之后,才放心地离开。正汉反反复复地联系了租车公司和保险公司,最后还是雷尼尔雪山的骑警安排了救援车,在天黑时分把我们的"指南者"拖下山来。拖车司机是个西部口音的大汉,打电话通知正汉的时候,好像刚刚喝了一壶烈酒,也仿佛劫后余生一般。据他说,山上已经刮起了更加猛烈的暴风雪,他自己也险些回不了家了,雷尼尔雪山明天一早就会封山的。

显然,是比尔夫妇的到来,让我们体验到这种劫后余生的强烈的幸运感。比尔告诉我们,他是纽约生活保险公司的金融服务经理,但从小便对雷尼尔雪山非常熟悉,因为两人的家就在雪山脚下的雅基马。夫妇俩还是虔诚的基督教徒,今天是特为参加一个祈祷活动去到山的另一边。在他们看来,是上帝的指引,才让他们遇到了绝境中需要帮助的我们。因为,按照他们的原计划,是不会在这个即将封山的暴雪时节去到那个危险地方的。

回国之后,我再一次查看了雷尼尔雪山的各种介绍。介绍上大都写着这么一段话:邻近的印第安部落早就知道此山,并称其为"塔荷马",意思是"上帝之山"。我想,经历过这一次意料之外的冒险之旅,我们都获得了命运的眷顾和爱的感召;而对于正汉夫妇八个月后出生的小宝贝,已然在"那座山"接受了奇异的恩典。

2018 年 5 月 28 日,北京
2020 年 3 月改定

十日台湾

2012年4月底至5月初,应台南艺术大学音像艺术学院井迎瑞院长之邀,参加第一届世界闽南文化节"闽南文化影展暨论坛"。从北京到台北,转台南到高雄,返台北回北京,共计十天。这是我第一次去到台湾,虽然走马观花,但记忆尤深。十日台湾,了却百般存念。

一、台南:回来安平港

27日一大早便离开家门,赶赴首都国际机场8点55分直飞台北桃园机场的HU7987航班。当飞机即将抵达桃园机场上空的时候,我朝窗外一望:台湾,真的是一个浮在大海中的岛屿。

桃园机场出口,贴着欢迎旅客来到台湾的大幅宣传海报,但海报上的两位形象代言人,跟我平时看到的和想象的台湾人都不太一样。

本来就应该不一样吧,我隐隐觉得。正在漫无目的地逡巡的时候,突然看到中国电影家协会张思涛常务副会长,一问,得知竟然也是去台南参加同样的活动,于是非常庆幸。等到下午2点多,终于坐上从桃园开往台南的高铁,沿途的风光十分养眼,"宝岛"二字名不虚传。

到了台南,在办理入住之前,就开始参观了。先在台南德记洋行下车。这个地方1981年改为"台湾开拓史料蜡像馆",是台南市观光旅游局推荐的"安平老街巡礼"排名第二的旅游景点(第一名为安平树屋)。安平是台湾历史的源头,也是台湾人的原乡。台湾之名即源自安平(大员);安平古堡是台湾第一城,安平老街是台湾第一镇,大员港(安平港)是台湾第一国际贸易港,德记洋行则是台湾第一洋行。既然这么重要,此行当然是必需的。

入夜。文化古都,春雨绵绵。在台湾学者、现厦门大学新闻传播学院黄裕峰老师的鼓动下,我决定跟着他去台南市著名的二轮影院"全美戏院"看电影。遗憾的是,今晚只能看好莱坞,明天才有台湾影片可看。花了130元新台币,进场一口气看了《地心历险记》和《福尔摩斯2》,都是曾经看过的影片。好在有了考察台南影业的借口,竟又不折不扣地温习了一遍。

第二日一早起床,才有机会好好看看期待中的台南。

会议下榻的酒店前面,便是台南运河。微风拂面,天高水长。运河两岸,绵延着长长的景观步道,老榕树、红砖路、木栈道还有景观平台,均各得其所、恰如其分。跟酒店隔河而望的台南老街,闹市中的骑楼与神宫,见证着日常生活与民间宗教在台湾相伴而生的巨大力量。这种境况,大约跟厦门和漳州也是一脉相承的。但从各个楼体的大选广告中,可以明显看出,台湾拥有一种不同于大陆的政治文化。

我们一行被引导到成功大学，参加世界闽南文化节开幕式。成功大学艺术团的同学们表演了拿着粉红扇面不无闽南风格的舞蹈节目。演出结束后，马英九来到会场。马英九的笑容也是大陆观众熟悉的。真是难为他了，从进场开始，就在跟各种不同的人握手致意和寒暄。我清楚地记得，马英九离我最近的距离，应该只有10厘米。

研讨会中，有幸听到了著名闽南语片、武侠片导演郭南宏先生的演讲。此前，我只在书中见到过这个名字，以为是台湾电影中一段久远的历史；可面前的郭南宏导演，依然耳聪目明并且思路清晰、表达精准。除此之外，来自香港电影资料馆的吴君玉研究员，通过PPT讲述了丰富复杂的厦语电影，还送给我一本《香港厦语电影访踪》。看来，我所理解的港台电影，还都是极为表层的知识。

在井迎瑞先生的精心安排下，我们在天黑之前就到了安平港。巨幅银幕早早地守候在广场，台南艺术大学国乐团已在认真地演奏各种闽南民谣。当《思想起》的乐音渐响，灰蓝的天空竟飞过一群倦归的大雁。这种巧合，实在太不可思议了。

乐曲演奏完毕，天色渐暗。银幕上，开始放映一部1972年的闽南语影片《回来安平港》。银幕上的安平港，银幕下的同一个所在，迷离的光影、凄美的故事和伤感的歌声，将跋涉了半个多世纪的文化空间整合在一起。听放映机的声音在耳边流淌，竭尽全力在台湾历史的发源地辨认一种华人共通的文化基因。电影的历史，从来没有这样真切，再也不会如此感性。

接下来的两天，继续跟随中国影协、福建影协、厦门影协和台湾艺大等一起参观世界闽南文化大会以及台湾艺术大学的相关活动。

途经台南市与台南艺术大学联合创建的"电影书院"。这是一种古迹、电影与文化、地域的结合，一个十分有趣的创意所在。尤其是跟井迎瑞院长一起，在"电影书院"的电影教室里当了一回学生，真算人生一大快事。

位于台南市官田区的台南艺术大学，尽管远离市区，但山上风景优美，教工住宅宜人。在台南艺术大学，我代表北京国际电影节民族电影展组委会牛颂主席，赠送给音像艺术学院 25 部中华民族母语电影；同时也代表北京大学影视戏剧中心，赠送了北京大学艺术学院的学生优秀作品。井迎瑞院长向我们介绍了音像艺术学院的教学研究状况，带领我们参观了胶片收藏库和影片修复现场。片库中，藏有大量台湾电视公司拍摄的 16mm 台视新闻影片，胶片盒鳞次栉比、蔚为壮观。一个学院竟有如此收藏，实在令人眼馋。

回到市内，已经很累，但我们还是决定要去瞻仰一下全美电影院。这个藏于市井、貌不惊人的电影院，不仅是李安导演电影梦想开始的地方，而且成了台南最有代表性的景点之一。电影院门口，便挂着李安的巨幅海报。以李安为荣，这个城市用自己特有的方式，致敬着当年出没其间、现在享誉世界的台湾之光。

二、高雄：台铁与在地的风景

第五日，会议活动已经结束，我独自一人转赴高雄。

本想打个出租去往高铁台南站，但厚道的出租司机告诉我说不合算，建议我少花 300 新台币直接去台南火车站，乘坐台铁纵贯线到高雄。尽管拉着大箱子，我还是乖乖地听从了司机的建议。到了台南火车站买票，一看面值吓了我一跳，竟然只要68元台币。台铁从台南到高雄，停了好几个站，乘客都是当地人，沿途都是在地风光。显然，台铁没有高铁快捷，但比高铁更台湾。感谢无名的出租车司机，我这一趟算是超值了。

离开台南之际，在台铁台南月台，应该是我离"古早"的台湾最近、最伤怀的时刻。但出了高雄车站，城市竟然安静得令人吃惊。似乎在这热浪袭人的午后，有一种无法言明的坚持的沉默。拖着行李箱，沿着高雄自立一路暴走。看见私家车占了骑楼下的通道，不明白老板们还要不要做生意。

跟台南的宗教建筑一样，明圣宫白龙庵也自然而然地坐落在商店与民居之间。走近一看，玻璃门上贴着一张红纸，写着该宫的常务董事刘明泰当选当地好人好事的代表。有趣的是，"好人好事"这种表达方式，我还以为只在大陆通用。

跟大陆颇有呼应的，还体现在子女的升学竞争方面。走到高雄光荣小学门前，即能被偌大的红色标语吸引。这巨大的红色横幅，上书"贺第59届校友施正斌获雄中录取，陈振衣、刘璟萌获雄女录取"。这样热烈的阵势仗，跟大陆相比，可谓有过之而无不及。

到高雄第二天，终于去到了高雄市电影馆，还在馆员的热情帮助下，办理了一张会员卡，尽管我知道这张会员卡的纪念意义，将会远远大于其使用价值。

电影馆的活动、放映以及相关产品的开发，看起来都很有创意。尤其是在图书区，不仅看到了我自己的著作《中国电影史（1937—1945）》，还看到了我们家高老师的一本译著《电影作为社会实践》，这是我完全没有想到的。

抓紧时间，在电影馆里开始观摩闽南语影片《盐田区长》，感觉真的非常独特。接下来，又调看了李行导演的国语/闽南语影片《两相好》，对60年代台湾电影有了一些新的理解。在我的感受中，电影馆里的工作人员，自始至终都对我这个来自大陆的电影学者给予了特别的关心和照顾。

你是客人，我是高雄。饿了，就在路边小店吃一碗"古早牛肉面"吧；渴了，就再喝一杯"冬瓜爱玉"。你可以徜徉在阳光下的爱河，听老人们聚在一起说着闽南话；也可以走向夜幕中的高雄大桥，还有黄金爱河啤酒吧的霓虹灯。

高雄港，以前只在电影中凝视；现在，我在你的风景里。

三、台北：书与人

第六日乘坐高铁，从高雄到台北只需要一个半小时。

住在了车站附近襄阳路的一家Look Hotel（台北乐客商旅）。周边即为繁华地带，特别是紧邻书店一条街。

台湾商务印书馆，原来就在这里。逛了一圈出来，从垫脚石书局买了林文淇、王玉燕主编的《台湾电影的声音》、叶蓁的《想望台湾：文化想象中的小说、电影和国家》等著作。傍晚继续出发，去台北诚品总店诚品敦南店。除了图书，敦南店还有设计工艺、时尚、创意、人文艺术等各种经营；相关的读书文化活动也有不少；在店里，或站或坐，或走或停，自由自在。这应该就是书店的气息。在这里，我又买了许多书和电影碟片。

台北的第一天，基本被书所淹没。

接下来的日子，在我的硕士研究生、台北女孩龙渊之陪伴下，去了台北故宫博物院；也去了较为冷清、正在衰落的中影文化城和台北剧场。更重要的是，得以有机会专门去到仁爱路，探望电影史料学家黄仁先生。

在黄仁先生家里，我看到了摆在房间醒目位置的金马奖奖杯。这尊奖杯，是黄仁先生2008年得到的第四十五届金马奖特别贡献奖。给电影史家、电影场记、电影剧组里的"梳头"和"茶水"颁发电影主流大奖，只在香港和台湾出现过。很幸运再一次得到黄仁先生的谬赞和错爱，他再一次将精心准备的一些书籍和资料送给了我。迄今为止，我家里收藏的大量难得的台湾电影著述和文献资料，基本都来自黄仁先生。这是一种什么样的缘分呢？我只知道，面对这样的期许，我还要在未来的人生经历与学术生涯中慢慢地去体会。畅聊过后，继续跟黄仁先生在附近福华大饭店喝茶、吃"台菜"。这也让我长了不少见识：所谓"台菜"，应该是比较清淡的一种福建菜，菜名中有红烧豆腐、姜丝鱼片、蛤蜊丝瓜、韭黄鳝鱼以及地瓜稀饭、姜丝蚵仔汤、紫菜素汤等，口味确实不错。

第二天，再跟黄仁、梁良先生约好了，在台湾电影资料馆见面。尽管心里已有准备，还是没有料想到台湾电影资料馆只在青岛大厦的第四层，稍不注意就会错过了。恰好电影资料馆正在举办"台湾的女儿：凤飞飞/张美瑶"影展。看见门口贴着的影展宣传画，黄仁先生就开始讲那些总也讲不完的故事。随后，在梁良先生的带领下，我们逛遍了周围的书店和影碟店，各种购买的行为，把我的钱包掏得空空的，卡也刷得快爆了。但我知道，与黄仁和梁良两位先生在一起，这种疯狂的日子最好能够一天一天地延续。

然而,终究还是要离开。

载我去桃园机场的司机,跟在台南遇到的那一位同样热情善良。当他知道我想要看海的时候,就决定不走平常的路线,而是高高兴兴地开上了滨海路。在这条海风吹拂的沿海公路上,我终于奇迹般地看到了台北港,以及美丽的台湾海峡。台北港已经没有了客轮,只剩下油轮和挖沙船,但风景仍然殊异。台湾海峡即为大海、陆岸与礁石的远大意境,一个人的视野和胸怀,就在交汇的那一刻变得辽阔无比。

旅行是一种归乡。远去,就是为着最后的返回。

2012年5月6日,台北——北京

淡水宿命

> 我比别人更认真,我比别人更打拼,为什么为什么比别人歹命?……
>
> ——《命运的吉他》(词:张宗荣;曲:陈宏)

2013年夏天,受台湾中华发展基金会资助,在廖金凤教授的邀约下,我去到台湾艺术大学开展为期两个月的"讲学及研究"。闲暇之余,便会离开校园里的"大汉楼",去"光点台北"的艺术电影基地"朝圣",试图感受一下侯孝贤和台湾新电影的灵韵,或者去台湾大学附近的二手书店淘宝,在繁体字的洪流中邂逅胡适、傅斯年和民国北大那些人,然后漫无目的地站在罗大佑和陈升的忠孝东路,看着成群的机车在面前奔涌而过,再想想西门町、眷村和捷运的事情。

台北,这么近,又那么远。

一日午后，突然想起来还没有去过淡水，便迫不及待地找到悠游卡，从新北的校园出发，步行至府中捷运站，到台北车站后转淡水线，不几时就到了淡水老街。说实话，尽管非常努力，读过余光中的诗《淡水河边吊屈原》，用心体会过淡水河畔"悠悠的碧水"中流着"楚泽的寒凉"，也听过"民谣大师"陈明章的《流浪到淡水》很多次，感叹于故乡的人"为着生活""流浪到他乡重新过日子"，更知道周杰伦的淡江中学，是海峡两岸多少歌迷影迷心中的打卡地，然而，品尝着淡水鱼丸和阿婆铁蛋，孤立于老街的人潮和淡江的山海之间，我更加不能理解"淡水"这个地方，到底是因为什么成为台湾的"文学地景"。

信息超载和感情空落，让我迷失在淡水这个台湾文化最受关注也最多表达的小镇。

好在拐过弯来，就听到了一种声音。

是有人在吉他伴奏下演唱闽南语歌曲。人群鼎沸，市声嘈杂，在没有找到表演者之前，我还是被一种感动瞬间击中了。听不懂的闽南语，拖得很长的颤音和偶尔的哭腔，既弥散着挥之不去的哀婉凄凉，又浸染着来自灵魂的风雨沧桑。这时候，我终于意识到，引领自己来到淡水并一直寻找或者期待的，应该就是这样一种遭遇和这样一种声音。是的，就是阿吉仔和他的歌声。

因为专业的缘故，我知道台湾电影史上有一位著名导演林福地，并且看过林福地1990年拍摄的一部传记影片《缺角的太阳》。这部影片即由阿吉仔、张纯芳、陈松勇和江霞领衔主演。影片开头俯拍雨雾中残破的街道，画面远景中，是一个残疾人拄着拐杖艰难前行的身影，拐杖敲打着坚硬的地面，跟急骤的雨声交织在一起；人影愈来愈近，特写里阿吉仔仰头向天，雨水恣意地浇淋在他的脸上，神态坚强而又绝望。

正是在这部影片里，我第一次看到和听到了阿吉仔演唱的《命运的吉他》。嗟叹之余，满是孤单的人影无奈的心绪；呼告之中，说不尽活着的艰难与乖谬的运命，仿佛永恒不变的世之伤痛与生之悲情，确确实实地打动人心。后来，我便养成了一个小习惯：只要有条件，便会到处去找阿吉仔的歌曲，还有这个岛屿上用闽南语发出的一切声音。

2013年夏天，在我所在的淡水老街，阿吉仔坐在轮椅上，非常投入地演唱了《命运的吉他》，以及《好歹拢是命》《流浪之歌》《雨夜花》等闽南语歌曲，获得了一些掌声，也卖掉了一些专辑CD。人群散开后，我没有走开。

我在不远处看到一个女人忙前忙后地收拾着，最后把阿吉仔抱进了一辆皮卡的副座。我想，无论眼前的林淑美，还是以前的阿秋，都是这个"歹命"男人一生中的"好命"。但无论"好命"还是"歹命"，在太平洋的疾风、亚细亚的面孔和淡江的夕阳之下，映照的都是台湾民众的悲情及其一唱三叹的宿命。

2020年1月12日，北京

古早味道

去年春天去到台南,在安平港的一家小吃店里第一次尝到了一种叫作"古早味爱玉"的东西。现在,"古早味爱玉"的古早味道早已忘记,但"古早"一词却留在了心里。离开台南时,在台铁台南站,"古早"(go za)的台湾确实让我感到了一丝忧伤。

查阅雅虎台湾的繁体字"古早"词条,出现最多的确实是"古早味"的各种饮食,如古早面、古早鸡、古早味蛋糕、古早味豆花、古早味红茶等,当然,也少不了古早传说和古早童玩。有意思的是,打开简体字的百度搜索,排在最前面的便是"古早"和"古早味"的百度百科。百度百科解释"古早味"是"闽南人用来形容古旧的味道的一个词","也可以理解为'怀念的味道'"。不得不说,在这个问题上,百度百科比雅虎台湾更有水准。

今天专程去台北著名的西门町,在影院密集的武昌街二段85号乐声戏院，看了一场陈玉勋编导的热门电影《总铺师》。或因周一的缘故，下午 2:15 开始的电影，观众只有 15 个，影院的冷气也非常冻人，跟武昌街铺天盖地的《总铺师》海报和沉闷燥热的天气形成了鲜明的对比。

好在这部以古早饮食为题材的电影本身就非常有趣，还有好几个桥段弄得我泪眼模糊。此前，看过陈玉勋导演的《热带鱼》和《爱情来了》，便觉得是台湾新新电影中很有票房潜质的出品。这一次，陈导演拍得更加娴熟洒脱，笑中含泪时隐约可见周星驰的《食神》、徐克的《满汉全席》与李安的《饮食男女》的风采。"要有古早心，才能做出古早味"的主题，也不时让观众深有所悟。相信如果能在男女主角及其爱情心理的刻画上再下一些功夫，并能处理好整部影片中男女爱情与父女/母子亲情之间的关系，《总铺师》应该还能更受欢迎。

尽管如此，观众们还是因对"古早味"的好感而跟影片产生了共鸣，这从全场的笑声中能够体会。如果说，"古早味"是一种怀念的味道，那么，"古早心"就应该是一种怀念的心情。长相忆，会让我们走得太远的脚步停下来，也会让我们失去方向的灵魂重获新生。

*

2013 年 8 月 19 日，台湾艺术大学

中元节

如果不是在台湾,我都会忘了农历七月是个什么月份,更不记得明天就是中元节了。

在台湾,农历七月被称为鬼月,禁忌很多。按 8 月 18 日《联合报》的《房产·理财》版发表的世邦魏理仕(CBRE)台湾总经理林俊铭的"财经观点":进入农历七月,住宅市场都会冷了下来,因为传统上鬼月禁忌很多,许多人鬼月不看房屋,也不买卖房屋;这些禁忌,甚至连外商公司也都很相信。

而在我看来,台湾的鬼神跟在地的苍生一样,都得到了更多的善待。走在台北和新北的大街小巷,总能看到高楼大厦前的各种供奉,还能遭遇各种组织发起的祭奠法会。《年代新闻》电视频道播出的全联福利中心中元节广告《贞子篇》,却是既温情又恐怖:寂静的陵园路边,一台搁在地上的液晶电视里,突然钻出一个长头发、白衣服、未露脸的女子；画面一转，一个12人的大家庭在自家门前摆好了供奉，男主人手捧洗脸盆走向女子，带领家人齐声说："欢迎！"背对生人的女子转过身来，接下脸盆掬水清洗。这时，男主人面向镜头说话："中元节，请用爱心款待无家可归的好兄弟（姊妹）。"音乐响起，家人们纷纷把供品送到了这位始终没有露脸的女子手中。

其实，贞子广告并不恐怖。恐怖的是一进农历七月，台湾的电视频道便开始播出更多的鬼故事。真真假假，虚虚实实，看得人毛骨悚然而又欲罢不能。什么暗夜哭声、借尸还魂、无头公案、托梦洗冤等，既写实又灵异。好几次我都看得不敢上卫生间。

昨天晚上，因关心即将到达的"潭美"台风，便一个人在台湾艺术大学大汉楼的宿舍里开了电视看新闻。转到三立新闻频道，竟有一个节目正在告诫观众：台风时节闹鬼更甚，各位千万不要出门。讲鬼嘉宾绘声绘形，一个一个跟贞子一样的冤魂都在荧屏上跑了出来，真的令人胆战心惊。

没办法，只好打开了宿舍所有的电灯。想起明天，暴风骤雨中的鬼之节日该是何等的人间地狱。

2013年8月20日，台湾艺术大学

二手书店

脱不了读书人的本色,在台湾的这些天,除履行"规定的"来台讲学和研究任务外,一大喜好就是拜访大台北(台北、新北)的二手书店。

没有想到,大台北能有这么多的二手书店。在北京,除了孔夫子旧书网和海淀图书城的中国书店,我已经很少见到,也几乎没有逛过二手书店了。尤其是随着第三极图书城、风入松书店的匿迹与万圣书园、盛世情书店的式微,甚至连进书店的欲望都快消失殆尽。

但大台北的书店还是颇有诱惑力。20家诚品当然是我们这些人最想看到的店面,而那些开在大学周边、捷运站内甚至夜市之中的各式各样的二手书店,就更是我等无法拒绝的"文化空间"了。

迄今为止,算起来应该到访过大台北的10多家二手书店。但尽管如此,捷运公馆站前后亦即台湾大学附近的二手书店,还是没有来得及一一走过。很羡慕台湾大学的师生，课前课后会有这么多好的去处。想到北京大学，周边大楼越来越多，"文化空间"却越来越荒芜。这几年我的最大的困惑之一就是，在北京，每当来了朋友和媒体，到了北大或者自家门口之后，我都不知道该让他们坐在哪里。

按胡思二手书店赠送的《2012 台湾独立书店推荐地图》，台北市中正区罗斯福路上亦即台湾大学周边的"独立书店"中的二手书店，著名的即有胡思二手书店、茉莉二手书店与公馆旧书城等。《2012台湾独立书店推荐地图》这样表述："在台湾各大小城市、乡镇，遍布许多别具特色的独立书店、二手书店。过往，小型书店较多时默默地卖书，兼卖一些文具、参考用书，服务地区读者。随着时代推进，一种更积极地以书作为社区、社群平台，提供各式各样的艺文活动、选书服务的实体书店样貌，逐渐受到爱书人注目、支持。"看来，在台湾，"爱书人"与"独立 / 二手书店"已经形成令人欣慰的良性互动。

回到我买的一些二手书。颇为得意的除了《中国文化新论学术篇》（联经版 1994）、《文化间传播学》（陈国明著，五南 2003）与《跨越疆界：华语媒体的区域竞争》（刘现成著，亚太 2004）等，更有《五十年代的电影战》（老沙著，中国电影文学出版社 1970）、《走入电影天地》（曾西霸著，志文 1988）、《转动中的电影世界》（黄建业著，志文 1980）、《电影的一代》（梁良著，志文 1988）等。

只有一点不太满意，就是为了把这些"至宝"带回北京，肯定需要再买一个旅行箱。

好奇而行
兼谈为什么要在北大学艺术

跟各位一样,我现在很少看电视。不是不想看,而是打开后觉得没有什么喜欢的东西,还会经常被一些无脑、弱智和阴险的节目惹得不高兴,感觉得不偿失。但是,逛商场的时候,还是最想去家电区,浏览各种款式、各种影音品质的电视机,导致家里现在就有两台大屏幕:一台是北京奥运会之前添置的,为了关注体育节目;另一台是去年才搬回家的,为了观看纪录频道和电影。这两台电视机都是国产品牌,因此从来没有出现过硬件问题;经常出现问题的,是电视台排映的国产节目。

然而,就在上一周,我通过CCTV9偶然看到了美国公共电视网(PBS)制作的一部专题片《爱因斯坦的思维》。看完之后,由于太喜欢,更因为对广义相对论的好奇,竟又去B站刷了两遍。作为一个半职业的电视观众和纯专业的电影学者,这一次除了惊叹于浩瀚宇宙的神秘无垠,醉心于思想实验的神奇美妙,更加感兴趣的内容,变成了片中讲述的卓别林与爱因斯坦之间的一个故事。节目中,一位被采访的科学家说,当爱因斯坦成为举世瞩目的科学偶像之后,只有卓别林比他更有名,两个人也成了好朋友。卓别林告诉爱因斯坦:"大家喜欢我,是因为我做的事情,他们都能理解;大家喜欢你,是因为你做的事情,他们都无法理解。"爱因斯坦听完后,也只好无奈地耸了耸肩膀。

令我好奇的是,作为好朋友,也作为那个时代和所有时代人类历史上最伟大的艺术家和科学家之一,除了相互之间的倾慕致敬,卓别林跟爱因斯坦的共同语言到底是什么呢?难道在卓别林塑造的流浪汉与爱因斯坦思考的时空弯曲之间,存在着一种可以对话交流的秘密通道吗?想来想去,以我现有的知识和智慧,都只能将其归结为一点:是因为这两人都对人类及其世界本身充满了好奇,并且以其独有的天赋和卓绝的努力,行之有效地将这种好奇转化成奉献给人类及其世界的伟大遗产。

好奇而行,因好奇而独行,也因好奇而先行,更因好奇而成就天马行空的自由无羁的美好心灵。或许,这就是一个人安身立命的基础,也是其俯仰天地的依凭。我以为,除了生存和死亡的威胁,一个人的恐惧,无过于失去了因好奇而产生的兴趣与动机,及其欲望与愿景。因为,这才是人之为人的根本。诚然,人类历史上不乏否定情感与压抑人性的黑暗时代,但因好奇而生的兴趣和热爱,终将为世界留下人间的最善、最美和最真。

其实,好奇原本是一种赤子之心,因为单纯可爱而令人神往。诗圣杜甫便在《渼陂行》中写道:"岑参兄弟皆好奇,携我远来游渼陂。"明代诗人刘基也在《题钱舜举马图》中赞叹:"吴兴公子雅好奇,欲把丹青竞天巧。"读完两首诗,便会感觉诗中描绘的风景与画作并不重要,真正重要的是朋友的好奇之心引发出来的诗人雅兴。我想,且不说杜甫和刘基,如今的我们每个人,都是太想结交"好奇"的岑参兄弟和吴兴公子了。

好了,应该回到我们的另一个主题:为什么要在北大学艺术?

最重要的原因,是可以带着我们与生俱来的好奇心,在艺术中获得求真、存善和唯美的路径,做一个有趣而又丰富的人。

我想,走到今天,各位应该至少领略过不止一次艺术的魅力,或者曾在某些不经意的时刻,被一种语言、一种图景或者一种声音所震撼,在自己的内心激荡起深远的共鸣。此时此刻,你便不再孤独,也摆脱了恐惧,在精神上获得了一种前所未有的丰盈。或许正是从这一时刻起,你选择了艺术。我要说的是,能与艺术为伍并相伴此生,应该是一个人一生中最幸福的事情。既然跟艺术有缘,我还是建议各位带着对它的好奇和兴趣,行走在别样的风景之中,让你的人生不虚此行。

也正因为如此,为了满足我们的好奇心,可以在北大或者从北大出发,体验愈益深广的世界和更加幽微的人性,以艺术之光烛照每一个不可复制的生命。早在20世纪40年代初期,宗白华先生即引述德国诗人荷尔德林的两句诗:"谁沉冥到/那无边际的'深'/将热爱着/这最生动的'生'",进而描述艺术的境界,是既使心灵和宇宙净化,又使心灵和宇宙深化,使人在超脱的胸襟里体味到宇宙的深境。有趣的是,这种超脱的胸襟和宇宙的深境,正诞生在卓别林的心灵与爱因斯坦的宇宙相互交汇的那一瞬间,生命升华为生动的艺术之境。

2020年3月15日,北京

一 中

离开一中三十四年了。

三十五年前的9月1日,地处江南县城的湖北石首第一中学已经开学。我灰头土脸地随着渡轮过了长江,拖着一双断了脚跟的破凉鞋,孤零零地站在一中的操场边上,默默地看着流云飘过,听秋蝉哀鸣,等待命运的垂青。此前,在长江以北的新厂镇中学刚刚读完高一和高二,我就被稀里糊涂地推向了高考的战场。落败的心绪无比悲凉,但一中是最后的希望。

当我终于进到高三文科班的教室,看到了一片黑压压的人头。我是这个群体中的第83名,也是一中愿意接纳的最后一位"复读生"。

一中扭转了生命的航道,也彻底地改变了一个人。

八十年代上半叶的县城一中,就是我这种农村底层学子最难企及的一个梦。在村里的小学滞留了七年之后,我才考进乡里的中学读初三。总算第一次见到英语里的拉丁字母,但每一次发音都惹得老师不高兴,还会偶尔被撕毁单词听写本;中考成绩更是不佳,一中之梦仍然遥远。在我的印象中,一中的老师身怀绝技,学生聪明绝顶,跟我这种一无所长的"木头脑袋"是不会发生任何关系的。1983年前后的县城一中,确实也有不少毕业生考上了北大和清华等顶尖名校,听到这样的消息我非常神往,但其实更加沮丧。此时的我,只能乖乖地待在镇中,被教材里的那些立体几何、右手定则和化学方程式弄得迷迷糊糊、噩梦连连。我自惭形秽,强烈地感到了自卑,甚至以为此生无缘一中,也永远无缘大学了。

但我终于坐在了一中的教室里,开始人生最为关键的一场苦战。十七岁的少年,身心尚未长成,已有重负压顶,确乎超出了应有的限度,却也只能拼力而行,一如长江湿地上蔓延的野草,在白露后的霜风中,独自抵抗愈益彻骨的寒凉。1983年秋天的石首一中,也正像此时的中国社会以及各地的县城中学,单调、简朴,却又内含神秘的激情,静默时喧哗,骚动中萌发,因清贫而骄傲,既浅近又远大。在83人组成的文科班里,赵铭义同学个子高高却又衣着旧陋,经常赤着双脚,早晨出操时更被冻得瑟瑟发抖。但在高考结束后,他如愿以偿地收到了北京大学的录取通知书。

见证并促成这种奇迹的老师中,便有我们的班主任欧阳仲秋。欧阳老师不仅教我们语文,而且总会用已经考上大学的得意门生激励我们。听完欧阳老师讲述的每个励志故事,我都会闪过一个念头,自作多情地把自己幻想成其中的主人公,也就更加准确地读懂了课本中的阿Q。更为重要的是,欧阳老师夫妇都在一中教书,他们的儿子已经考上了武汉的一所大学,女儿欧阳柳依正跟我们同班。他对赵铭义同学缺衣少食状况的直接关怀,以及对班上某些懈怠情绪和不良现象的严厉批评,无疑都会被我们理解成超出了师生关系的父子之情。我不知道是不是因为这个缘故,欧阳老师被我们叫成了"欧爹"。

"欧爹"讲课说话都是带着湖南口音的,但在知识和情感上的权威地位无人撼动。也正因为如此,幼年失怙的我,得以在"欧爹"那里获得前所未有的自信心。进了一中,学霸林立。几个月过去,自然被压得喘不过气来,成绩和表现仍旧乏善可陈。但"欧爹"敏锐地"发现"了我:他开始越来越多地在课堂上宣读我的作文。说实话,每当自己的作文被当作"范文"展示给全班同学的时候,我都有些羞愧难当。除了特别喜欢语文课和写文章,我并不认为自己的作文是可以达到"范文"水准的,可"欧爹"乐此不疲,仿佛找到了一颗罕见的文曲星。

为了回报"欧爹"的赏识,我学习得更加刻苦了,成绩也在稳步上升。高考结束,我便清一色地填报了各所师范大学的中文系。1984年秋天,除了赵铭义考上了我从未奢望过的北京大学,我们班的王乐安考上了四川大学,杨国清考上了南京大学,刘连叁考上了山东大学,夏冬红考上了兰州大学,赵蕾考上了厦门大学,杨丽琼考上了西南政法大学,还有王继中、童卓、俞长咏、王弘韬、袁本涛、吴根高、何庭见、袁本云、吴大勇、李昌珍、刘亚枚、王科美、傅家荣、张驰、马晓京等更多同学,考上了湖北省内的武汉大学、华中科技大学和中南财经政法大学等高校。当然,也有大量同学落榜再战,得偿心愿,部分同学偃旗息鼓,另寻出路。对于绝大多数农村孩子来说,一中,是梦想实现的第一站,也是驰骋世界的第一块跳板。

前几日,有幸作为校友回到石首一中,面对3000多名师生演讲交流。"欧爹"当然是不在了,老同窗也无缘多见。但现场2000年后出生的高中生们,无疑比当年的我们更有梦想,更有才华。而在他们生动、热切而又自信的脸上,我看到了三十四年的光阴,正以穿越的方式朝向起点,唤回初心。

2018年3月27日,石首——北京

师父赵俊贤

汽车开动的时候，只有我一个人。

我知道我将永远离开这座故乡的县城。当母亲的坟墓依靠着父亲的坟墓，全都静静地躺卧在童年必经的稻田，我的心已经孤单得像一阵莫名的风；而当我拖着全部的创痛把自己送往遥远的西北，也只是为了一个人。那是1989年的秋天，23岁的我，脑海中只有一个念叨了千遍的名字：赵俊贤。

赵俊贤是我的导师。

偶然改变着命运。1988年12月，刚大学毕业回到家乡不到半年，我已经无法理解作为一个农村中学教师的无为和赤贫。正是在偶然之中，竟获得一本研究生招生简章，信手翻看时便被一家名为"西北"的大学所吸引。"西北"二字内蕴的苍凉感，正合此时此刻失意者莫衷一是的颓唐心境。在西北大学中文系中国现当代文学专业一栏里,我看到了"赵俊贤"三个字。

　　复习考试的艰辛不必提起,真正的困苦却在考取之后。在80年代末期的中国,选择离开一个单位,所能遇到的阻碍和无奈,远远超出一个无依无靠、涉世未深者所能想象的最大限度。放弃一切都是必需的,包括放弃仅有的自信和自尊,如果放弃能够换来自由。然而,即便是放弃,也无法让你选择。正是在困兽倒地、万念俱灰的尖峰时刻,我得到了唯一而又最为关键的鼓励:从西北大学,寄来了导师赵俊贤的亲笔信。信的内容已不重要,重要的是导师来信。后来我才知道,正当我在家乡饱尝社会的不公与人性的黑暗之时,导师不仅非常关切地给我写了信,而且准备在特定情况下飞来南方,屈九朝古都堂堂教授之尊,跟县城衙门据理力争!

　　我不是一个善于表达感激的人,尤其是面对宽厚的父辈。父亲的早逝,不仅让我无法体会父爱的隐衷,而且学习不到人子的要诀。到现在为止,我也没有跟导师说过:从18年前接到那一封信开始,我就在心中把导师当作父亲。

2007年3月31日,北京

考　试

初为学生，再为老师。考试是最经常的。

上学第一天，傻乎乎地倒捧课本立于黑板之下，老师指着黑板上的粉笔字，考问一伙光屁股孩童。顺着念是"毛主席万岁"，倒着咋念？只认识一个万字，还因为是本人姓氏。教鞭逼近脑门，忽闻邻座传来哭泣之声，张小狗的脚下一摊尿迹。老师大怒，挥鞭下台。光屁股孩童欢腾雀跃，如遇大赦。跟皮肉之苦紧密相连的考试，随尿而去。

最美丽的考试是在三月。你毫无阻挡地一口气答完题目，体验到了一种一帆风顺的快感。然后，你又淋漓尽致地作了一篇文，用掉五个比喻三个排比两个反问。当然是最早交卷。然后是充满激情的等待，对自己的分数饱含神秘的向往。没有语文课就只有失望和惆怅，有了语文课便会专注而又矜持。老师念的分数是98，当然是第一名。然后念的作文当作范文。你把头深深地埋在桌子上,一副羞愧难当的模样。你希望时间静静而又缓缓地流,或者干脆停下来不走。下课后你仍然不动,并显木讷。外表你是谦虚的,内心你是骄傲的。你余兴未尽,并热爱这样的考试。

最糟糕的考试不堪回首。你总也无法把那些线条堆成的图案看成立体,计算体积的时候还要记住一些大同小异的公式,真是无事找事。勉强把课本上的习题做到只剩下几个最难的,祈求上天保佑千万别考它们。你底气虚弱地摸上考场,两个小时后便昏昏乎乎地败下阵来。考试最喜提不开的那一壶。最令人悲哀的,还是有同学竟得了满分,何况他还是跟你争夺名次的劲敌。你伤心得茶饭不思,几近失眠。从此以后,一旦入梦,就有人要考你立体几何。

有些考试考得惊心动魄。考前便在手心里、小纸条上写下了重要的年代和分子式,悉心体察周围的动静,感觉监考的目光已经转向,便以贼一样的心境和动作完成预定计划。稍有风吹草动,只能蛰伏不出,猫一样机警,鼠一样怯弱。这样的考试,无疑是训练谍报人员的最佳方式。一场虚惊过后,便会感觉总是自己吓唬自己。除此之外,还有的考试,就是别人吓唬你。那往往是人生中最重要的那些考试,譬如高考。从来没有想到警察竟会派上这样的用场,你写字他也要为你巡逻。你千万不要急躁,慢慢思考会答完所有的问题。你一急,便糊涂;一糊涂,便更急。最后,就只有被警察搀扶着前往医院修整的命了。

当然,考得愈多,便愈成熟沉着,对人生的理解也愈深刻。历经枪林弹雨之后,侥幸九死一生,便有可能出落成一员百战百胜的战将,给你的奖励,就是让你当老师考别人,让你体验另一段人生。

第一次监考，印象肯定会像刀刻一样深。终于站在讲台上了，你要睁着鹰隼一般的眼睛，监视考场里的每一个角落和每一个动静。你相信自己秉有侦察员的素质，你一定会揪出一两个妄图作弊的家伙，他们是百分之百地自作聪明。你在课桌拼成的走道里来回巡视，遇到一个学生问问题。学生坚信 career 这个单词写错了，中间多了一个 e。你调动记忆发现这仍是一个正确的单词；但学生说 car 后面加上 er 是指"开汽车的人"。你在心里骂一声笨蛋，得意扬扬地说是"职业"的意思。学生不再辩论，你突然发现自己才是弱智。

让你昏昏欲睡的监考多一些。如果题目不难，或者考生们对分数不够重视，他们便不愿贸然行事，做无谓的牺牲。他们都在规规矩矩地答题，你便感觉索然无味。站着很累又不能长坐，走来走去就那么一间教室。在你的潜意识里，你渴望烽烟再起，跟考生进行坚忍不拔的对峙。但考生中，竟没有一个肯跟你玩这种冒险的游戏。你打一个哈欠，再打一个哈欠，走到所有的考生背后，伸一个懒腰，再伸一个懒腰，便想大睡一觉，又害怕自己如雷的呼噜响彻教室，不自觉地降低了自己的威仪，有损师道尊严。这时，你便跟你读书时代上课的心理无异，只是希望下课的铃声早早响起。

对有些监考，会感到特别困惑。譬如一次成人水平考试，被任命为监考后还被嘱咐透露标准答案。坐在讲台上自然是形同虚设，考生们热气腾腾地转抄课本或者互相猛抄。考试结束十分钟前，必须开始为考生核对答案。当你念出选择题的答案顺序 B、A、C、C、D 的时候，竟有一位年龄偏长的考生诚惶诚恐地发问：B 如何写？你只好在黑板上先写下一竖，然后附上一只耳朵。

监考会让人忍俊不禁。目睹考场风云，正视自身处境，便会联想起战争、奴役以及人类劣根性等抽象的命题。不可能找到比考生更加驯服的群体，也不可能创造比监考更加为人接受的征服。考试浓缩了丰富的人生和复杂的世界，只要愿意，便可以把这个沿袭了几千年的人类习俗想得深刻无比。

于是，你便自觉可笑，但对考试和监考仍然一往情深。

1993年1月13日，西安西北大学

我的诗生活

本文应该有一个副标题:"从张孝评先生《我的诗生活:紫洪山人诗学文选》说开去"。

张孝评先生是西北大学文学院教授。西北大学是我的母校。今年年初,我收到了先生惠赠的大作《我的诗生活:紫洪山人诗学文选》(西北大学出版社,2017),颇感受宠若惊;而对"我的诗生活"一说,更觉惊艳不已。由于太入骨,便也毫不犹豫地借了过来,做了本文的标题,恭请先生谅解。

20世纪80年代初,孝评先生已是西大中文系的"文学教父",想必因了出众的语文天赋和独特的"诗生活";而当我于80年代末第一次走进西北大学校门的时候,孝评先生也才45岁,正当年富力强。我眼里的孝评先生,总是和蔼可亲;儒雅的言行中,流露出令人心悦诚服的才华,是每一个中文系都应该出现的那种美好的存在,多年以后就成了中文系的象征。1992年夏天,我毕业留校当了助教;第二年,孝评先生主编的《诗的文化阐释——关于文化诗学构想》(陕西人民教育出版社,1993)出版,我得到了先生亲笔签名的版本。

记得当时,我几乎是如饥似渴地读完了先生撰写的导论。当我读到这样的句子:"诗作为文化,包含有两方面的意思:其一是说,诗无往而不在文化之中;与这一结论互为因果,其二是说,文化无往而不在诗之中。这就意味着,文化不仅要作为外在于诗的时空背景而存在,而且要由外及内,化作灵感、情趣、画面以及整个有意味的形式进入诗,最终以符号构成文化意义载体,即诗的文本。"——我差不多要跳了起来,实在是太有共鸣了!

留校两年,我的主要任务,竟然是为历史系的本科生讲授中国当代诗歌,这也是母校留给我的特殊记忆。西安就是这么一个神奇的地方,史与诗总是触手可及,并且结伴而行。然而,北岛、舒婷、顾城、周涛、杨炼、欧阳江河……不仅需要自己懂得,而且要让学生喜欢,想起来都是不容易的事情;因为到了现在,我应该不会拥有这样的超能量了。好在重点读了孝评先生的"文化诗学",便仿佛被赋予兼收并蓄、无所不包的深广视角,领略到一种独特的生命体验、情感模式和智慧风貌。讲到诗人食指"文革"期间的"朦胧诗"《相信未来》,介绍过写作背景和诗人状况,在读完"当蜘蛛网无情地查封了我的炉台/当灰烬的余烟叹息着贫困的悲哀/我依然固执地铺平失望的灰烬/用美丽的雪花写下:相信未来"这几句之后,我会情不自禁地停顿下来,让时间在教室里一秒钟一秒钟地静静地淌过。我把自己当成了诗人。我看见讲台下,有同学流泪了。

这就是作为老师,面对学生讲诗的最大满足。诗里诗外,每一个生命都是相互感通的灵魂，在言语的节奏中体味内心的声音，继而在某一特殊的时空，抵达梦境的彼岸，拥有超越一切的"诗生活"。这也是当年读了孝评先生的"文化诗学"，而今再品紫洪山人的"诗学文选"之后，对诗的理解逐渐发生的改变。但在当年，我也是深受恩斯特·卡西尔的人与文化相互定义观念的影响，进而觉悟孝评先生的诗与文化互为因果的年轻学子之一。作为一位潜在的诗歌写作者，虽然可以接受那些飘荡在太白北路的流行歌曲，但也更想从《小芳》和《涛声依旧》的伤感情调和怀旧情绪中走出来，直接面向族群和文化的悲怆，高傲地考问历史与人。为此，便会就着图书馆门前的玉兰花香，在脑海中浮现"五月的地球死亡漂浮／哀伤滚滚"的句子；也会顺着环城西路的古城墙踯躅独行，发出屈原一般的天问："道义已殁／大厦将倾／谁在巷道的尽头／等待着我们／谁守望大地／眼眶里蓄满绝望的泪水"。

20世纪90年代上半叶，在西安的西北大学，蜗居在集体宿舍和筒子楼里的年轻人，开始用文学史的研究和写作谋求职业，更希望举着海德格尔和李白的旗帜，以赤贫和梦想滋养着他的诗生活。有一些流畅的诗句，登载在了校报上，例如："一千只眼睛闪烁在河流上空／森林如神话／如传说／迤逦而来／黝黑的山脉在你的凝望中／缓缓流走／熟悉的风景俯瞰着你／无声无息"；有一些特别的短构，获得了杂志主办的文学奖，例如："石破天惊的冲动／为命名者命名／抬脚走过大陆和海／温暖的心情／因阳光和蜜蜂的簇拥而簇拥"；甚至有一些以古喻今的诗人自画，发表在《喜剧世界》这样的刊物上："酒用仇恨的海水酿成／浇到舌尖就绽开几朵菊花／诗人驾一叶扁舟／渡过／愤怒的南山之巅／温馨和静穆的光芒／在无边的村舍茅檐下闪耀"。

遗憾的是,90年代上半叶,下海的浪潮席卷中国,杜甫的长安,也几无诗意栖居的陋室;中国校园里的诗生活,也仿佛流浪者遇到丧家犬,同样不可免于无能的抵抗,还有饥饿的恐惧。

已是告别的时刻,仅仅为了生活。

1994年9月,离开西大的时候,我的随身行囊中,仍然珍藏着孝评先生的那本《诗的文化阐释》,还有心中仅存的那些关于文化诗学的美好构想。

2018年4月18日,北京

北大旁听者刘俊

本学期通选课正式选课学生不到 300 人,但 441 人的教室常常是满的,加上不少"翘课"的学生,意味着每次课的旁听者大约接近 200 人;另外,本学期专业课学生不到 30 人,但 60 多个座位也常常是满的,专业课一般不敢"翘",意味着每次课的旁听者大约接近 30 人。

也就是说,在北大的某些教室,每天大约会有 1/3 的听课者是旁听者。这中间除了一部分具有北大学生身份,大部分应该是"外面"的。

在北大旁听,是北大贡献社会的一种途径。接触过一些旁听者,对他们的行为只有尊重和感动。刘俊就是其中之一。

在课堂上接受教育电视台采访之前,我还不知道他叫刘俊。我只知道他是一个热爱电影,但对电影几乎一无所知的年轻人,隐约听说他靠在北大校园拾矿泉水瓶卖钱维生。应该说,他目前所面临的主要问题是生存,而不是拍电影。但他不止一次地对我表达过想要拍摄电影的强烈愿望。我告诉他,先要读一些基本的电影书,看一些大师的影片,然后还要筹备不少的钱,搭建一个摄制组,即便最简单的"独立电影"也要这样。他便问我"独立电影"是什么。

我觉得遇到了挑战。但我没有拒绝回答。我知道刘俊是执着的、非功利的。在如此艰难的物质生活面前,刘俊选择了精神。在这一点上,我们不仅平等,而且我要向他学习。

在刘俊发给我的电子邮件里,他谈到了"沈从文"和"李小龙"。

2006年12月22日,北京大学

印度"青椒"茅笃亮

茅笃亮原名 Madhurendra Jha，是印度尼赫鲁大学在读博士生，也是北阿肯德邦杜恩大学中文系青年教师，一位不折不扣的印度"青椒"。曾经有过好几次，我都想要叫出他的印度名字，但总是以失败告终。好在他的中文名字是极有内涵的，写出来非常厚实，念起来就更加明朗了。

人如其名。在我看来，茅笃亮就是这样一个由表及里都十分明朗厚实的年轻人。从一开始，我就毫不掩饰地表达了对他的喜爱；接下来，他的所有表现都让我忍不住想要去表扬他；一年过去，将要分别的时候，我甚至会对他说：茅笃亮，有朝一日，我会因为我们之间的缘分而骄傲。

第一次看到"茅笃亮"三个字，是在学校国际交流部发给我的一封电子邮件里。邮件说有一位印度青年教师茅笃亮，将作为燕京 –

哈佛高级访问学者分别在北京大学和哈佛大学访学一年,因要翻译王朔小说《看上去很美》并撰写有关贾樟柯电影的博士论文,所以有意选我作为合作导师,不知是否可行。

这样的要求,当然是没有问题。对我来说,虽然不再专治现当代文学,但对王朔的作品并不陌生;尤其对海外的中国电影以及贾樟柯电影研究,更有很多想法需要表达。茅笃亮的到来,正可满足我这种好为人师并诲人不倦的特殊心理。

第一次见到茅笃亮,我就情不自禁地笑了起来。小伙子里里外外都是我们想象的那种印度人,但说出的汉语非常地道,理解问题的能力也十分了得。更为重要的是,他还明确地知道自己在干什么,以及到底怎么干。对于把王朔的小说翻译成印地语,他的信心很满;而对于自己研究贾樟柯电影的博士论文,他竟然找到了一个跟"五四"新文化运动产生关联的阐释角度。不得不说,即便跟中国和印度的同龄学者相比,茅笃亮都是优秀的。

此后,茅笃亮总是十分积极地参与我们的课程和相关的活动。在中国电影史和电影批评的专业课上,他提出的观点及分享的话题,常常会让我和同学们感到新鲜有趣;而在电影史研究专题课上,当很多国内同学还没有找到具体的研究路径之时,茅笃亮就拿出了1930年代初期的《申报》,在上面发现了疑似最早在上海放映的印度电影信息。

当然,在北大的一年里,茅笃亮也遭遇过来自祖国的令人头痛的单位政治和人事危机,这种情况下,我也是爱莫能助。但非常高兴的是,当他温柔美丽的妻子来到北京,去往大钟寺派出所办理相关手续的时候,我看到了小两口漫步在大街小巷的情景,那真的是一种令人怦然心动的幸福和甜蜜。

回印度之前，茅笃亮邀请我们一家三口在五道口附近的汗吧吧餐厅，品尝了鹰嘴豆咖喱和印度香米鸡饭。在汗吧吧餐厅，我们第一次看到了如此之多的印度人、孟加拉国人和巴基斯坦人，惊异于北京竟然还有这样的所在。我开始有点伤感地意识到，尽管汉语和中国是茅笃亮的事业，但他毕竟还是属于印度的。

第二天晚上七点半，我便收到了茅笃亮发来的微信："老师好！我在机场等飞机，还没有离开北京就开始想念您，您的课和北大。"第三天晚上八点，我又收到了茅笃亮发来的微信："老师好！我顺利到家了。"

我也就放心了。但还是下意识地打开了印度地图，开始仔细地寻找茅笃亮的家；而在我的脑海中，出现了一个十五岁的印地语少年，平生第一次讲起了结结巴巴的中文。

2017年8月12日，湖北恩施——北京

自立，而且悲悯

我发言的题目是《自立，而且悲悯》。可能有的同学会想，这个"怪蜀黍"，一上来就要说教，"本宝宝"不爱听，"小公举"生气了。我要说，我的发言还真不是为了简单应景，或者讨人欢心。作为一个在大学期间就节衣缩食猛追过尼采和萨特、真爱过波德莱尔和卡夫卡的人，确实是有点自我放逐或过多思虑。你们眼前的这个"怪蜀黍"，既不会像比尔·盖茨和马云成功励志，也不会像越来越多的世外高人云淡风轻。

因为来到这里，我把将要写给儿子的大学毕业寄语提前了整整一年。此时此刻，家中犬子作为北京大学的交换学生，正在英国华威大学访学。明年6月，他就要大学毕业了。我现在的发言，也是讲给他听的。

我要说，仅仅从毕业典礼这种仪式来看，你们也是幸福的。28

年前的今天，也是在这里，我和我的同学们都曾期待一个混杂着喜悦和忧伤的盛大告别，但那时的湖北师范大学还不叫大学，青山湖仍是一家隔壁的公园，大剧院连构想都还没有，更没有一校之长的啰里啰唆、学霸同窗的得意扬扬和知名校友的衣锦还乡，我们连倾心崇拜或者善意吐槽的对象都没有。毕业前后，张艺谋和姜文正在银幕上嘶喊"妹妹你大胆地往前走"；台湾歌手苏芮也在磁带录音机里悠悠地唱"跟着感觉走，紧抓住梦的手"。

那种大着胆子跟着感觉的行走，曾经让毕业后的我们无所畏惧，但也深刻体会到家国的炎凉，饱经了世事的沧桑。当你们看着现在的我们和你们的父辈，每一根白发都被这世界浸染着风霜，也有因为根深蒂固的缺失而带来的焦虑和彷徨。时至今日，我们中的少数人，已经过早地离开了这个世界，但大多数还在残酷的丛林法则中左冲右突。我们这一批20世纪60年代中期出生的"60后"，小学时代遭遇"文化大革命"，中学时代赶上改革开放，大学时代孜孜以求，毕业后则像鸟兽一样散布在世界的每一个角落，在潜规则、人情债、单位政治和面具表演的切身经验中，以及在地沟油、毒奶粉、问题疫苗和暴力执法的媒体语境里，逐渐淡忘了情怀和诗意，消泯了理想和信仰，就像这个让我们艰难存活的社会和时代，显得物质而又无知，茫然而又慌张。

而我们所处的这个世界，虽然拥有全球化和互联网，据说还要被大数据和人工智能所改变，但灾难频频爆发，动荡仍在加剧。既有若隐若现的领海争端、大国博弈，以及不断加深的种族矛盾、难民危机，又有一以贯之的文明冲突、战争阴影，以及令人窒息的地区骚乱、恐怖主义，还有治理缓慢的疾病困扰、环境污染，以及总在滋生的贪污腐败、贫富差距。地球上的人们踯躅前行,举步维艰,负载着沉重的历史创伤,还有棘手的现实难题。

非常遗憾,我们这一代也跟我们的父辈一样,没有把一个更加美好的世界带给你们,生于忧患仍然是我们共同的宿命。然而,我还是要说,即便如此,我们仍然乐观,保有希望。这当然是因为你们的到来及迅速的成长,也会让我们重新思考世界的意义,继续调整人生的方向。我要说,当你走出校门,开始真正面对这个机关重重、并不如意的社会,你不仅需要自立自强,而且可以心怀悲悯,更加善良。

"自立"是走上社会必须迈开的第一步,也就是真正脱离生活、思想和情感的依靠、庇护与羁绊,以一己之力养活自己、独立生存。不得不说,随着改革开放和经济发展,相较于以往,你们中的大部分,即便不是"官二代""富二代"或"星二代",也比前一辈多了一些可以仰赖的条件和调动的资源。但理想很丰满,现实却很骨感,大多数人还得直面自己的工作、住房、医疗和教育等问题,并被这一切搞得灰头土脸、意兴阑珊。幸运的是,跟前辈相比,你们还多出了一个选择:是为了自立自强继续打拼?还是加入啃老一族苟且偷安?

其实,"自立"既是安身,也是立命。生活有着落,精神才有寄托。查商务印书馆的《辞源》,"自立"一条,谓"以自力有所建树",即以自己的力量建功立业;论语《为政》"三十而立"及《学而》"君子务本,本立而道生"之"立",孔子和古人皆强调为言行得当、"礼"之建立;后人多指拥有了一种自我担当和人格独立,李泽厚则干脆解读为"建立自我"。总其要者,均有意无意忽视了"自立"在其形而下亦即谋求生存和物质生活层面的意义。为此,在相关的所有条目中,我还是最喜欢某网络百科给出的解释。该网络百科将"自立"定义为从物质到精神再到自我实现的三个层面,即:靠自己独立生活,有自己的主见,靠自己的力量有所成就。值得推崇的是,该词条还列出了"自立"的三种英文表述方式,即: Stand on one's own feet, Depend on oneself, Support oneself。在我看来, Stand on one's own feet,本来也是"自立"的基础,甚至就是人之为人的最高目标,一个用自己的双脚独自站立的人的形象,一种自尊自强、自由自在的人的境界。引申开来,所谓"自立",也就是甲骨文所示一人正面立地之形,是荷尔德林的诗句与海德格尔相关阐发中的人在大地上诗意地栖居。

只有劳动而且自食其力,当我们面对这个人性异化并让我们遍体鳞伤的世界之时,才可以感同身受并常怀悲悯。而当我们付出了足够的汗水和泪水,才能真正用心触摸到蓝色的天空、纯净的大气、和煦的微风,以及灿烂的花海、翠绿的青草、啾啾的鸟鸣。如此充盈的大自然,还有这不期而遇的遭逢,便是来之不易的万物,以及相伴永远的生命。

因为差异,所以尊重;因为冲突,所以包容;因为苦难,所以慈悲;因为哀恸,所以怜悯。正是经历了太多的残忍和虚伪,才需要我们的善良和真诚。只有心怀悲悯,联邦德国总理勃兰特才会跪倒在波兰华沙犹太人殉难者纪念碑前;只有心怀悲悯,萨拉热窝的大提琴手范德兰-斯麦罗威克才会独自迎着呼啸的子弹,走向地狱般的战区,日复一日地在空无一人的大街拉响他的协奏曲;只有心怀悲悯,全世界的目光才会聚集在土耳其海滩,为被溺亡的只有三岁的叙利亚难民小男孩心碎而泪落。

自立使我们以人的姿势独自站立于天地之间,悲悯才让我们成为真正的人。从现在开始,努力自尊自强,学会爱己爱人。在寂寞的人海,多一些理解和微笑,在空旷的原野,多一些反思和内省。只有这样,我们的世界才会与他人的世界彼此契合,与自然的秩序相互对应;只有这样,我们才能不受宿命的摆布,抵达真正的快乐和幸福。

(此文为在湖北师范大学2016届毕业典礼上的校友代表发言)

2016年6月16日,北京——黄石

从来路到去处

直到今天,仍然清楚地记得那个细雨绵绵的秋日。经过一个晚上的轮船,再转几个小时的火车,疲惫、茫然却又兴奋莫名的一个农家孩子,终于抵达人生的第一个最重要的站台;坐上翘首以待的校车,眼前出现的,就是大学录取通知书上标明的黄石师范学院。

在8个人的宿舍住下的第一天,也恰好是我的18岁生日。这是我第一次出门远行,也是我经历的6所大学中的第一所大学。在此之前,我根本不知道大学应该是什么样子,更不知道北京大学跟我有什么关系。

这就是我的母校,我的来路。

1984年秋天的我的大学,正式名称为黄石师范学院;床铺、桌椅等公共财物上的标签,很多写着华师黄石分院;一个学期以后,母校更名为湖北师范学院;记得毕业前夕,挂出了湖北师范大学(筹)的牌匾。但这一筹备,长达30年。

1988年毕业前夕,同样是在细雨中的黄石街头,漫无目的故作忧伤的我第一次听到音像店里传出来的崔健的摇滚歌曲。《一无所有》,一个时代的呐喊,就这么猝不及防地打倒了我们这些即将走出大学校园的年轻人。

告别的时候,我和我的同学们确实心绪难平,充满忧伤。我们一无所有,母校却还默默伫立在覆盆山下,青山湖旁;相守了4年的宿舍楼前,整排的水龙头等待重启,盛夏的夹竹桃仍在争奇斗艳。我们知道,那是我们已在逝去的青春——知识,梦想;爱情,远方;生命,阳光,愤怒,沮丧;抑郁,张狂。一去不返,哪堪回望。

我们未知的去处,已是不可更易的来路。接下来,我们逐渐懂得了外面的世界,也就更加懂得了心中的母校。逐渐懂得了当初的选择,也就更加懂得了趋近的目标。懂得了我们前行的每一步,都是从母校的荷花池与煤渣路走过来的。就像我们中的大多数校友一样,生于乡野,出自底层,惯于低调,懂得感恩。母校四年,就是这样让我们受用终身。

记得大学里的第一课,是陈春生老师的中国现代文学史。我不知道他刚刚留校任教,甚至只比我们大三四岁。只是觉得大学老师就应该是这个样子的,年轻儒雅,娓娓道来,仿佛是追随过鲁迅的青年作家,也好像是参加过徐志摩、林徽因的雅集,以及冯雪峰、汪静之等人的湖畔诗社。那种感觉,是有点虚无缥缈却又浪漫无限。印象最深的,还是张开炎老师的西方文论。当他把美国意象派诗人卡洛斯·威廉斯的诗歌《便条》第一次展现在我们面前的时候,我们开始意识到文学这东西确实很有趣但也有点过分。面对我们的惊讶,张开炎老师竟掩饰不住内在的兴奋和狂喜,这样的场面,真是让我们还想再玩一次。当然,黄瑞云、蔡伯铭、欧阳德威等先生,都是中文系里应该存在并让小孩子们闻风而逃的人。最可怕的两次经历,是欧阳老师说,一定要抽查我们每个人是否背诵了一百首唐诗,还有安镇老师的俄苏文学史考试,最终粉碎了我们60分万岁的迷梦。

现在回想起来,没有伤口的青春不是青春,不被虐待的大学也不是大学。在已经属于母校的那片美好的山水之间,我曾经对着满眼的秋日黄枫,孤独地舔舐彻骨的丧亲之痛。就在泪水弥漫的那一刻,感觉到自己真正长大成人。我和我的同学们,也曾经躺在冬日艳阳的草丛里,遥想几十年后的今天,学着司马迁《史记》中陈涉的口气互勉:苟富贵,无相忘。我们也会在同学的毕业纪念册上疯狂地撒野,写下很多不可一世的豪言壮语,当然都是一些不知所云的晦涩的句子。

这就是我们的来路,将会永远指引我们的去处。正如每一所大学,母校都会像母亲一样,给予我们她的所有。从来路到去处,校友们也会像回家一样,认定了母校便是青春成长的记忆,也是心灵安放的归宿。

最近一段时间,通过湖师校友(北京校友会)微信朋友圈,大约了解到毕业后来到京城闯荡的这一百多位校友,应该都是不甘平庸、怀抱梦想、勇于打拼、颇有成就的湖北师大人。京城居,大不易,北漂的日子都有体验,友谊的小船说翻就翻。挤成相片的地铁,不进则退的职场,频频搬迁的蜗居,人来人往的匆忙,还有未及品味的得失,无法停留的脚步。然而,我们走到了今天,尽管伤痕累累,却也无悔无怨。我相信,在座的校友们,都已经为自己努过力,也为母校争了光。

有一部美国电影名叫 *Good Will Hunting*（《心灵捕手》）。在这部讲述麻省理工学院一个具有数学天赋的清洁工故事的励志影片中，据说有这样一句话："成功的含义不在于得到什么，而在于你从那个奋斗的起点走了多远。"

确实，从来路到去处，跟母校一样，我们都还可以飞得更高，走得更远。

2016 年 4 月 24 日，北京湖北大厦

做有用的人

25年前,我也是一名大学新生。今天,我用43年的人生阅历和经验教训告诉你们,你们非常幸运,你们的未来有多种可能。

但我最想说的是:懂得珍惜,学会感恩,爱自己的专业,做一个有用的人。

能够坐在这里非常的不容易。2009年全国高考报名人数超过1000万,招生人数超过600万,最后进入北大的不到3000人。只有万分之三的考生才能来到燕园,在"一塔湖图"、人文鼎盛的环境中度过人生最难忘的四年。懂得珍惜,因为你已经幸福地拥有。从现在开始,让自己含英咀华、吐故纳新,争取学富五车、才高八斗。

能够坐在这里非常的不容易。你有付出最多、最成功的父母双亲。从今天开始,拿起你高考答题的那一支笔,在白纸上写下你的感激,寄给因为你的远行而怅然若失的亲人。他们会一遍一遍地阅读你的字迹,就像小时候抚摸你的脸。中秋节回到家,为他们拖一次地板,数一数他们突然多出来的白发和皱纹。

能够坐在这里非常的不容易。爱自己的专业,等于尊重自己的选择。在这样一个充满着权力和金钱,弥漫着无知和物质的时代,艺术是一种美好的生命。尽管身处喧嚣的现世,但你的天空总有宁静。穿过沼泽,你听到的是发自深广灵魂的天籁,看到的是令人目眩神迷的生命之舞,感受到的是动人心魄的声色光影。最是艺术的引领,让你的未来风生水起、波澜壮阔。

能够坐在这里非常的不容易。十年后,你们已经去到了世界各地。二十年后,你们中的一部分应该渐露峥嵘。三十年后,有的同学必将成为政坛领袖、学术翘楚或业界巨子。但不管怎样,做一个有用的人,是我对你们的期待。无论何时何地,一定要自食其力,用自己的劳动换取收获。在此基础上,贡献自己的才华给这个生生不息的民族与这个多灾多难的国家,还有这个动乱频仍、兵戈不止而又渴望美好与和平的世界。

欢迎你们来到北京大学,来到北京大学艺术学院,我为你们的选择感到骄傲。

(此文为在北京大学艺术学院2009级迎接新生大会上的发言)
2009年9月14日,北京大学

寻求一种姿态

这是一个众声喧哗而又无主无根的年代,也是一个精神蒙尘、文化虚浮、艺术失焦的年代。在这样一个散漫而又焦躁的年代里,重要的不再是内心的坚守和责任的担当,而是太多的蝇营狗苟和冠冕堂皇。

寻求一种姿态,回到艺术的立场上来。有太多的利益需要平衡,也有无穷的欲望等待满足,但让我们永远记住那些曾经的感动和震撼。在某一种场合、在某一个瞬间,那些不朽的声音和画面,曾经在不经意间让我们泪流满面。这是我们当初的选择,也是我们今天的坚持,更是我们未来的延伸。与超越世俗的艺术结盟,跟趋向无限的生命对话,让我们在人群中孤独,让我们为了清高而谦卑。

寻求一种姿态,回到精神的阵地上来。北京大学不是传说中的思想策源地,但有可能比别的地方遭遇更多的人和风景。这是一所被赋予了太多期待的大学,尽管无法如其所愿地一贯卓越,但只要你有心和用心,就能找到自己的位置和方向,获得一种提升。这是一种思想的历练和学术的姿态,超越权力和金钱,充实我们的生命,让平凡的生活更有意义,让生活的意义更有魅力。

欢迎来到北京大学,欢迎来到北京大学艺术学院,作为教师代表,希望跟你们一起共同体验艺术的生动与奥妙,共同维护学术的气质和尊严。

(此文为在北京大学 2011 年 MFA 新生入学典礼上的发言)

2011 年 2 月 25 日,北京大学

艺术的学术与学术的艺术

《论语·雍也》曰："求也艺。"朱熹注："艺，多才能。"《礼记·学记》曰："七年视论学取友。"学，指学问、治学。在这里，"艺"大于"学"，但"学"与"艺"相辅相成，并行不悖；而在 19 世纪迄今的西方视野中，"艺术"是人文学科的一部分，指人类以情感和想象把握世界的一种特殊方式；"学术"则是以学科分类为标志，以学科制度为基础，拥有完整而融贯的理论传统与认真而严格的方法论训练的知识范式。在这里，"学术"大于"艺术"，虽然同样服膺于知识权力与学科规训体制，但在个性层面和精神领域趋向于分裂。尽管如此，就过去的惯例、目前的处境和未来的预期而言，仍然有必要将"艺术"与"学术"整合在一起，并视为同一种知识生产方式。从这一点出发，可以探讨艺术的学术与学术的艺术。

一、艺术的学术

艺术是与文学、历史、哲学、宗教、伦理、政治、法律等并驾齐驱的一种人文学科。作为学术的艺术，主要由艺术理论、艺术史与艺术批评构成。然而，除了普泛的、一般意义上的艺术理论、艺术史与艺术批评，还有特殊的、分科意义上的艺术理论、艺术史与艺术批评，如美术理论、美术史与美术批评，音乐理论、音乐史与音乐批评，电影理论、电影史与电影批评。由于生态、介质和传播方式的不同，各个艺术部类在基本原理、历史叙述和批评语汇等方面的差异远远超出人们的想象。与此同时，研究艺术还要特别重视各个部类的技术事实。

这样看来，艺术的学术昭示的是一个多元的现实。从学术上走近艺术，意味着需要面对更加复杂的选择。何况，就学术现状而言，正在呼唤消除自然科学、社会科学与人文学科之间的壁垒；文化研究也正在将文学、艺术、历史、哲学与宗教、伦理、政治、法律等人文学科整合在一起并提出更新的命题。与此同时，中国学术界渐显不可或缺的专业化与职业化态势，明代的漕运、晚清的小报与20世纪30年代的上海妓女，都能被设置成为郑重其事的学术话语。

面对艺术学术的多元现实，个体的选择至关重要。首先，态度决定一切。尽管这是一个娱乐化的解构时代，在这个时代里，无知者无畏，不学者有术。但仅剩的价值诉求和道德底线，仍然会让我们对历史和真理心存敬畏，并谨慎地维护我们的职业操守和学术尊严。其实，无论日后从事何种职业，学术、学术性或学术精神，都是我们一以贯之的坚持和与众不同的标识。或许，我们生来不是为了学术，但学术可以陪伴我们一生。

诚然，我们已不可能成为百科全书式的伟大思想家，甚至不可能把美术、音乐、戏剧、影视等艺术部类全面而又深刻地纳入自己的知识体系。这是因为，各个学科，以及艺术的各个部类，已经为我们提供了丰富得令人迷惑的历史、理论和批评成果。除了"引用"或将我们的研究织入学科的"上下文"，我们只能沉默或失语。因此，从专业的角度、以职业的心态和独立的精神介入艺术的学术，是我们的选择，也是我们的宿命。

所谓专业的角度，可以以一系列"关键词"构筑一个个体学者学术体系的金字塔。就艺术的学术而言，以本人的学术活动为例："中国电影史"是最核心的关键词，位于金字塔中间；下面更深广的部分由"电影理论""文艺理论""艺术""美学""文化批评"以及"文学""史学""哲学"等关键词构成，并处于动态集聚过程之中；上面更尖端的部分则由"中国电影批评史""中国电影文化史""中国电影传播史""中外电影关系史"等关键词构成；另有"抗战电影""孤岛电影""沦陷电影"以及"中国电影与报纸"等关键词位于金字塔的最顶端。在我看来，作为一个专业的电影学者，尽可能深厚的人文积淀是我安身立命的基础，尽可能开放的"中国电影史"研究是我驰骋学界的身份，尽可能原创而特殊的选题是我引领学术的旗帜。

所谓职业的心态，应指个人对自我担当的主要社会角色的期许。尽管有不多的伟大人物能够举重若轻地游弋在政界、商业和学界相互交织的社会网络之中，但更大多数的业界精英也只能在政界、商界或学界择其一二，或在其中一个相当特殊的领域奉献才智。明白了这一事实，就能理解学者应有的职业操守。学术是一种表述真理的方式，学者不能假借学术之名博取学术之外的权力和功名。从根本上说,"学而优则仕"的文化传统,不仅长期维护着令人窒息的封建政体,打造了陈陈相因的畸形人格,而且严重斫伤了中国人的学术动机。

就像人被赋予了自由的权力一样,学术也应该被赋予独立的精神,除非我们自愿依附。遗憾的是,当前的社会氛围和学术语境,造就了一大批以学养官,以官养学的官僚学者,极不公平地侵蚀着有学无官者的生存空间,进而沉重地打击着青年学子真心问学的愿望。至于艺术的学术,表面看来热闹非凡,实则缺乏观念创新:迄今为止,没有出现一种植根于民族话语又具有开放精神的原创的艺术理论;没有成就一部代表着国家形象、相对全面深厚的中国美术史、中国音乐史、中国戏剧史和中国电影史;而在各个艺术部类中,批评家魅力的缺失与批评话语的混乱,更是有目共睹的事实。

二、学术的艺术

换一个角度看问题,艺术的学术困境,恰恰促进学术的艺术。

对于真心问学的青年学子而言,大师的缺席、经典的乏力和成果的空白,反而有助于成就自身。其实,在这样一个全球化的文化时代,总有太多的问题和太多的解决方式。就在问题意识的养成和阐释路径的寻求过程中,期待着中国新一代的学术巨星。

既然学术是一种相对理性的规训机制,就需要艺术这种相对感性的精神注入。从方向的确立到选题,从文献的搜集整理到使用,再从写作的时间分配到规范,都需要跟学者自己的背景、兴趣和能力联系在一起并形成独一无二的学术个性。

背景往往指的是家庭环境和学习经历。一般而言,有成就的学者需要一个相对深厚的家学氛围、相对稳定的经济基础和相对完整的学历教育。乱世出英雄,挫折育诗人,但贫贱扼杀学术。学术具有高度依赖传承、超越功利的贵族气质,真心问学者首先需要正视自己:是否有条件远离经常性的困顿,或者决心以常人难以付出的代价克服这种困顿。

兴趣是学术活动的根本。很难想象只把学术当作谋生手段的学者,如何面对学术活动中不计其数的困难与寂寞。只有对真理心存敬畏、对智慧充满期待、对学术怀抱兴趣的人,才能战胜学术活动中的阻碍,享受学术的艺术与智慧的人生。不要仅仅为了文凭攻读更高的学位,也不要仅仅为了职称发表更多的文字,更不要仅仅为了名利划定人为的圈子。因为兴趣,学术更容易超越功利;也因为兴趣,学者会拥有更多的人道关怀和人文气息。

能力分为身体能力与生产能力。一个成功的学者必须拥有健康的身体和充沛的精力,才能保证不断学习和不断思考的活力,进而获得学术生产的动力。学术的生产能力主要分为两种:一种是通过文字和演讲表达学术成果的能力,另一种是在自己选定的专业领域获得普遍认同的能力。

具体来谈。

选题:是学术活动的关键环节,也是学者素质的综合体现,与学者的背景、兴趣、个性、能力和专业水准、文化积淀、学术追求以及资料状况、时间安排、写作水平等结合在一起。选题的合适与否决定着研究的成败高低。无论自选或他选,都要努力寻找合适的突破口,要么填补空白,要么拓展深广,总之需要了解与本选题相关领域的研究状况,力图在某些方面有所推进。另外,需要去除一些过大、过小或太生僻、常重复的无谓选题;警惕一些如现实主义与中国电影、中国电影的现代性等虚假命题;还要防备面对选题有可能诠释不足或过度诠释的问题。

文献:漠视文献的学者是轻佻的;缺乏引文的学术是不可靠的。任何学者都不可能横空出世,任何学术都被镶嵌在学术历史的上下文中。文献的搜集、整理与分析、使用本身就是一门学问。对美术、音乐、戏曲和舞蹈来说,来自书本的文字与来自田野和博物馆的实物同样重要。对影视来说,文献也主要包括文字与影像。无论如何,第一手的文献、独特的文献与尽可能全面的文献,是文献搜集整理的基本原则。文献的分析过程是为文献分类:有一些文献是直接提供内容、数据或其他重要信息的文献;有一些文献是为写作提供思考空间的文献;还有一些文献是促发写作灵感的文献。无论何种文献,使用过后都必须注明。文献使用过程中,文、史、哲类的文献往往有助于论文的构架,专业理论批评类的文献有助于论文的观点,业界数据或业务阐述则可直接引述。

规范:写作规范和注释条例主要根据学术文字发表或出版的机构规定。报纸一般是非学术的;刊物主要有《中国社会科学》《历史研究》《文艺研究》《北京大学学报》《中国音乐学》《电影艺术》《当代电影》等,各家各有要求,但大同小异;出版社主要有商务印书馆、中华书局、北京大学出版社、中国电影出版社、中国戏剧出版社等,出书良莠不齐,但经典可参。无论是作业、考试、学位答辩还是发表、出版,均要杜绝任何形式的剽窃、抄袭。

祝愿各位艺术专业的莘莘学子,能够把艺术的学术与学术的艺术结合在一起，充分体验智慧的魅力与敞亮的人生，进而真正提升中国艺术的学术品质与中国学术的艺术境界。

（此文为面向北京大学艺术学院学生的学术报告）

2006年12月7日，北京大学

在艺术,因北大

不要以为混在人堆中即告消失的人不是艺术家,就像挤在窗口前抢购春运票的也可能是北大教授。北大之外,几乎所有人都能找到北大;但没有一个人,能在北大找到艺术学院的大门。

这就是北大艺术学院的光荣了。

无论是在艺术,还是因北大,北大艺术学院都是低调的。之所以如此,不仅是因为北大艺术学院只成立了 5 周年,而且是因为艺术总归神圣,北大又是一如既往的博雅。

如果艺术只是春晚里的歌伴舞,北大只是论坛上的口水仗,那么,北大艺术学院当然是多余的,找不到大门咎由自取;但因北大,艺术的学术与学术的艺术都需要尊严。在艺术的一帮北大人,当初的选择就有点偏离常态,磕磕绊绊走下来,满脑袋装的都是孔子、刘勰、王羲之、柏拉图、黑格尔、米歇尔·福柯以及柴可夫斯基、斯坦尼斯拉夫斯基和基耶洛夫斯基、塔尔科夫斯基。只要闭上眼睛，观点和流派还会争吵，线条和光影仍将交错，音符和色彩却在天空中翻飞。

在艺术的一帮北大人，长年经受着这种理想与现实的挤压以及理性与感性的撕扯，几乎患上了某种精神分裂症。但这是人世间最美好的一种病，入则狂野，出则温润；大多数时候，钱包是瘪的，银行卡是不在身边的，但自由的感觉充满了心灵。这也是为什么艺术学院的老师从不张扬，但理教、二教最大的教室里，总有最多的学生在跟着老师一起"生病"。甚至，窗台和走道上都布满了相互问诊的人群，空气中的每一个粒子都感染了可爱的"病菌"。这是北大一景，是在未名湖观光的游客见不到的。艺术是孤独的，但因北大，孤独的艺术最不寂寞。

在艺术的一帮北大人，最不可思议的是将艺术导向文化，并把艺术学做成了普通人难以理解但又确实十分重要的一门学问。为什么美在意象？如何建立文化产业的学科体系？感兴修辞论是什么批评理论？中国的现代性体验如何发生？何谓视觉艺术的文化之维？如何重建中国艺术的核心价值？什么是与公众互动的城市公共艺术？还有，谁在研究宗教美术和影视批评？谁在整理艺术档案和汉画数据？谁在辨析电视传播与国家形象？谁在探讨影视产业与大众文化？甚至，中国美术史上的《八十七神仙卷》与《朝元仙仗图》到底怎么回事？沦陷时期日本人在中国拍了一些什么样的电影？西方音乐里的中国因素在哪里？黑格尔音乐美学在当代的意义何在？……离开了北大，大概没有多少人会想起这些事情，更没有多少人会在这些事情上乐此不疲、皓首穷经。

所以，艺术北大是有魅力的，北大艺术是不可取代的。因北大，艺术拥有思想的触角和方法的自觉；也因北大，艺术被赋予历史的厚重性与当代的使命感。这样看来，北大艺术学院的大门不仅是存在的，而且并不难找到。

其实，北大艺术学院早把北大和艺术当成了一道门。门里，继承着从蔡元培时代就开始的美育传统，在当年的音乐传习所与画法研究会的基础上更新了学科和专业；门外，艺术学院的师生正在丰满着羽翼，以独特的才情创造不俗的业绩，实现着方向的引领。

艺术学院成立前后，先后把综合办公室的门开在了艺园4层、法学楼3层、邱德拔体育馆1层和新装修新命名的理科5号楼4层。从学科交叉进而提升学术水平的角度而言，办公室的不断变迁与院系混居可谓适得其所；但刚刚毕业不久的同学，会因找不到母院办公室而遭骂；一直坚守学院的老师，也会因无处落脚而增添许多在北大的流浪心情。从艺术系时代开始，师生间就在流行艺术大楼的传说，而这种传说跟作为梦想的艺术本质非常接近。

话说回来，在艺术，因北大，北大艺术学院总会有一扇独特的大门。

（此文为北京大学艺术学院成立五周年而作）

2011年12月28日，北京大学

艺术的大门

五年前,为了庆祝北京大学艺术学院正式建院五周年,笔者曾经写过一篇小文章,发表在2011年10月出版的《北京大学校报》纪念专刊上。因为当时人在日本,文章便以不太适合的复杂情绪,回顾并调侃了在北大找不到艺术学院"大门"的尴尬:"艺术学院成立前后,先后把综合办公室的门开在了艺园4层、法学楼3层、邱德拔体育馆1层和新装修新命名的理科5号楼4层。从学科交叉进而提升学术水平的角度而言,办公室的不断变迁与院系混居可谓适得其所;但刚刚毕业不久的同学,会因找不到母院办公室而遭骂;一直坚守学院的老师,也会因无处落脚而增添许多在北大的流浪心情。从艺术系时代开始,师生间就在流行艺术大楼的传说,而这种传说跟作为梦想的艺术本质非常接近。"

当然,在那篇文章结束之前,还是"话说回来",表达了自己对未来的期许:"在艺术,因北大,北大艺术学院总会有一扇独特的大门。"

五年后的今天,梦想已成现实。艺术学院终于有了一扇"独特的大门"。

然而,就像不说历史就说不清北京大学一样,不说历史就更说不清北京大学艺术学院了。

1920年,时任燕京大学校长的司徒雷登聘请美国著名建筑师墨菲(Henry K.Murphy)规划燕大校园。1929年,美丽的燕园建成。坐落在未名湖北岸,包括"德""才""均""备"四斋在内的"未名湖燕园建筑",也在1981年被划定为全国重点文物保护单位。在游人如织的"未名湖"三字石碑对面不到100米处,就是四斋中的第三斋即"均斋",此前曾为社科部办公室,也叫红三楼;再加上东西走向、曾为人事部办公室的红六楼,现在已是艺术学院的"地盘"了。尽管仍然无法建成我们想象中的音乐厅、排练厅、资料馆、博物馆、电影院和演播室,但毕竟,每一位在职的艺术学院教师,第一次拥有了自己或大或小的单独的办公室。在我看来,这便是最大的运气。今年国庆期间,在红六楼的大门上方,悄悄地挂上了"北京大学艺术学院"的牌匾,乃集颜真卿书法熟体而成。想必,每个北大艺术人都是骄傲得要上天的,但实际情况是,我们低调得有点过分,腼腆得都有些不好意思了。

在此之前,作为一个北大教师,每次来到北大,上完课,或开完会,总会不知道去哪里待着,或者只好忙着往外赶,完全一幅行色匆匆、身心困顿的模样。如有学生朋辈相邀,也得不断地运筹见面地点,费尽心力后兴致大消。去到国内外其他大学,看到别人家的大楼和办公室,也就只剩下羡慕嫉妒、自惭形秽的心情。说实话,这不是一个大学教师应有的胸怀,也不是一个北大教授正常的状态。特别是在这样一个越来越注重"硬实力"和"颜值"的时代,仅靠"软实力"和"气质"说事,毕竟是不能持续的了。曾经遇到过不止一位倾心于北大艺术的高三"学霸",就因为艺术学院的"硬件"原因,非常遗憾地选择了其他。

其实,艺术学院的大楼梦,应该也是做过二十年的。在北大资深教授、美学家叶朗先生以及长江学者、文论家王一川教授带领下,我们每一个曾经亲历的老师和学生,都在努力追索着大师的足迹,希望循着由蔡元培开创的北大美育和艺术教育传统,倾心体会徐悲鸿、陈师曾、萧友梅、刘天华、胡佩衡、陈半丁和沈尹默等人在北大的艺术成就,认真研习邓以蛰、朱光潜、宗白华等人在北大的美学思想和艺术理论,与此同时,也争取或畅想过位于中关村北大街西侧,并与光华、经院、政管大楼比肩而立的艺术大楼;即便是在校方决定将红三、红六划给艺术学院之后,我们也没有完全放弃这样的努力。毕竟,在众望所归的北京大学,一所致力于道技并重、知行合一、内外兼修、中西汇通的艺术学院,对大楼的期待,与对大师的期待一样,也都是相当迫切的。

好在有了艺术学院的大门,这便是北大的艺术的大门。当你从喧闹的大街步入安静的燕园,沿着未名湖周边的郁郁文脉驰骋思绪的时候,猛一抬头,艺术的大门就在眼前了。此时的你,或驻留,或续行,或惊讶,或感兴,顿成不食人间烟火的文青,也成百年北大的一道风景。

2016 年 12 月 28 日,北京大学

艺术的光芒

我们生活在一个浮躁的时代。这个时代拒绝心灵的考问，抵抗存在的诗意。也就是说，这个时代不需要真正的艺术。

正因为如此，我们打开电视机，看超级女声，为好男儿加油。当眼泪催生短信票数，名利成为内在诉求，艺术便只是假借的名义，见证着我们的软弱和堕落。

事实上，我们已经久违了艺术。那种发自深广灵魂的天籁，那种令人目眩神迷的生命之舞，以及那种动人心魄的声色光影。这些照耀我们路途的光芒，总是被权力和金钱的贪欲所遮蔽。

城市正在变得明亮，我们的外表也愈益光鲜，可黑暗正在降临。没有了艺术的世界，也就没有了诗意和想象，没有了人类总在渴望的自由之光。正因为如此，贪官机关算尽，污吏草菅人命，富豪淫靡无度，新人登龙有术。已经没有任何东西，能够满足这个时代的攫取之心。

然而，总有思想者探求人类的存在及其本性，总有艺术家为生命的哀乐歌与哭。在《艺术作品的本源》一文中，德国思想家海德格尔表示：艺术让真理脱颖而出，而作为存在者的澄明和遮蔽，真理通过诗意创造而发生。由于艺术的诗意创造本质，艺术就在存在者中间打开了一方敞开之地，在此敞开之地的敞开性中，一切存在就有了迥然不同的仪态。同样，在《哲学人类学》一书里，米切尔·兰德曼指出：人关于他的存在的想象影响着他的存在本身。毫无疑问，作为存在的想象，艺术不仅为我们昭示了存在的多样性，而且成为我们探索人性最有力的工具。因此，浸润在贝多芬的音符、凡·高的色彩、邓肯的舞姿以及爱森斯坦的蒙太奇，你我将会拥有更加丰富的感知，并借以克服庸常的生活，抵达一种正大和光明。

欢迎你们来到北京大学，来到北京大学艺术学院，我为你们的选择感到骄傲。在这样一个浮躁的时代里，选择艺术意味着不妥协。已经有一种激情在你们的心中燃烧，那就是艺术的光芒。在我的想象中，北京大学艺术学院将会是艺术的思想库；艺术学院的莘莘学子，将会是中国新艺术的开拓者。在漂泊无根的暗黑之中，你们就是精神的火把，在世界的风雨之夕闪耀。

（此文为在北京大学艺术学院 2006 级迎新大会上的发言）

2006 年 9 月 7 日，北京大学

以艺术的名义

来到这里,以艺术的名义,是为了告诉所有爱我们的人和我们爱的人,在这个世界上,有一个生命与众不同。

这个生命与众不同,是因为我们的逆流而行。在这个崇尚权力、武力和实力的时代,我们选择了另外一种可能:用自己的天赋和努力绘制斑驳的形象,鸣奏万籁的乐音,舞动不羁的身心,捕捉浮世的光影。以艺术的名义,我们抵抗着物质的诱惑,克服了无知的无畏,在滚滚红尘中寻找睽违已久的信仰和永远逝去的灵魂。

其实,生命的力量就因为今天的选择而与众不同。艺术的特立独行,让我们的选择只能遵从自己的内心。也正因为如此,在这个遍布着金钱和贪欲、充满着物质和无知的世界里,艺术家变成了哲学家和诗人;相反,哲学家也变成了诗人和艺术家。正如米歇尔·福柯在《疯癫与文明》一书中将理性批判的哲学任务,毫不犹豫地交给了荷尔德林、奈瓦尔、尼采、阿尔托、萨德和戈雅等杰出的诗人和艺术家一样,吉尔·德勒兹在《电影2:时间-影像》一书中也表示,类似小津安二郎、奥逊·威尔斯、阿伦·雷乃、让-吕克·戈达尔等伟大的电影作者,跟伟大的画家或伟大的音乐家一样,他们都能准确地表达他们所做的事情。

我们所做的事情,或者将来要做的事情,就是努力成为一个艺术的思想家或思想的艺术家。在当今世界,伴随着文明冲突与思想贫困的,便是诗歌的陷落与艺术的沦丧。在阐释诗人荷尔德林和里尔克的时候,海德格尔早如荷尔德林一样描述过"我们今天"这个时代的恐怖,并发出了这样的哀叹:"世界之夜弥漫着黑暗。"

从今天开始,到2012年12月21日还有98天,传说中的玛雅预言应该不会到来。但美国电影《2012》主题曲的歌声总会在耳边响起:也许已是奇迹降临的时刻,我不会放弃我们。

欢迎你们来到北京大学,来到北京大学艺术学院,我为你们的选择感到骄傲。

(此文为在北京大学艺术学院2012级新生大会上的发言)

2012年9月,北京大学

保留生命中的爱与纯真

非常荣幸能够作为学生家长代表在这隆重而又庄严的毕业典礼上发言。对同学们来说,今天是特殊的日子;对我们家长而言,今天也非同一般。

初中三年,同学们长得高了,懂得多了。跟你们一起,我们家长也重走了这一段颇为纠结却又不可再现的人生之路。一千多个日夜换来我们共同的成长,无时无刻不在期待,一点一滴都会铭记。我们还要一遍一遍地想起这里,虽然再也无法驻留。北达资源中学,既是在座各位毕业生终生难忘的母校,又是家长们永远关怀和伫望的地方。

初中三年,在北达资源中学,我们的孩子学到了更加丰富而又深入的知识。从二次函数与抛物线、电路元件之间的电阻比值到酸碱盐的通性和应用,从诸葛孔明的《出师表》、唐代初年的贞观之治到当前全球的环境问题,这些人类最重要的文化成就和智慧结晶,都将成为他们探索宇宙、引领思想、走向未来的基石。

初中三年,在北达资源中学,我们的孩子体验了更加多元而又复杂的信息。从南方雪灾洪灾、汶川玉树地震到各种矿难人祸,再从北京奥运、神七发射到上海世博,一个多灾多难而又充满希望的中国进入他们的生活;从全球金融危机、智利海地地震到墨西哥湾原油泄漏,再从哥本哈根气候会议、3D 电影《阿凡达》到南非足球世界杯,一个令人揪心而又前途未卜的地球映入他们的眼帘。怀着对未来世界的感知,他们将比前代人更加懂得珍惜,也会更加主动地寻求改变。

当然,更为重要的是,初中三年,在北达资源中学,我们的孩子学会了自我约束,学会了相互理解,也学会了同情和感恩。我们知道,正是在班主任和各位科任老师的教育和引导之下,我们的孩子没有毫无节制地上网冲浪,或者漫无目的地游荡嬉戏,也没有沉湎于自己的小天地,拒绝跟老师和同学保持良好的人际关系。相反,他们开始逐渐懂得责任和使命,懂得宽容和友谊。在课前课后,在运动场上,在旅游途中,我们的孩子都能把自己当成集体的一员,为荣誉呐喊,为同伴尽心尽力。当朝夕相处的同学面临困境,当始终如一的老师因故调离,孩子们焦急和不舍的眼泪便是这个世界上最珍贵的泉源,足以滋润一切,创造动人的奇迹。

作为学生家长,在我们的孩子毕业之际,最想用老师经常对学生说的一句话,告诉在座的每一位老师:在我们家长的心目中,北达资源中学的老师也是最棒的!是你们的无私奉献,为这个日益浮躁和功利的社会画出了道德和价值的底线;是你们的执着守望,为这个正在被战争、灾荒、饥饿和贪婪污染的世界留下了一抹绿荫。是你们三年来的言传身教,让我们的孩子从一个稚气未脱的学童,成长为一个清新健康、蓄势待发的阳光少年。

作为学生家长,在我们的孩子毕业之际,也想对他们说:记住岁月,懂得感恩,主动学习,快乐生活,保留你生命中的那份爱与纯真。即将到来的高中三年,也许是你人生更大的挑战;但也将是你追逐理想、走向成熟的重要一环。不要因为暂时的成功沾沾自喜,也不要因为偶尔的失败怨天尤人;进入自己的内心,发现真正的兴趣,为未来把自己打造成一个幸福的公民,一个卓越的中国人。让世界看见我们的自信和笑脸,让我们用民主自由的政治制度、持续发展的经济成就、创意无限的文化实力与和谐美好的社会生活融入世界,并用我们的声音对世界宣布:10年以后,在座的各位同学将要以各种姿态崛起在各个领域和国际舞台,并当仁不让地引领世界潮流!

我们相信,这一天很快就会到来。

(此文为北达资源中学2010届毕业典礼家长代表发言)

2010年7月3日,北达资源中学

以己之力,成人之美

非常荣幸作为家长代表在这隆重而又庄严的成人仪式上发言。对同学们来说,今天是特殊的日子;对我们家长而言,今天也非同一般。

我想说,孩子,跟你朝夕相处,对于你的长大成人,作为家长的我们似乎不应该感到突然;但仔细回味,仍然有些猝不及防。仿佛就在不久前,一个新生命降临人间,小小的脸蛋柔弱得令人心痛,你的到来给我们带来了多大的喜悦!仿佛就在昨天,我们守候在你的幼儿园和小学校门口,看着小不点拖着大书包从学校里气喘吁吁地跑出来,脸上洋溢着无比的快乐。而就在今天,你就已经长大成人,站在我们的面前焕发着青春。

我们已不再年轻,但十分感谢跟你一起的十八个年头。那是如流水一般逝去的 6570 天,是那种不可预期却又实实在在的缘分,让我们共同度过了一段再也不会重来的美丽人生。孩子,说你是上天派来的使者,是因为你总是像小猫小狗一样跟随在我们的身前身后;说你是我们的骄傲,只因为你在我们和老师的养育下终于长大成人。

在你成长的十八年间,地球远未清净,世界也并不太平。从全球金融危机到9·11恐怖事件,从"非典"流行到智利海地地震,从墨西哥湾原油泄漏到哥本哈根气候会议,从钓鱼岛争端到世界末日传说。非常遗憾的是,你的祖辈和父辈仍然在学习如何顺应、理解和宽容;他们原本要给你一个蓝天碧海、人类大同,但现在,强权仍然横行,公理常常无声。可以肯定地说,如果没有你的存在和陪伴,我们的生活将会更加惶恐,我们的心灵也会更加孤独。孩子,谢谢你!

孩子,你们生逢其时。这个世界因为不完美才需要你的知识、你的才能和你的关怀。在你们成人的这一刻,感恩所有帮助过你们的人,记住所有需要你们帮助的人,用你们的到来告诉全世界,你们是古老中国的新一代,必将更加自信、更加阳光,也必将更加卓越、更有力量!

在你成长的十八年间,国家飞速发展,社会也在谋求改变。香港回归见证了一段历史的终结,北京奥运亮出了中华民族的绚烂;除了青藏铁路,还有三峡大坝;除了蛟龙入海,还有神舟上天;当然,无论你是"高富帅""白富美"还是"蚁族",作为一个中国人,你仍有可能听说过范跑跑和躲猫猫,遭遇过拼爹和城管,但在你的身边,总有一些事情很给力,总有一些人充满着正能量,那便是你的榜样,是你走向未来的出发点。

作为家长,在孩子的成人仪式上,我最想用老师经常对学生说的一句话,告诉在座的每一位老师:在我们家长的心目中,老师也是最棒的!是你们的无私奉献,为这个日益浮躁和功利的社会画出了道德和价值的底线；是你们的执着守望，为这个正在被战争、灾荒、饥饿和贪婪污染的世界留下了一抹绿荫。是你们三年来的言传身教，让我们的孩子从一个稚气未脱的学童，成长为一个清新健康、蓄势待发的中国青年。

作为家长，在孩子的成人仪式上，我也想对孩子们说：记住岁月，懂得感恩，主动学习，快乐生活，保留你生命中的那份爱与纯真。即将到来的高考，也许是你人生更大的挑战；但也将是你追逐理想、走向成熟的重要一环。不要因为暂时的成功沾沾自喜，也不要因为偶尔的失败怨天尤人；进入自己的内心，发现真正的兴趣，为未来把自己打造成一个幸福的公民，一个卓越的中国人。让世界看见我们的自信和笑脸，让我们用民主自由的政治制度、持续发展的经济成就、创意无限的文化实力与和谐美好的社会生活融入世界，并用我们的声音对世界宣布：10年以后，在座的各位同学，将要以各种姿态崛起在各个领域和国际舞台，并当仁不让地引领世界潮流！

（此文为在北大附中2013届高三毕业班成人仪式上的发言）

2012年12月30日，北大附中

生命温柔,文字敦厚

陈冬平是我的大学同学,他的这本名为《光阴的故事》的散文随笔集是我和我的同学们一直都在密切关注和热烈期盼的。每每读到那些曾经通过微信朋友圈分享的公众号文字,我们都会被这位老同学自强不息、笔耕不辍的人生态度所感动。

文字温柔,生命敦厚。浸润在光阴的故事里,风拂过的稻田和城市,云卷过的故乡和他乡,便是我们这代人共同的所有。

大学时代的冬平,总是低调纯朴,是那种真诚得想要分享内心、稳重得可以依赖的朋友。每当那条冬平常穿的草绿色军裤出现在我面前的时候,我就意识到不要再一边听着《亚细亚的孤儿》和《一无所有》,一边不无悲凉地胡思乱想了,而是应该聊一聊甚至"密谋"一些对我们来说更加重要的事情。比如,毕业以后怎么办?还有,要不要考一下研究生?

于是，在毕业之前，我们分别去了一趟上海和重庆。虽然都是失败，但我总觉得冬平比我更可惜。上海可以不要我，重庆为什么不要冬平？十多年后，当我第一次以电影学者的身份出现在重庆北碚的西南大学校园，我做的第一件事情，竟然是不由自主地独自一人去到了中国新诗研究所，这便是冬平当年投考并时常念叨的地方。清醒过来的时候，我差点流泪。

诗歌和文学拒绝的，其实是整整一代人。

但在我的心目中，冬平充满韧性地生活，满怀信念地坚守，终于成了比我更加纯粹的教育工作者和文学写作者。当我在冬平的微信和公号文中，不断读到他面向各界的作文讲座和写作心得，还有针对《红楼梦》和古典诗词的各种赏析文字，以及这本文集中描绘出来的日常生活中的小感动和小快乐，我感到由衷的满意；而在冬平的字里行间，散发出来的那种由里向外的幸福感，我就只能表示无比的羡慕了。

其实，对于我们这一代从20世纪80年代后期离开学校的师范学院中文系毕业生而言，无论作为教师的职业生涯，还是成就作家的人生梦想，所能遭遇的巨变、必经的挑战以及获得的经验教训，都是非常值得记录下来以便供来者参照的。尽管时光荏苒，我们这一代也在不经意之间走向花甲之年，造园垂钓的日子与含饴弄孙的晚景正在发出强力的召唤，但我始终认为，为了应答少年的初心并感谢活着的小惊喜，我们这一代还是可以写一点美好的东西，做一些值得的事情，以期存留更多的记忆，无悔将来的生命。

正是在这一点上，我确信冬平和我仍然会跟当年一样产生强烈的共鸣。眼前的这本文集，自然是再好不过的证据。在这本文集里，冬平予人最大的启示,也是最美的愉悦,即以自己怀念故乡的真情至性,在田垄和耕牛、稻米和莲藕、祖辈和乡民的意象中沉浸于民风民俗、家长里短和亲情友情,这是一种毫不矫饰的赤子之心;与此同时,以全部投入的身心和沉迷的姿态,共处北方乡野、南国都会以至全国各地的风景名胜,总能在春夏秋冬及其山川草木中感悟大自然的美丽与魅力,这也是一种难得的热情;还能在对普通劳动者的赞扬和本职工作的肯定中,将抑制不住的爱与快乐传达给身边的人群,正可见久违的欢喜和稳妥的安心。

我在想,冬平文笔的醇美温柔,及其呈现出来的生命本身的从容敦厚,既跟他扎根大地紧贴时代因而饱含"烟火气"和"人情味"相关,又跟他历经风雨终未湮灭的古典意趣、文人情怀和诗性追求联系在一起。沧桑固然深广,但归于平静的单纯更加饱含滋养。在这本文集中,冬平不止一次地提到了美国作家亨利·戴维·梭罗的《瓦尔登湖》,以及陶渊明、苏东坡、梁实秋、周作人和沈从文,当然还有汪曾祺、孙犁和董桥。他跟他们一样,既有生活的点滴,生命的温暖,也有通达的世界观;但又跟他们不同,冬平的散文随笔,尤其关联着在中国大地流逝的美好的人和风景,以及我们这一代人的苦情与伤感、幸福与快乐。

(此文为陈冬平散文集《风从故乡来》序,南昌:江西教育出版社,2020)

2019年12月12日,北京

语文者的思想境界

白玉志是我大学的同班同学。

三十三年前,第一次校园相遇,在我的印象中,白玉志真有点白璧无瑕、玉树临风、志向远大;后来熟了,就会偶尔相约到校园附近的山坡上聊天,聊世界的万千气象,文学的方方面面,更聊人生的爱恨情仇,故乡的家长里短。给我的感受,白玉志是那种对同学关心到细节、对朋友体贴到骨子里的那种人。这种性情,我是学不来的。

然后就是毕业了,分开了。去年夏天,我和朋友到了武当山,一众十堰的老同学登顶陪伴,白玉志也是忙前忙后悉心张罗,其无微不至的程度,都激起了同行美国教授的羡慕嫉妒恨。可遗憾的是,我们仍然没有来得及坐下来,慢慢地分享各自的经历,体会三十年一别的况味。

好在读到了白玉志的这本《爱的旅程》(团结出版社,2017)。

应该说，在这本文集里，我不仅读到了一个植根于鄂西北教育的中学语文工作者的职业操守、专业水准及其家国情怀和人文气息，而且读到了老同学三十年来的情感旅程、精神诉求及其思想境界和生命轨迹。作为难得的馈赠，我还从文集中读到了另外一个时空中的自己。

文集所选，基于作者三十年"奋战"中学语文教学与学校管理第一线的丰富经验，以基础教育和语文教学为中心，在现代教育学、教育心理学与创新人才学等理论基础上，结合世界的风云变幻、国家的命运兴衰与社会的整体环境，探讨了教育作为一个系统工程的复杂性、艰巨性和长期性，其中，《论素质教育的必要性和推行的艰巨性》《教育的心理艺术》《创新培养，基础教育的神圣使命》《论家庭、学校和社会的联手教育》《关于教育界最近发生的几件事的思考》《对办好"实验中学"的几点思考》与《十年磨剑话高考》等篇章，都是理性感性均备、情怀思想兼具的上好文字，想必也是作者自己最为珍惜的部分。《对办好"实验中学"的几点思考》一文，是为1999年8月新创办的郧阳实验中学而精心撰写的办学理念，从激活创新思维、培养创造性人才的教育思想出发，探讨"实验"的内涵及落实"实验"内涵的措施，观念前沿，思路清晰，自然会对郧阳实验中学的发展方向产生重大影响，也会为全国实验中学的创设提供一个不可多得的重要案例。而在《十年磨剑话高考》一文中，我读到了迄今为止为高考制度所展开的最有力量的辩护。作者雄辩地指出，经历高考洗礼，是人生的巨大财富；高考制度的存在，不仅大力弘扬了科学精神和人文精神，而且普遍提高了国民的文化素质并扩大了内需。这些文字，尽管主要发表在《郧县日报》《十堰教育》等"地方"报刊，但我以为，许多发表在所谓"国家级"或"省部级"报刊上的相关内容，在参考价值上是真的不如上述。

其实，在《爱的旅程》里，我最喜欢的部分是《思想随笔》。其中，《没有结局的结局——谈电视剧〈渴望〉的结尾》《该出手时就出手——谈四大名著的主题曲》《封建偏见下的丑陋人格》《也谈"优化投资环境"》《由"有眼不识泰山"想到的……》《由"我爸爸是……"想到的》《正确对待学生作文中的"消极现象"——由〈由一次考场作文想到的〉想到的》《大槐树下的沉思——有感于山西洪洞黑砖窑事件》与《感悟"红楼"选秀》等文章，或就电视剧集发表论说，或对社会现象展开批评，或以中学教学寄托感慨，都是视角独特、思考深刻，忧患意识力透纸背，人文关怀呼之欲出。现在想来，作者对电视剧《渴望》的结尾和《水浒传》主题曲等"细节"问题的关注，原是跟他自身的为人和性情联系在一起的，都能达到见微知著、令人感佩的效果。而在《大槐树下的沉思——有感于山西洪洞黑砖窑事件》一文中，作者看到报刊上所载的山西洪洞黑砖窑"泣血的消息"和"心殇的图片"，表现出良心的不忍。面对那些令国人与世界震惊的鲜活的现实，作者发出了从根本上疗救社会与人性的呼声。我在想，如果放弃教学专事写作，白玉志应该是一个同样成功的散文家吧！

有趣的是，在《爱的旅程》里，我最感兴趣的部分竟是《新闻综述篇》。我不知道所谓的"新闻综述"该是怎样的叙事体例和写作方式，但从白玉志的"新闻综述"中，能发现一个中学语文教育工作者立足家国、胸怀天下的精神气质，这是一种不同凡响而又令人激动的思想境界，偶在《人民日报》或《环球时报》中露出端倪。在《品味1997》《请问克林顿：评北约轰炸我驻南联盟使馆》《洪荒启示录》《伊拉克战争之我见》与《2008，365次回眸》等文章里，白玉志几乎是站在一个普遍正义和无比正确的立场上，对全球治理与国家事务表达了自己的爱憎。尽管对其中的某些观点并不赞同，甚至明确反对，但我还是得说：将"新闻综述"写出史诗的构架和恢宏的气度，无论如何，也是非语文者的思想境界所能抵达。当《2008，365次回眸》一文，出现"人心向善，勇敢面对；正义在心，众志成城"的结尾时，我也是被感动得稀里哗啦。

白玉志让我佩服的地方还有很多。也是在这本文集里，我第一次遇到了"下水作文"这个概念。我惊叹的是，就2007年湖北高考作文论题，白玉志竟然能写出三篇不同角度、不同立意但同样深刻、同样动人的"下水作文"。关于诺贝尔文学奖、母语及其他，白玉志仍以雄辩的文风和纵横的文笔，讴歌了母语的伟大、唐诗的伟岸及其文化的绚丽与文明的绵延。即便是在《旅行见闻篇》里，面对走过的张家界、虎啸滩与甘南的自然和人文风光，白玉志也没有停止思考。语文者的思想境界，让这些名山大川，平添了许多独特的意绪。

现在我已明白，所谓语文工作者，如果拥有爱和坚定的思想境界，就会从文字中散发出令人折服的气场。作为三十三年的老同学，刚一读完白玉志的《爱的旅程》，我便立刻认定了这一点。

（此文为白玉志《爱的旅程》序）

2017年9月10日，北京

读研，就是我们需要的人生

为了做这个报告，我在网上搜索了一下"读研"这个关键词，一下子出现了3200多万个相关结果。第一页就有广告：读研究生，1.5年拿证，监管网可查，不用出国；有文章说辞职读研后悔死了，读研必须辞职吗；有文章说读研和直接工作的差别是工资高一点，人生差三年，但直接工作的同学更容易成为人生赢家；也有文章历数了读研的好处，薪酬优势是必须的，而对很多人来说，读研还有前往北、上、广、深等一线城市的落户优势。好不容易打开一篇讨论读研改变人生观的文章，但最后的结论是"千万不要轻生"。

我再一次拜倒在这个我们不得不赖以生存的搜索引擎面前。

也为我们这个充满了投机、欺骗、焦虑和患得患失的功利主义时代表示深深的忧虑。我们曾经以为将会越来越美好的世界，并没有如我们所愿，反而变得越来越物质而且无知。那么，我们曾经以为将会越来越有价值和意义的人生,到底在哪里呢?

不知道有没有同学开始厌烦:开学原本就是应该开心的事情,读研就读研,想多了太痛苦;或者,想跟老师谈学问,老师却总要跟我讲人生,实在没劲。

然而,我说人生就是学问,你应该没有意见;而学问就是人生,你可能就没有我的体会真切。无论如何,在读研这件事情上,我也算是个历经风雨归来不再少年的过来人。如果经验不值得效仿,教训肯定是有一点用处的。

托改革开放与和平发展的福,我们这一代"60后",是有机会接受从幼儿园到博士后这一完整教育链的一代人;如果足够努力,天资不错,运气也好,我们中的一部分,即便出身低微,也可以在本科阶段骄傲地挺进北大清华,在博士阶段神奇地拿到哈佛牛津的offer,然后在常青藤就任终身教职,或者回归故里光宗耀祖。我的本科专业是文学,读过中国现代文学史上许多著名作家的传记,很长时间都走不出自卑或者为当代文学自卑的怪圈:因为鲁、郭、茅、巴、老、曹的家庭出身和教育背景都太强大了;更不用说胡适的"绮色佳"和徐志摩的"康桥"。但后来,我也慢慢想通了:我是当不了这样的作家的,还是早放弃早获新生;当代文学的成就虽然比不上鲁、郭、茅、巴、老、曹,但当代作家特别是新时期以来的作家们,因为身处战争与动乱之外,应该是更能张扬个性,横溢才华,创造史诗,抵达巅峰;至少,作为个体的生命,可以更加有效地免于疾病的威胁和死亡的恐惧,少一些巴金的"忏悔录",永远避开老舍的"太平湖",得以从心所欲,善始善终,这就是我们比祖辈们和父辈们更加幸运的地方了。

当然,有同学会说,每个年代的人都会面临非常严峻的问题。跟老师这样的"60后"相比,我们"90后"的生存同样不易,竞争更加白热化,机会也是稍纵即逝,甚至,一个户口,一间房子,就把我们打倒了。

我肯定不会劝你不要在意。相反,你真的应该好好地想一想,算一算,争取在读研和工作之间做出更加严肃的权衡。你要一遍又一遍地追问自己,为什么要读研?为什么要做学问?就像哈姆雷特的经典台词: to be, or not to be。一遍一遍地念下来,你就知道莎士比亚为什么这么伟大。

因为人生最大的困难,不是正在或将要发生的,而是面对自己的内心,勇敢地做出无悔的选择。

既然如此,我相信坐在这里的你们,已经都是自己的英雄了。英雄有什么特质呢?德国思想家恩斯特·卡西尔曾经说过,英雄是神与人的中介,因为英雄的出现,神与人之间的最后一道屏障消失了。显然,跟常人不同,英雄需要跟"神"对话,就应该减少一些来自人间的脂粉味、烟火感和江湖气,更多一些来自圣境的"理想"和"信仰",以及"诗"与"远方"。也就是说,作为自己的英雄,你可以在自己正值青春飞扬的年龄里,尝试着笑对压力和贫困,鄙视权力和金钱,做一个有思想深度和精神追求的人,不要过早地陷入社会运作的巨大齿轮,以所谓的成熟和成功掩盖心灵的空虚和生命的早衰。说得更加通俗一点,你不可以再傻傻地成为任何人的粉丝,尤其是蔡徐坤、李现的迷妹,特别是在电影学院。

总之,读研,或者做学问,就是要让自己成为自己的英雄;退后一步,让自己成为一个与众不同的人。然而,又有人会说,我生来与众不同,因此不必用心太专,用情太深。玩着玩着我就研究生毕业了,说着说着我就拿到电影学院的博士文凭,去北大做博士后了。我要说这种心态是要不得的,事实已经付出了惨痛的代价。王羲之要写秃多少支毛笔,才能成为一代书圣?孙悟空要打掉多少妖怪,才能护送师父取到真经?我们要读多少本书,看多少部电影,写多少篇文章,才能真正拿到值得骄傲的研究生文凭?

如果在你毕业的时候,还是刚入学的那个样子,只想把文凭当作就业的敲门砖,或者炫耀的装饰品,面对人类的知识或思想缺乏基本的尊重和谦卑,我敢肯定地告诉你:千万不要说自己读过研究生;不然的话,你一定会重蹈覆辙。

务虚之后,赶紧务实。

读研期间,我们需要从学校获得什么?从导师处获得什么?从学术圈获得什么?

读研的学校也是母校,但跟本科阶段的母校有所不同。你已经不可能像在本科阶段的母校一样,无拘无束甚至肆无忌惮地在这个母校挥霍你的时间,放纵你的人生了。毕竟,你的年龄也在增长,来自家长、亲朋和社会的压力越来越大,你必须正确处理更多的人际关系和公共事务。特别是博士研究生,没有恋爱的可以抓紧恋爱,想要结婚的正在找房子,已经怀孕的憧憬着可爱的下一代,带着小孩的走路都在犯困发誓不再要二宝,有一些男博士或者女博士,不是在离婚的路上,就是已经离婚了。更具挑战意味的是,无论你有多少压力,博士论文都是一道鬼门关,等待着你去穿越。

我的观点是,既然已经走到了鬼门关,就不要再回头了。要想成为自己的英雄,这正是接受考验、获得正名的必经之路。如果放弃,有可能成为你人生中最大的一个失败的隐喻,此后的人生,都不会坚持,这样的代价也是非常惨痛的。至今我还记得 23 年前我在车公庄文化部招待所地下室修改博士论文的情景，那真是一段四季惨淡、日月无光的悲剧经历。年方三十的我，面对地面上所有的人群，就像面对地下室的妻儿一样，充满了自责和羞愧。但在亲友和导师的帮助鼓励之下，我终于挺了过来。说真心话，当我拿到中国首届电影学博士学位证书的时候，当我的名字第一次出现在《人民日报》海外版和《中国电影年鉴》里，我并没有思考这对我自己到底意味着什么；而当我先后离开中国艺术研究院和首都师范大学，以所谓人才调动的方式，奇迹般地站上了北大讲台，我也并没有太多地将那一段坚守跟自己的命运联系在一起。但我不得不承认，今天我所拥有的，以及我将追求的，很大程度上都是建立在我的母校中国艺术研究院研究生院给予我的艰难考验和博士文凭的基础之上。我以母校为荣，也希望母校因我的远走高飞而骄傲。

当然，作为研究生，母校里最重要的是导师。夸张一点的表述是，读研可以没有母校，但不能没有导师。人的一生中，即便非常好学，或者条件优越，也往往只有一个或者两到三个机会获得名正言顺的"导师"。因此，无论导师地位如何，水平高低，自始至终都要珍惜。常言师徒如父子，现代教育理论虽然不太认可这种人生依附性的师生伦理，但在中国，还是在很大程度上保留了这种并非全是糟粕的师生关系。更为重要的是，学术是一种历代传承的知识体系，学派则是师门共同建构的学术风格，从学术延展的角度，学生继承导师的衣钵是非常自然，也极为重要的事情。

但现在的师生关系，似乎越来越不像我们那个年代。在那个年代，导师的一句话，一个要求，我们是要琢磨良久，认真贯彻的；但现在，似乎有所不同。导师们在一起吐槽，经常会说哪个博士生已经失联半年屡寻无果,哪个硕士生论文改了 N 遍还是错字连篇。我记得曾有一个 MFA,两次提交毕业论文,都是在最后一天才拿给我看,并央求我直接签字,我很是无语,觉得出现这种情况是相当诡异的,至今都不明白为什么会这样。好在这位研究生毕业后,也就黄鹤一去不复返了。

为了更好地继承和发展,我觉得:第一,研究生在读期间,最好读完导师所有的著述和作品,然后继续涉猎更多的相关经典和研究领域,只有这样,才能更好地跟导师当面交流和保持沟通;第二,研究生在读期间,最好跟导师保持良好的工作关系和个人交往,从导师身上体会更多为人处世的道理;第三,论文写得认真一点,答辩时让老师脸上多一点面子;第四,研究生毕业后,最低限度不要辱没师门,如果可以的话,一定要做出超过导师的成绩。

显然,学术也是以朋友圈的方式存在的,学术一点的说法是存在一个"学术共同体"。现在,要从圈外进入圈内,越来越要付出比以前更大的努力;而判断自己能否入圈、是否入圈,也是一种努力和能力的体现。无论圈内多么拥堵,圈外多么不堪,都需要以勤勉加天分而养成的实力,以及优良的著述或作品当作真正的通行证。才不配位的状况既令自己惶恐也让别人难受,雷声大雨点小的行为也是虚张声势,最终仍是空虚。

总之,读研是我们自己的选择,选择使我们成为自己的英雄。学无止境,艺无止境,光影绵长;但片长有限,人生有涯。读研,就是我们需要的人生。

2019 年 9 月 5 日,北京电影学院

我们现在怎样做教师

我今天的讲座分为两个部分。第一部分为主旨阐述，出发点在将"现在"理解为"在这个时代"；第二部分为案例讨论，落脚点在将"现在"理解为"在疫情期间"。

之所以愿意在这里跟大家分享，是因为"怎样"的问题也困扰了我很多年。一方面我是"师大"出身，本科就读和一度工作在两所师范大学；另一方面，到现在为止，我分别在西安和北京的三所大学里教书，已经接近25年，其间也到过日本、美国、意大利和巴西等海外一些大学访问或讲学，觉得应该有点想法了。尽管更多不是经验的介绍，而是教训的积累。

为了准备这次讲座，我又认真阅读了两遍鲁迅先生写于101年前的著名文章：《我们现在怎样做父亲》。

因为我既是大学的教师，又是一位大学生的父亲。我相信坐在电脑前的各位"60后"和"70后",大都跟我一样拥有这样的双重身份。因此,讨论"我们现在怎样做教师",也就必然涉及"我们现在怎样做父亲"的大道理。而从这一层面理解"教书育人"或"教学相长"等问题,就会显得更加形象生动,也更能感同身受了。

鲁迅的睿智与深刻是超越了时空的。当我再读《我们现在怎样做父亲》的时候,我觉得他不仅在谈我们现在怎样做父亲,更是在谈我们现在如何面对生命的延续和发展,以及中国的当下与将来。

然而,直到101年后的今天,我觉得我们仍然没有真正读懂鲁迅;或者说,鲁迅的理想仍然没有真正地实现。从各种迹象和表现来看,现在的我们,还不能说已经"觉醒",开始如鲁迅所愿地懂得以"醇化"和"无我"的爱,去理解、指导以及解放"各自的孩子","自己背了因袭的重担,肩住了黑暗的闸门,放他们到宽阔的地方去;此后幸福的度日,合理的做人。"

正因为如此,对于我们现在怎样做教师,我是没有现成的答案,也无法提出行之有效的策略和方法的;相反,总在怀疑自我身份的过程中,时时担心误人子弟;而当我在上周无意间看到台湾美育家蒋勋的一个视频,讲述"我为什么要离开大学"的时候,也是心有戚戚焉。

蒋勋说他对主流教育一直有一种抗拒。在大学里教书,跟学生讲美学理论。春天到来,校园里开满鲜花,学生全都在看户外,是没有人专心听课的;春天花开烂漫,好像在呼唤青春的生命的激动,这才是重要的。他也常常举一个例子,在大学里教艺术欣赏,会讲到贝多芬的第九交响曲的音乐形式,及其跟奏鸣曲和协奏曲的区别,然后播放第九交响曲。有的学生一直抄笔记,把写在黑板上的所有东西都抄下来,因为他们知道考试要考;可是,他看到有个学生听音乐的时候发呆,一个大男孩忽然就泪流满面,被同学们发现后觉得很不好意思,蒙着眼睛走出了教室。蒋勋也一直在想,自己是不是敢给这位真正被音乐触动的同学打一百分呢?显然,那个分数不敢打,于是觉得对不起自己教的美这个东西,便离开了大学。

诚如蒋勋所言,以考试分数和学科评估判断水平高低和学校档次的主流教育,往往只能容纳理性的美学而埋没了感性的美,也不会提倡春暖花开的时候一齐去面朝大海,便有可能错过或者耽误了一些天赋异禀的"新人",使他们在未来的人生中无法"幸福的度日"与"合理的做人"。这也是像我这种教授艺术的大学教师时刻都在面临的问题,动不动也会跟蒋勋一样愧疚不已。但包括我自己在内的我们中的大多数,都无法效仿蒋勋离开大学。正如该视频下的一条留言所说:"该老师若在大陆,不是他离开大学,而是早就被大学开除。无饭食,世界什么都不美了。"

遗憾的是,世界往往就是这么运作的。

所以,在大学,我们现在怎样做教师,就是一个不无被动意味但又非常复杂的命题。

但我还是想要按照鲁迅的思路说下去。为了生命的保存、延续和发展,对后起的"新人",我们应该如鲁迅所言,通过更加"扩张""醇化"和"无我"的爱,甚至以"牺牲"的精神,使其"健全的产生""尽力的教育"和"完全的解放"。

在这里,身为"长者"的父母和教师,首先需要警惕"长者本位"和"利己思想",克服恩威、名分的念头与所谓天经、地义的观点,断了父子和师生之间施恩放债、责望报偿的心态,以避免失去做父亲和教师的资格；即便硬做了父亲和教师，还会像古代的草寇称王一样，既算不了正统，也有可能违背伦理道德甚至触犯法规条文。在我看来，鲁迅所言既是身为父母的标准，也是教师职业的底线。

因此，当我每次经过北京师范大学在铁狮子坟的校园，看到启功先生手书"学为人师，行为世范"的校训，总是感觉非常惭愧，自认在学问和人品方面都无法达到"为人师"和"为世范"的高度，便开始检讨自己的"师范"生涯，极有可能连基本的标准和底线都忘记了，于是灰溜溜返回，开始面壁思过。

我们现在怎样做教师呢？无疑，"学为人师，行为世范"一般的校训只会照出我这种教师心中的"小"来；"云山苍苍，江水泱泱，先生之风，山高水长"一般的高风亮节，虽然令人怦然心动，但也是太过神圣的一种境界了；只有鲁迅呼唤的"觉醒"及其倡导的"爱"与"牺牲"，似乎更有启蒙意义，也能让大多数父母和教师身体力行。大凡我们这一代尤其我们的父辈和祖辈，都是背负了太多"因袭的重担"，因而必须用肩膀扛住"黑暗的闸门"的，为了让各自的孩子和未来的新人去到更加"宽阔的地方"，"幸福的度日，合理的做人"，我们最应该做的事情，就是反思和洗涤我们自己身上的"因袭"和"黑暗"。这种"因袭"和"黑暗"，即便相当隐蔽，也是非常强大的。我就特别害怕观看自己的讲课视频，因为总会发现自己的某种表述或某个观点，有意无意中流露出陈腐的封建遗绪或武断的暴力倾向，而这正是未经明辨流行于当今社会的一般认知。作为教师，如果不是用黑色的眼睛去寻找光明，并将一个更好的世界许诺给学生，那么，就会有人质疑我们的资格，批评我们"老而无能"。

大家应该都熟悉"精致的利己主义者"一说，我也曾非常赞同钱理群老师的判断,将那些为了更高绩点和留学推荐的目的而"利用"老师并且不知道感恩的学生,当成"精致的利己主义者"。但在最近一些年里,我也慢慢改变了看法。我在想,学生为了更高绩点和留学推荐的目的本身,是没有错误的;我们给了学生更高绩点和推荐信,也是我们自主的选择,怪不得学生。那么,我们的不满是什么呢?似乎就是因为学生在我们能够容忍的时间范围里,没有对我们的选择做出感恩的表达。然而,这种对感恩的要求,跟父母对子女的孝道索取不是同样存在着问题吗?而孝道恰恰是鲁迅猛烈抨击的对象,《我们现在怎样做父亲》一文正是针对于此。为了抵达相互理解、各自独立而倾向于幸福度日、合理做人的教育目标,我们更需要反省的,不是学生中的所谓的"精致的利己主义者",反而是作为教师的"长者",也就是我们自己,在思想观念中总是无法清理的那些保守和惯习。

但钱理群老师在鲁迅的"希望之为虚妄,正与绝望相同"精神感召下,留给青年"目光向下"并且"不停地往前走"的寄语,仍然鼓舞人心。确实,世界是多元的,人性更复杂,尤其已经走到了全球化与数字时代。变动不居之中,人类命运共同体能够坚守的价值已经弥足珍贵。当下,早已饱经沧桑、忧患重重的地球,又在经受前所未有的疫情挑战,未知仍然大于已知,这也更让我们深知:我们可以依凭的唯有和平与发展,爱与自由。作为一个大学教师,除了需要以严谨的学术精神为人类提供创新的知识探索,还要跟大学生一起,积极主动地融入世界、国家和社群,立足中国的大地和民间,理性面对全球的风云变幻,在与大学生和年轻人交流互动的过程中,改变我们的师范心态和故步自封,让"教书育人"的师德之本,变成更加平等、更有尊严也更能适应未来的"有教无类"和"教学相长"。

（此文为北京高等学校师资培训中心举办的"高校教学名师谈教学"——青年骨干教师教学能力提升培训班视频讲座而作）

2020年4月7日,北京

下・生活流

爱情的茶味

爱情到来的时候,还不识任何茶的滋味;而当岁月流逝,爱情的茶味已成生命的滋味,在回品时渐甘,在不经意中渐浓。

是在二十多年前的古都西安。在平常的日子里,大雁塔还是安静的,远远的蝉声和淡淡的树影,仍有一丝散不去的盛唐余韵。太白路上的将进酒餐厅,路名和店名一并真切,看起来是无法低调的霸气。而在李白杜甫的城里,大学南路的炒面和砂锅是最令人期待的美食,运气好的时候还能遇到路遥或者贾平凹,分别带着他们的传说中美丽动人的妻子。

大学的附近,总会有一家茶叶店。

对饿了吃饭、渴了喝水的年轻人来说,茶叶店其实是多余的。即便是茶叶本身存在的理由,似乎也很不充分。但在某些特定的情况下,还是会去到茶叶店,点上一两包茶叶带走。而这些被带走的茶叶,其实是非常无辜的。因为带走它们的人,完全不懂得它们。它们被随机选中,无心抛洒。对那些有品有味、有名有牌的茶叶来说,当这种情况出现的时候,显然是过于屈尊了。

那一回,被带走的茶叶叫太姥香云。

十多年后,新与嫚再一次回顾他们两人的爱情。那些最美好也最难忘的部分,竟然共同指向了这种叫作太姥香云的茶叶。怎么说呢?时间应该是夏夜,场景已经转换到九曲回肠的长江航线,新与嫚回到老家省亲。因为囊中羞涩,只是买的轮船上的无座,幸好已经习惯了无座的旅行。客舱里无处立足,便只好挪到了船头的甲板,幸好船头正是热恋的天堂。平野绵延,江流依稀,人声已消,月白风清,该是浪漫一点的时候了。

搜索行李,竟然发现了太姥香云。原来,有一些无心置放的东西,是会全心全意跟随的。拿出两个大小不等的玻璃杯,打开茶叶,接了船上的开水,简简单单地泡上之后,便就着点点的星光开始海阔天空地聊起来,聊的都是以后再也想不起来的话题。夜深至极,仍然没有倦意。

喝起来的时候,两个很少喝茶的人,就只想聊茶了。实在太好喝了,以前怎么没喝呢?这么好喝的茶,怎么没有听说过呢?还有,从来没有喝过这么好喝的茶。

这条爱情的航线,弥漫着太姥香云的茶味,甘爽无比,惊为天人。此后的日子,是忘不掉的了。虽然见了更多的茶叶,但在爱着的人的记忆里,只有一种茶叶是特别的,更是唯一的;也只有一种茶叶,总是记挂着,却不再苦苦找寻。

因为问过很多的茶庄和不少的茶人,在他们的回复中,从来不知道太姥香云。

2016年11月14日,杭州至北京高铁

江　中

"江中"既是江流的水面,也指长江中部的干流。本文所记,没有"悬知岸上人,遥振江中鼓"的复古诗情,只为朴素的童年经历和遥远的故乡回忆。

故乡在两湖平原(江汉平原与洞庭湖平原)的地理中心,荆江蜿蜒曲折迤逦而过,却因地势低洼极易溃堤。这名闻天下的"九曲回肠",空中俯瞰天地苍茫异常壮美,但每年夏天江水暴涨恣意泛滥,便成为万里长江最"险"之所在。

就生在长在了这样一个长江的岸边。

因此,最多的江中经历都在盛夏,但最早的江中记忆却在冬天。

家在江北,舅在江南。年节之时,特别是春节、清明和中秋,就会被母亲频繁地带过长江、领回娘家,顺便向舅舅们汇报成绩、听候指令。这样的安排总会让我惴惴不安,但考了高分之后便会兴奋莫名,终于等到了去舅舅家做客打牙祭的好机会,还有在表弟表妹面前炫耀的高光时刻。

然而,舅家虽然不远,却是要横渡长江。小的时候,要沿着大堤走到离家较近的古长堤渡口,坐上人工操桨的小小木船。小船名为"鸭划子",能容十人左右,但已经吃水很深,江水几乎没到了船舷。看"渡船佬"奋力划桨,冰冷的江水摔落过来,有的时候灌进船舱,溅流到手背、脸颊和裤腿,还是非常刺骨的。母亲心疼了,就会把我的手拉过去搓一搓,还不断地往上哈着热气。渡船佬当然是更不容易,寒冷的江风猛刮过来,早有冻疮的地方就又添了新的冻伤。但冻得再狠,也是不会停止划船的。

渡船佬是村里的乡亲,几乎认得所有的过渡人,了解每个过渡人的家长里短和大小变故,就成了那个年代颇为灵通的信息发布中心,在我眼里便是见过世面的"老江湖"了。但如此勤苦用力的"老江湖",总也敌不过寒冬腊月的长江威力。坐在舱里的男女老少,也大多体验过这条大河四季轮回的坏脾气,倒也习惯了这种亘古以来人与江之间的暴虐关系。

毕竟,过得江去,见到亲人,是比任何寒冷和危险都更加重要的事情。何况,船行江中,也有难得的惊喜。有的时候,会发现辽阔的江面上,开始出现一头又一头黑色的"江猪",在江水中逐浪嬉戏。高兴了还会追赶着小船,欢快地上下腾跃。后来才知道,这种学名"长江江豚"的水中精灵,已经是地球上仅剩千头的濒危物种,便不免怅然若失。当然,一同消失的,还有母亲的身影和童年的孤寂。

童年的长江,远比孤寂更有诱惑力。每年夏天,长江涨水,离得很远便能看到大船的桅杆和小船的白帆,是从宜昌下来的游轮,或者要从岳阳上去的渔船。江水越来越大,甚至漫过了堤沿,溃垸的谣言像热风充斥在空气中。母亲更加愁眉不展,儿童却难抑内心的雀跃,暗中想象着江水吞噬后的家园,一片水乡泽国、远古洪荒的悲惨图景。

是偷着去"打paoqueo"(游泳)的时候了。洪水泛滥,在堤沿就能体验与长江共舞的快感,对江边长大的所有孩子而言是无法拒绝的召唤,即便方圆几里,每年都有人卷入激流、有去无回,但没有一个孩子会真正地害怕。他们都会瞒了家长,相约跑到江边,脱下裤头,赤条条地投进滚滚的浊浪。前赴后继,年复一年。

真正害怕的是母亲。记得有一年夏天,我也加入了这样的队伍。事情败露后,便被母亲拿着笤帚追打了好久。悄悄地回到家里,还看见母亲一个人蹲在屋角暗自垂泪。不懂事的时候不懂母亲,懂了之后,母亲也就不在了。

无论冬夏,长江的记忆总是母亲的记忆。当寒冷超过了限度,长江不会结冰,却要"封渡"。那一年最冷的冬天,我就差一点因为"封渡"错过了母亲的最后一面。好不容易赶上最末一班渡船,船行江中,寒风凛冽,奔母之丧的我终于清醒过来,突然意识到母亲不在了,从此就会成为永远流浪的丧家之犬。

泪水模糊双眼,母亲的儿子留在了江中。

长江,母亲,你是我最爱的,最深的,痛。

2019年8月14日,北京

梅

家属区,非主流道旁,几株蜡梅寂寞地开着,散发浓郁的幽香。

出门的时候,即便时间很紧,也会想要绕了路来看一看;每次回家,则会在这些梅前驻足徘徊,很久不想离开。受专业和爱好的驱使,确实读过不少咏梅的诗文,也能跟葬花的黛玉和报春的伟人产生共鸣。但也自知此生,心气紧张根基难固,修不了茶道花道,也终非爱花惜花之人。

但这几株蜡梅,还是让我成了短暂的花痴。

诚然,花是人人都爱的,何况梅花。因爱至极,文人画士"孤僻之隐"的为祸之烈,一度令江浙之梅皆"病",由此生发龚自珍脍炙人口的《病梅馆记》,这也是中学教科书里人人必诵的名篇了。尽管在此前后,蜡梅和梅分为不同科属的常识,并未引起普通人必要的关注。固执如我,仍然强烈地想要把它们混同在一起。

今年春节,回到无锡省亲,最想去的自然是梅园。无锡,虽无江宁龙蟠、苏州邓尉与杭州西溪之声名,却也是江南著名的赏梅胜地之一。正月初二早上十点,梅园已是人头攒动。暗香袭来,回首怅然若失;梅开之处,几无立足之地。好在无锡的天气懂得人的需要,久雨初歇,难得晴朗,小吃街人声鼎沸,串香四溢;开原寺烟火缭绕,信众拥挤。年节最好的应景,也便是这繁盛热闹的人间气息。

然而,进了梅园,梅在哪里呢?遇着了触目皆是的梅,但心里终究是空落的;或者,遇着的梅都有无主的格调,但谁来承纳匆匆而过的宿命?这繁盛热闹的人间,确乎太过喧嚣嘈杂,既配不上这一整园的梅,也枉费了历朝历代的诗文。

记得1934年,著名导演费穆曾取景苏州邓尉,编导了一部无声影片《香雪海》。遗憾的是原片散佚,仅留部分剧照和影片本事。自从第一次知道这个片名开始,我的脑海就在放映这样的电影:大地回春,梅林吐艳,开遍十里香雪;阮玲玉饰演的主人公,跟寒梅一样清幽美丽,傲骨孤芳。在我的想象中,人与梅之间,就应该是这样的关系。

而平素听了太多费玉清演绎的《一剪梅》,觉得那种"爱我所爱无怨无悔"的美好,早已超越了梅花本身。但偶听原曲作者陈彼得演唱的版本,就会在朴拙之间捕捉到另外的声音:"雪花飘飘北风萧萧,天地一片苍茫;一剪寒梅傲立雪中,只为伊人飘香。"

天地之下,一梅一人。如是而已。

再看身边的梅。

想必也是唯一的爱了。

2019年2月26日,北京

来到身边的书

记得当年搬家,面对一捆又一捆数不清的书刊和碟片,搬家公司的小伙子犹豫了半天,终于非常疑惑地问:您到底是摆书摊的,还是开碟店的?

既不是摆书摊的,也不是开碟店的。只不过是读书看片、写书论片而已。

又记得物业进门,看到书房里堆满了书刊和碟片;偌大的客厅,竟也打上了两墙齐顶的书架,塞满了杂七拉八的物什。见多识广的物业大妈,显然也被震惊了:这么多书,这么多电影,你真的都能看完吗?

当然是看不完的啦。既然看不完,那还要这么多书、这么多片干吗呢?!买起来花钱,放起来占地,用起来有什么用呢?!大妈理直气壮地评论着,但也一脸不解,却又很快释然。楼下音乐声响,广场舞就要开始了。

在广场舞的节奏中,打量着身前身后看不完的书刊和碟片,既倍感压力,又如释重负,还涌现出一股莫名其妙的情绪,乃疏离与亲切的相互交织,真的是一种非常特别的心理体验。

我不是藏书人。跟一些我所尊敬的思想中人和学术中人相比,也不算读书很多的人。为此总觉得"欠书"太多、"欠人"太多。在很长一段时间里,我的读书看片,是为了写书论片,目标十分明确。在读书看片方面,虽然不够,但也明白了自身的欠缺;而在写书论片方面,算是孜孜矻矻、甘苦自知。但近年来,情况有所改变。我逐渐感觉到,在一个人的生命历程中,累积数十年黄金岁月,辗转地球上各个角落,把这么多书刊揽拢过来,把这么多碟片觅在一起,让它们跟自己建立某种内在的关联,然后相互之间无怨无悔地追随、安安静静地陪伴,就是极为难得的缘了。来到身边的每一本书和每一部影片,就像专程去到的每一家书肆和每一处碟店,碰到的每一种天气和每一个人,其中的每一次选择,都是在等待每一次独特的遇见,以及每一回不同平常的发现。这种愉悦,主要作用于心情和灵魂的深处,也是其他的癖好很难比拟的。

心宁的时候坐下来。沐浴着透窗的阳光,泡上一壶老茶,把紧迫的事情赶得更远一点,随随便便拿起一本书,或者漫不经心打开一部电影。在这样的氛围里,就有可能会突然意识到,手中这套朱光潜先生的《西方美学史》,竟然是在老家的一座小城买到的,时光已逾三十年,今日翻阅,宛如初现;或者是另一本米兰·昆德拉的《生命中不能承受之轻》,时断时续地显着研究生时代的阅览心得,但在封二左上角,却留有仅属两人的诗的酸腐和爱的胡言。至于那部电影,如果不是拉斯·冯·提尔及其DogMa95,就是阿巴斯的《樱桃的滋味》了;或者,干脆就是波兰斯基、塔尔可夫斯基和基耶洛夫斯基。

这样下来,书是更加看不完了,越来越多的电影也完全看不过来。这些又花钱又占地又"没用"的书刊和碟片,都在网络的云上飘浮着,一点击就会蜂拥而至。但无论如何,那些逛书摊、淘碟店的日子,是不会再来了。人在变老,书刊和碟片也在消失,但彼此之间的相互看望,不是那种召之即来挥之即去的。

2016年12月15日,北京

城中传奇

前年春天在澳门,为了拜访澳门大学郑裕彤书院院长钟玲教授,并借此机会向已故武侠电影大师胡金铨导演表达敬意,我起了个大早,独自一人从位于氹仔伟龙马路的澳门科技大学出发,徒步穿越嘉乐庇总督大桥,一路走到著名的大三巴牌坊,之后经由朋友指引,终于在天黑之前抵达澳门大学横琴校区。

这是我第一次走过澳门。

两年前,澳门科大校外的路氹连贯公路圆形地,还在不紧不慢地施工,但校园周边,确实已是一派集博彩、旅游、会展和美食、购物、娱乐为一体的亚洲拉斯维加斯景观。尽管下榻在喜来登金沙城中心的宏地楼,但每次出门后回到酒店,我都会很不争气地在酒店内部迷路,打听一番才能侥幸地找到房间。出于好奇,还在金碧辉煌、豪奢逼人的威尼斯人度假村走过一遍,不仅感叹于这一五星级酒店大胆复制威尼斯水乡拱桥、小运河和石板路的惊人壮举,而且总是不能自拔地抬起头,乡下人一样地沉迷于穹顶上以假乱真的威尼斯天空。为了体验澳门的电影院,还跟清华大学尹鸿教授一起,在浏览了氹仔官也街的各种特产"手信"店之后,去银河影院看了一场热度不低但价格不菲的原版《五十度灰》。竟然奇迹般地意识到,这个发生在美国西雅图但令人想入非非的 R 级霸道总裁故事,不仅特别适合澳门,而且跟澳门的西方化东方和全球化在地一样不可思议。

只有走过才算经历。既为傍晚的钟玲教授之约,也为逃避身边的拉斯维加斯,我才决定用脚丈量一下这座城市,也是想用心领会一下闻一多《七子之歌》中的澳门,在回归祖国 16 年之后,这被"掳去"了"肉体"的 Macau,是否依然还像当年一样"保管我内心的灵魂"?

迎着汹涌的车流,嗅着海风的气息,一个人行走在嘉乐庇总督大桥上。这样的自由,正应了想象中策划多次的"暴走"体验。尽管从一开始,我就没有记准这座大桥的名字;进了澳门半岛,漫无目的地往返于苏亚利斯博士大马路、约翰四世大马路、水坑尾街、卖草地街、议事亭前地等诸路巷,除了入眼的鲜花和小店,最感兴趣的也是这些中西混杂的马路和街道名称本身。说实话,当我不经意地从"草堆街"转到"庇山耶街"、从"俾利喇街"转到"观音堂街"的时候,确实感到了时间和空间的自由穿越,以及肉体和灵魂的某种分离。

回到钟玲教授。

早在 1978 年,胡金铨便因《侠女》和《山中传奇》两部影片,获选英国电影指南推荐的"世界五大导演"之一。也就是在这一年里,《山中传奇》的编剧钟玲嫁给了导演胡金铨。根据耶鲁大学孙康宜教授的讲述,在此之前,钟玲任教于纽约州立大学,还没有拿到终身教职,当胡金铨去到纽约州立大学演讲,跟钟玲"一见钟情",并立刻向她求婚,钟玲也非常"罗曼蒂克"地"立刻辞职",随后跟着胡金铨回到了香港。又按钟玲在《画画的胡金铨》一文中所记:"在香港刚结了婚,我们就去澳门住了两个星期,不是度蜜月,也不是为了尝尝豪赌的滋味,而是去'做功课',因为香港的诗朋酒友日夜招待,很难定下心来。我们把自己关在旅馆里,他写《空山灵雨》的剧本,我写《山中传奇》的剧本。外面日以继夜,鞭炮声不断,旧历年快到了。"

三十多年过去了。那一年旧历年的澳门烟花,曾经盖过葡京酒店的灯火辉煌。我在想,才华横溢、琴瑟和鸣的一对新婚夫妇,应该不会预计十年后的劳燕分飞,更不会料到又一个十年后的阴阳相隔。现在的澳门之于我,只是一片用来行走或驻足的所在,但对于钟玲教授,一定是一座充满回忆和遍布伤感的爱恋之城。

此次拜访,除了强烈感受钟玲教授对胡金铨导演过早离世的怀惜之心,还能深切体会这位享誉海内外的比较文学专家,对一位成就卓著的电影大师的推崇之情。正是基于这样的理解,在挂有"心无窒碍"书法横幅的办公室里,我向钟玲教授发出了不情之请,希望有朝一日,钟玲教授能够去到北京大学,跟同学们讲一讲胡金铨和他们两个人的电影。

没有想到的是,我的邀请很快得到了回应。就在这一年秋天,钟玲教授接受张旭东教授之邀,访问北京大学国际批评理论中心,除了座谈从教学到教育的个人事业,还兼谈澳门大学的书院,并做题为"中国山水画境成为二十世纪美国诗人神入的理想世界"的演讲。此前一周,我非常荣幸地收到了钟玲教授的电子邮件,告诉了我她此行的安排。我想,是北京大学选修中国电影史课程的学子们有福了。

在我们的课堂上，钟玲教授带着刚刚从首都机场赶过来的疲惫身体，跟四百多位同学一起，观看了由自己编剧、胡金铨导演的《山中传奇》。毋庸置疑，这是一部同样见证了主创者爱恨生死、禅意高境的武侠片，主创者中的女主角，就站在同学们面前。影片结束后，钟玲教授开始回忆起当年的点点滴滴，一遍又一遍地强调武侠电影之于胡金铨的意义。我注意到，此前做过相关准备的同学们，甚至包括一部分男生，不仅全都听懂了，而且眼眶湿润。

那一刻，我也似乎更加理解了胡金铨导演的北京，以及钟玲教授的澳门。

今年夏天，澳门遭遇台风"天鸽"重创，并发生多人死伤的严重灾情。9月11日，应澳门科技大学之邀，我也再赴澳门进行为期十天的讲学。每天早晚，班车往返于半岛的海擎天与氹仔的伟龙马路之间，实在无暇复制当年暴走澳门并拜访澳大的美好情景。看到台风过后的城市，虽然不是狼藉一片，但也不无萧索落寞之感。有些道路临时中断，残枝败叶随意散落；许多店铺尚未整饬，日常货品有待补足；运动场、游泳馆等一类设施，也基本处在暂停开放的状态；莲峰庙的香火重燃，而香客寥寥；葡京酒店的灯光，确乎显得黯淡。

但每天夜深，我都会透过49层的房间窗户，默默远眺正在入眠的内港、码头和楼宇；然后在清晨五点钟左右，静静观望逐渐苏醒的车辆、船只和街道。仿佛感觉眼前的澳门，就在这样的节奏中一点一点地恢复元气。实际上，目力所及即为珠海，横琴国际金融中心大厦鹤立鸡群；不远处，应该就是澳门大学横琴校区了。

在澳门科大最后半天的讲学环节中，我以《光影绵长：胡金铨电影与非物质文化遗产》为题，跟同学们再一次分享了胡金铨、《山中传奇》《空山灵雨》以及仍然身在澳门的钟玲教授的故事。这一次,我同样体会到了同学们的感动,以及跨越时空的相知。

空山人去远,城中有传奇。走过澳门,保管好内心,还有灵魂驻留的身体。

2017 年 9 月 20 日,澳门 — 北京

我　城

每次路过德胜门西大街,现今的积水潭站西北地铁机务段,都会想起那个深爱着北京却又被北京抛弃的人,还有那片曾经淹没了自己的"人民艺术家"之后便逐渐消失的湖。车水马龙,红尘滚滚;古都苍茫,孤独我城。

是的,所有温情的诉说都是无语的冷漠,一切坚固的东西都会烟消云散。老舍的城不仅是生的城,每一思念中有个北平,而且是死的城,接应并葬送了作家的人物和他自己的身体与灵魂。

半个世纪之前,身心俱遭重创的"人民艺术家",就在那片被命名为"太平"的湖里,彻底告别了他的人民和这座生无可恋的死亡之城。古都的秋天,原本飘荡着历史的悲情与文化的流云,但在1966年8月24日,弥漫在京城的,只是国子监焚烧的大火,西直门无情的夜雨,以及中学生歇斯底里的呐喊声。

老舍之死,是离我的出生日期最近的历史事件。但直到多年以后,我才会突然意识到,这也是伴随我生命的永远的伤痕;如今,我早在一个距离积水潭不算太远,并能从窗外的视野定位太平湖的楼层里,安下了自己的家。老舍的北京,变成了子一代的"我城"。但我知道,无论如何,我也摆脱不了"我城"古都及其孤独的宿命。

2011年秋天,我第一次去到日本的东京和京都。在银杏与红叶的美丽和哀愁之间,体验着三岛由纪夫和川端康成的"我城",那是一种死亡的诱惑与超脱的气质,一如勃发的欲望和亘古的皎月,映照人的生息。前年夏天,我第一次去到了法国的巴黎,在离蒙帕纳斯墓地不远的地方,也曾试图找寻波德莱尔的足迹,并极力感受这位资本主义时代晚期的抒情诗人,通过文字渗漏出来的巴黎的忧郁,那更是一种我之于"我城"的根深蒂固的拒绝和蔑视,一个需用"恶之花"填补的巨大的空旷地带。而就在这几天,我还读到了土耳其作家奥尔罕·帕慕克的《伊斯坦布尔:一座城市的记忆》。书中写道,伊斯坦布尔在两千年的历史中从来不曾如此贫穷、破败和孤立,在这座帕慕克出生的城市里,"呼愁"无处不在却又无影无踪、无法琢磨却又萦绕心间。在帕慕克的心目中,伊斯坦布尔就是这样一座黑白影像的废墟之城,充满着帝国斜阳的痛苦和忧伤。

我要说的是,跟波德莱尔的巴黎、川端康成的东京和帕慕克的伊斯坦布尔相比,老舍的北京,直到今天,也没有真正面对那些太过惨痛的历史,并沉痛祭奠那些不堪回首的伤心之地。也因此,子一代的"我城",虽然每隔几年便会面目一新,但仍将如老舍逝去的那一年,目睹秋风舞动斜阳,在古都里尝尽孤独。

2017年8月24日,北京

"宝马"历险记

十多年前买了第一辆车,当然不是宝马。但在朋友们明知故犯的善意调侃中,我的"宝马"在圈子里拥有一定的知名度。

但是,就在不久前,我的"宝马"报废了,过程匪夷所思。

主要是没有做好报废的心理准备。毕竟,从"宝马"进门到宣布报废为止,行驶里程总共只有5万多公里,除了去过一次承德,就基本只在中关村一带徘徊。当年接送孩子上下学,还算是用得勤,但最近几年迷上了走路,就更是经常把它忘在了车库。偶尔想起开出来一次,还特别感动于它随时待命的优异性能。于是感慨,在这个薄情而又昂贵的世界上,还是有些东西物美价廉、体己贴心。

就在三个月前,发现车库里的"宝马"又该年检了,便就此咨询4S店,是不是必须报废呢。4S店告知,根据具体的车况,处理一下还可以继续开。听到这个消息,算是又一次领略到人生的某种小确幸。毕竟,加点油洗一洗,我的"宝马"还跟新的一样呢!

然而，这个外新里旧的老东西，竟然被发现了诸多的小毛病。先是车库管理员打来电话，说它的尾灯一整夜都在闪。下楼鼓捣了半天，没有解决问题，只好开到了4S店。众所周知，这种问题之于这种店而言，当然是不值一提的小儿科。但4S店不甘心，便查出来更多值得重视的大问题。譬如，需要换一个电瓶，需要换一个刹车片，需要加一些机油，还需要再买一年保险。

当然都是不过分的。如我等车盲一族，早就惊叹于"宝马"的任劳任怨和鞠躬尽瘁了，即便查出再大的问题，也都在预料之中。交了钱，就等着4S店在他们的车间里修车了。

第二天是对一家人具有历史意义的一天，我们在体育馆里见证儿子的大学毕业典礼。典礼渐入高潮之际，突然收到老婆微信："4S店来电话说，我们的车自己烧了。"我一惊："自己烧了，什么意思？"

奉4S店之命赶到现场，确实目睹了一幕不可思议的惨景。我的"宝马"竟然如此任性，在4S店把自己给烧了。乱状之极，不忍用笔墨形容。只好跟它合了一个影，算是最后的告别。

按4S店相关方面解释，车主应该庆幸，老东西没有在车库或者路上自燃，否则后果更加严重。并且，基于他们多年的从业经验，这种在4S店里自己烧自己的行为，还真的是从来没有出现过。另外，车主如果需要购车，本店还有更好的新款。

我也是彻底无语。

事件已经过去一个月了，竟然无法忘记与"宝马"相伴十多年的日子。那是一部多么乖巧懂事而又奋不顾身的"宝马"，即便报废，也会在最后的一刻，默默保护车主的安全。

2017年8月11日，北京至恩施高铁

北京,老着给谁看

在北京,天气晴好,又是周末,不出去走走是对不住自己的,当然也对不住任何人。儿子竟愿意跟着一起走,这便是极为难得的福分了,甚至有点受宠若惊。

直接就到了景山。公园的柿子树光秃秃的,在寒风中抖动着那些老得不行的熟透的柿子。大爷大叔手持单反,忙得不可开交,看上的就是这种残败的风景。年轻人却不同。小姑娘批评男孩子:有什么好看?男孩子反问小姑娘:这是什么树?

幸好在景山公园,不认识柿子树的人不多。抬头一望,就会发现属于这家公园的小秘密。来来往往、三五成群的游客里面,年轻人并不多见。见得多的是大爷大妈、大叔大婶。这些老北京,一定是在拆迁运动中侥幸守住了祖业的那些人。他们在这个亭子那个亭子下着棋、唱着戏、打着太极,但也年复一年日复一日地老着,就像挂在初冬树上的柿子。

北京,你这个样子,是要老着给谁看呢?

虽然伤感,但也暗自庆幸,儿子比我看得还要认真。我第一次意识到,对于生活了二十多年的北京,我跟儿子终于开始达成了某种程度的默契和共识。在不经意的时候,我们看到了同样的亭台楼阁和花鸟山石,也听到了同样的故国之音。那是高高地掠过中轴线的风,以及雾霾散尽之后铺陈在紫禁城上空的蓝天白云。

走出景山西门,沿着陟山门街前往北海东门,老着的北京更是急不可待地扑面而来。在这条不到三百米的老街上,摩肩接踵的人流是并不为怪的,但各种老北京传统的干果糕点卤煮酱菜,就足以令人惊叹了。什么面茶、豆汁、麻豆腐、酱牛肉、糖卷果、爆肚、灌肠、白水羊头、炸咯吱盒、黄米面年糕、绿豆面丸子汤等各色小吃,花样之多,简直匪夷所思。然而,我跟儿子共同的疑惑也就接踵而至:那种老舍先生爱喝的豆汁,还是当年的那个味道吗?那种用硕大的甜瓜腌制而成的酱菜,真的还会吸引"好这一口儿"的老北京吗?

相较而言,北海公园是更加熟悉的老地方。每走过一处景致,我都会跟儿子说,在你很小的时候,我和妈妈都带你来过,仿佛那是一些极为久远的事情。但我很快发现,北海公园已不再是我跟儿子专属的怀旧对象了。在儿子的心目中,这是一个留下了他的少年记忆,伴随着他长大成人的所在。北京,已经成为他的故乡,就是这海面倒映的美丽白塔与四周环绕的绿树红墙。

但无论如何,在我们的内心深处,总有另一个北京,既在琼华岛的日光云影间徘徊,又在九龙壁的神秘符号间升腾。而在她的周边,是那些正在消失的北京味,以及正在老去的北京人。

我相信儿子早已明白,当他离开中国游走四方的时候,渐行渐远的那个北京,是要老着给谁看。

2016 年 11 月 28 日,北京

唤醒时令

自从有了高铁,就不太喜欢飞机了。

在我,高铁最大的好处,是可以看着车窗外的风景,默默地发呆。或者,想起一些曾经的光阴,再想起一些从来没有想过的事情。散漫的思绪伴着稳重的铁轨声,在时空的流逝中渐行渐远、自由驰骋。这是劳顿后的小憩,也是人生中难得的间隙,是用无为和放逐滋养的一种闲适。在都市生活,能进入这样的状态,显然是非常受用的,但践行起来,却也较为不易。

或者,凛冬将至,人在霾中很多天,便会想着坐上高铁放眼窗外,感受长夜漫漫、万物枯寂,也是一种悲情的释放和心灵的慰藉。同样,春暖花开,人在城里萌动着,倒不如坐上高铁一路远行,悟山川之雄,品旷野之秀,观沧海桑田,览云卷云舒。隔着车窗,人与自然对视,彰显的就是一种自然的张力,还有生命的惬意。

高铁在大地上蜿蜒,总能唤醒自然的时令,让生命重获内在的节律。当车头穿越北国的皑皑白雪，或者南方的油菜花海，当你看到排列整齐等在道口的幼儿，或者独立原野侍弄小麦的农民，那些在人眼前流动不居的风景，以及风景眼里时隐时现的人，总会反反复复地告诉你，所谓生命的时令，都是一些循环往复的春夏秋冬，以及无法左右的生老病死。

实际上，自从离开乡野来到城市，季节大约还能识别，但时令已不再记得。春节固然是要想着回去父母的家，但中秋和端午总会忘记了月饼和粽子；清明节很难远足祭扫，春分和秋分更是不觉不知。几十年来，作为一个大学教师，我的季节和时令总是被简化为：寒假和春季学期，暑假和秋季学期。日复一日，周而复始。

为此，只有在记忆中返归自然，重新站立于天地之间，才能真切地感受节气之间的流转，以及与此相关的生命印记。小寒，刺骨的北风，吹翻挂满冰凌的危桥。那是四十二年前，刚刚上学的懵懂少年，眼睛里没有春天。大暑，暴晒的烈日，急待收割和抢着播种的稻田。那是三十二年前，高考发榜后的农人之子，热切地期盼着未来。立春，温煦的阳光，抚摸千年城墙的肌肤。那是二十二年前，一贫如洗的恋人世界，任由梦想肆意伸展。白露，泛黄的秋草，瞩望鸿雁北飞的高原。那是十二年前，久居都市的疲惫灵魂，鼓动声息再次策马扬鞭……

这样看来，一个人，追逐高铁，走遍天下，也只是为了回到当初的大地，唤醒所有的时令，在生命中体会自然的气息，在自然中重温生命的价值。那些所见、所思和所怀，还有发呆、小憩和闲适，原本就是时令的启发，也是生命本身的授意。

2017 年 3 月 2 日，青岛至北京高铁

长　调

只有一种声音,可以陪伴地球上最远的飞行。

当我拖着疲惫至极的身体,出现在距离我的出发点三十多个小时的南美名城圣保罗的时候,我的心告诉我:长调,曾是往生,现是此生,将是来生。

较早听到的长调,是在张承志根据自己的同名小说改编、谢飞导演的影片《黑骏马》里。那已经是在 1995 年底,在北京电影洗印片厂的大放厅,蒙古语版的《黑骏马》正要开映。当银幕全黑的画面上,出现"黑骏马"的蒙、汉、英三个语种片名,一种猝不及防的声音缓缓袭来,以如此辽远、悠长而又高亢、感伤的方式瞬间穿透了我的身心;而当主人公不得不离开慈祥的额么个(奶奶)和爱着的索米娅,随车疾驶在白象似的群山,钢嘎哈拉(黑骏马)从远方的山梁飞奔而来不忍分别,我已经被感动得热泪盈眶。我知道我的前生一定是草原之子，我是永远离不开长调了。

十年前的一个夏天，终于在长调的陪伴下，去到了南距北京430公里的辉腾锡勒草原。在这片位于呼和浩特和乌兰察布之北的"寒冷的山梁"上，久居钢筋水泥森林、总是无暇他顾的我，第一次无牵无挂、无遮无拦地站在了广阔无垠的天地之间。骑一匹骏马，奔驰在鲜花遍地的高山草甸，在《鸿雁》的歌声中极目远眺；找一个理由，在洒满星光的原野独自漫步，让《嘎达梅林》的旋律肆意弥漫。我第一次意识到：在广阔无垠的天地之间，人的灵魂摆脱了柔软的束缚和小我的羁绊，可以深如厚土、坚如山崖，也可以温润如风、洒脱浪漫。听着当地的蒙古族小伙子演唱《父亲的草原母亲的河》，虽然没有德德玛的音阔气畅、浑厚醇美，却也感受到人与人之间真诚的本色、实在的笑颜。我在想，在祖先的祝福下，漂泊的孩子终于找到了回家的路。

2011年4月，第一届北京国际电影季展映了包括《黑骏马》《一代天骄成吉思汗》和《长调》等在内的30部中国少数民族母语电影；第二年4月，第二届北京国际电影节又展映了包括《圣地额济纳》《斯琴杭茹》等在内的30部当代中国新文化电影。在组委会主席牛颂支持下，作为北京民族电影展学术顾问，我邀请到谢飞、巴音、宁才与麦丽丝等导演，在北京大学通选课上，跟数百位大学生共同分享蒙古族人的辉煌与落寞，以及蒙古族电影的美丽与魅力。其中，宁才导演先后两次出现在北大课堂。第一次，他带着他的妻子，也是《天上草原》和《季风中的马》的主演娜仁花；第二次，他已经孤身一人。课程结束的时候，他让他的剧组同伴面向全班同学唱了一曲《风中的额吉》。《额吉》是宁才导演、娜仁花主演的一部蒙古族母语电影。悲伤蒙古马,远逝草原母亲。在那一刻,在宁才导演的目光中,我们都能感受到蒙古汉子内心的柔弱与凄怆。因为在那里,也有我们的天地,灵魂的原乡。

从圣保罗返回北京的三十多个小时里,马头琴如泣的颤音一路越过浩渺的大西洋和广袤的欧亚大陆。有长调的陪伴,所有的游子都会回家。

2016 年 11 月 17 日,杭州至北京高铁

失去了韦朋

韦朋是我的学生,也是内蒙古艺术学院影视戏剧系副教授,今年47岁。

今天上午9点半,我跟我的学生们在共同的微信群里,收到了同在呼和浩特工作的学生殷福军发来的信息:"李老师您好,您的学生、内蒙古艺术学院影视戏剧系韦朋副教授,因车祸抢救无效于今日凌晨3:30去世了,享年47岁(1970年生人)。大家再也见不到韦朋了。"

因为正在上课,我是一个小时后才看到微信,得知韦朋去世的消息;但到现在为止,我还是不愿意相信,韦朋就这样走了,我们就这样失去了韦朋。

韦朋是北京大学艺术学院2007年招收的高校教师硕士班学生,我是他的论文指导教师。在我的眼中,韦朋不仅热爱生命,而且颇具生活情趣。只要有他出现的地方,气氛总会轻松下来。他的毕业论文也很独特,题目是《20世纪20—40年代中国电影里的妓女形象及其文化含义》,答辩的时候,如其所愿地满足了不少听众的好奇心。

毕业之后,韦朋回到了内蒙古大学艺术学院,但我们之间的联系从来没有中断过。我知道他非常珍惜自己在北京大学的学习生涯,而且总是以我们之间的缘分而自豪。当然,他也经常为发表论文、申请项目和晋升职称等问题伤透脑筋,总在想方设法地去克服这些大学老师都会面临的烦恼。我也能够理解他的心情,遗憾的是,往往爱莫能助。但我一直相信,有朝一日,韦朋一定会写出更好的论文、完成更好的项目并成为内蒙古电影的中坚力量。

事实上,韦朋对电影学术和电影史研究的不舍,曾经不止一次地让我感动。2015年11月,中国电影资料馆连续放映了包括《八百壮士》(1938)、《貂蝉》(1938)、《太平洋上的风云》(1938)、《天字第一号》(1946)和《哈尔滨之夜》(1948)等在内的一批难得一见的"老电影"。得到消息后,韦朋竟然毫不犹豫地从呼和浩特赶到了北京,把这些影片都看了一遍。去年6月,得知南京艺术学院民国电影研究所主办的南京电影论坛,将有中国早期电影的"学术放映",韦朋也是风尘仆仆地飞到了南京,全程观摩了论坛提供的影片。我知道,在这些场合,除了领略早期电影的魅力,韦朋更想做的事情,其实是跟我交流,或者以此重新确认自己的学术身份。但同样遗憾的是,在这些场合,我往往也是忙得不知所措,基本上无暇顾及韦朋的到来。我在想,有朝一日,我们一定会安静地坐在一起,好好地聊一聊。

这样的机会其实很多,但我总以为会在将来的某一天实现。记得前年8月,麦丽丝导演代表内蒙古文联邀请我参加内蒙古民族题材影视发展论坛,并已经订好了飞机票。我将此消息告诉韦朋,韦朋立即兴奋地问我,能在呼和浩特待多久,是否想要去锡林郭勒。后来因为我在国外的行程跟飞呼和浩特的计划发生了冲突,最终无法参加会议,但韦朋还是不甘心,问我要不要自己来一趟呼和浩特,他可以开着车,带我奔驰在广袤无边的大草原。

对于旧日的师友,韦朋的热情是有口皆碑的。我们大都得到过他的邀约,并相信有朝一日,我们会在内蒙古相聚。但现在,草原仍在期待之中,我们却失去了韦朋。

2017 年 3 月 7 日,北京

伤 逝

2月24日,清华大学教育研究院副院长、博士生导师袁本涛教授因病逝世,享年53岁。新浪网、手机澎湃等媒体发表了新闻。

袁本涛教授是我的高三同班同学,也是因缘与我生命交集的又一位英年早逝的农裔高知。物伤其类,兔死狐悲。在第二天的微信朋友圈里,我转发消息并含泪写下:"从今以后,隔壁再也没有兄弟。"

我跟袁本涛共同的高三岁月,在我们的家乡湖北省石首县第一中学度过。83个同班同学中,有不少是来自石首、公安、华容两省三县的转校生。迫于高考的残酷压力,同学之间往往是不太有机会单独说话的,我跟本涛就是这样的关系。在我的记忆里,他是班上自带气场的大哥一般的存在,一身蓝衣玉树临风才气逼人的样子,就令我太过自卑没敢主动跟他搭过话。现在想来,当时的本涛跟我一样,应该也是一个正在竭尽全力挣脱农门的外强中干者,经常饿着肚子单着身子顽强地幻想着大学的校门。

确实,我们都是受过苦的农村孩子。在一篇名为《我的奶奶》的文章中,本涛曾经回忆过他的童年:"1960—70年代的农村,大概是最为穷苦的时期吧,不仅吃不饱、穿不暖,更糟糕的是卫生条件极差。我老家几乎所有的孩子都生癞疮,一个个都剃着小光头,满头的癞子和脓包。"这情景,我当然是再熟悉不过了,因为他老家就是我老家。所以我揣度那时候他的心境,应该也是我的心境:"1983年秋天的石首一中,也正像此时的中国社会以及各地的县城中学,单调、简朴,却又内含神秘的激情,静默时喧哗,骚动中萌发,因清贫而骄傲,既浅近又远大。"

因为清贫的骄傲和浅近的远大,高中毕业二十年之后,我跟本涛在北京中关村蓝旗营的一个小餐厅重新会合。此时,他已经从北京大学获得了博士学位并到了隔壁的清华大学任教,我也步他的后尘,有幸在北京大学谋得了教职。最亲近的时候,他住清华园清华附小附近的公寓,我住燕东园北大附小附近的38甲楼,中间只隔一条清华南路,直线距离仅仅200米左右。也正因为如此,即便拖着孩子散步的片刻,我们两家人也可以约见一次。那些年,真是我们老同学最美最好的时光。

惺惺相惜之外,我们是相互镜鉴并以彼此为骄傲的。在这个世界上,除了相知相爱的枕边人,竟然还会有一个朋友,可以跟你分享共同的过去并朝向一样的将来,这样的奇迹,不仅是改革开放带给我们这些农门子弟的惊喜,而且是我们两人生命之中不可斩断的缘分。我们相信,等到退休,就能在未名湖畔与荷塘月色中更加开心地畅聊了。

然而,命运出现了 Bug。当本涛被检出了重症之后,我想我知道他是多么沮丧,又是何等地心有不甘。毕竟,已经为过去付出了太多的艰辛,也取得了杰出的成绩;并且,清华是那么顶尖的教研平台,又正当他事业发展的高峰时期;更重要的是,自己是北京小家庭和故乡大家族的希望所系,无论如何无法放弃。对于这样的情况,我知道任何人都是爱莫能助,所有的安慰均显苍白,只能默默地祈祷发生奇迹。

奇迹没有发生。

去年年底,寒风来袭。我跟在深圳工作的另一位高三同学吴根高一起,去上地佳园看望袁本涛。此时的本涛,病体更加瘦削,疼痛反反复复;治疗基本中断,只是服用止痛药。本涛和我们都知道将要发生什么。但他对未来的期待仍然震撼了我,并让我难过至极。因为在不经意之间,我们聊起了我们两人都体验过的 XX 学者评选话题,那是一段失败的经历。

想要放下,谈何容易。

今年年初,吾师张开焱教授在哭悼湖北师大舒大清教授的文章《怀念大清》中,引用过一个统计数字并发表感慨:出生于 1950—1970 年间的一代人,体弱多病和夭折的比例在各年龄段中最高;而这些人中,童年和少年生活在农村的比例又更高。在奠定一生体质的关键年龄,他们大都是在饥饿和半饥饿状态中过来的,未得充足而有质量的营养,体质普遍较差,不少都有各种慢性病;进入青年和中年阶段,长期收入低微,家庭生活和专业压力又大,一直没能得到合适补充,这也决定了这代人身体素质普遍孱弱和患病率较高。海南师大毕光明教授也明确表示,这是"农裔知识者"比较普遍的一种悲剧命运。

我是深有同感的。

早在1997年秋天,我们很多人就在北京肿瘤医院和八宝山送别了史成芳博士,这位与我生命交集的第一个农裔高知。史成芳是北京大学中文系乐黛云先生的得意弟子,也是中国第一位比较文学专业博士学位获得者,去世时年仅36岁。不得不说,这些出生于1950—1970年代而又英年早逝的农裔高知,大多数生于贫穷,成于艰辛,死于困顿。尽管人各有命,生死由天,但在他们生前身后,还是留下了太多的遗憾。

我想说的是:当我们审视中国当代知识版图的时候,请一定记得,曾经有一代农裔高知,在难以想象的贫困与不可逾越的艰难之中,至死都在顽强地求生并坚守着底线,为他们心中的学术信念,也为他们自己的生命尊严。

长歌当哭,以此为悼。

2019年3月8日,北京

走失课堂

每个新学年开学,每个教师节庆祝,或者每次经过北京大学第一教学楼,我都会想起杨吾扬教授,想记下那一次不可思议的校园相遇,及其带给我的前所未有的心灵撞击。而随着时间的流逝,跟杨吾扬教授的那一次相遇,在我,也逐渐演变成难以承受的生命之重,如挽歌,亦如悲泣。

今年是杨吾扬教授逝世十周年。

杨吾扬教授是我国著名的地理学家和地理教育家,在经济地理学、城市与区域规划等领域做出了重要贡献,并为国家培养了一大批相关方面的优秀人才。我是迟至2001年才成为一名北大教师的,可称杨吾扬教授的同事了,但由于专业和年龄都相差太大,原本不太可能产生交集。

但事情总会出人意料。早在1994年秋天,吾妻成功投考北大城环系的博士研究生,得以师从杨吾扬教授。一年之后,在无意识的日常谈话中,吾妻惊讶地获知,身边的导师竟然是自己的远房"大伯",两家共享很多亲属关系以至家族记忆!这种仿佛精心设计的故事情节,竟能发生在20世纪90年代末期,足见国土之广大和国民之交杂。从此,吾妻再去导师家,除了请教学业,还会捎带上我,含着走亲戚的意味。天南地北的陈年旧事,便有了更多情感的温度。

我想,因为知道我有文学的背景和写诗的经历,杨吾扬教授应该是希望跟我聊天的,但我们并没有更多地聊到文学、诗歌和电影,只是清楚地记得不止一次地讲起1980年代在美国,教授跟朋友Jon Sperling结下的美好友谊,真的是令人神往,也有些不胜唏嘘。事实上,教授1958年就在北京大学学生会主编的《红楼》上,发表过题为《骏马奔向天山(外五首)》的长诗。25岁的青年勘探队员,也曾是意气风发、以梦为马的诗人。更加令我惊奇的是,杨吾扬教授在哥伦比亚大学访问期间撰写的一首长诗《汉考克》,竟然发表在了1983年6月号的《诗刊》上。诗歌最后一段:"是啊,摩天楼雄伟,水晶宫辉煌,/但它却挡住了更多波士顿居民的阳光!/当我再次看到大厦汉考克,/立即联想到成千上万的比尔的忧伤……"五十岁时的地理学家,即便走出国门,也不忘通过诗歌思考世界,悲天悯人,这正是中国知识分子的一种精神品质,忧乐天下,以民生为己任,不可多得,也弥足珍贵。

遗憾的是,当我也终于调入燕园后,杨吾扬教授却因年事已高身体欠佳,不得不逐渐告别北大讲台。此前无缘在校园相遇,此后应该也是不太可能了。

然而,就在2005年左右,一个普通的初冬周末,我跟妻子偶然经过北大理教附近,突然看见杨吾扬教授夹着讲义匆匆而行的身影。我们赶忙趋近问候,发现教授是要去上课,正在急切地寻找教室。但此时的教授,虽然不无紧张,却是一脸茫然。我们试图了解教室所在,以便正确地指引或带领,但教授已经含糊其词,无法有效地表达了。我们只得联系院办,一路护送到了教授应该前往的第一教学楼。看着教授走进教室,我禁不住一阵心酸,妻子也转过头去擦起了眼泪。

我们在想,如果不是因为偶遇,杨吾扬教授一定还在校园里焦灼地徘徊,绝望地去寻找属于他的那间教室。那里有他曾经付出过所有心血,并站立了半个世纪的讲台。但随着生命的老去,秋风骤紧,凛冬将至,这个讲台越来越远,几乎遥不可及,最终必将永远地消失。

就像四年后,在北京急救中心,再一次因阿尔茨海默病而走失的杨吾扬教授。当他风烛残年的身影孤独地汇入都市丛林的车水马龙,一定是在出发去寻找壮年的纽约和波士顿,青春的戈壁和天山山脉,还有家乡的童年,母亲温暖而又幸福的怀抱。

唯愿每一次出走,都是响应生命的召唤;而每一次迷失,都能遇见你我的指引。

2019 年 9 月 2 日,北京

老父亲

记得家里曾有这么一个男人,黑黑壮壮胡子拉碴,不大做事情。上桌吃饭呼啦啦就是三四碗。

后来母亲告诉我,这个男人不是我的父亲。不是我父亲的那个男人是卖狗皮膏药的,只在我们家里吃了一顿饭。按理说,我这么一个小人是记不住这么一件小事的。

但我记住了。记得很牢。我想他应该是我的父亲。

我没有见过我的父亲。他去世的时候才四十二岁,是三十五年前一个很闷热的夏天。新坟垒起后,我五岁。

人死如灯灭。父亲的生命和一切都停留在四十二岁,不再上溯也不再延续。小的时候父亲很苦,父亲的父母死得早,父亲早晚两头见星星地放牛。父亲读三个月的书就把一笔字写得像书法;算盘也打得精。父亲是在宜昌三三〇工程中倒下去的,那时他是公社的党委副书记。父亲对我的母亲不太好,经常不回家。后来,我们姊妹几个不听话了,母亲就跌跌撞撞地摸到父亲坟头前,哀哀地哭。

那些时候,我总觉得父亲的年龄还在增长。读小学了,有人摸着我稀疏的黄头发,说,你爸不死就看到你读书了,唉,都五年啦。我默默地一算,父亲要是健在,该是四十七岁,比我们的语文老师小一点。

记忆中的冬天比现在经历的冬天冷。我十五岁的时候,在乡里读初中三年级。布鞋破了一个洞,冷风往里钻,脚冻得生疼。于是心不在焉地看窗外,就发现有一个中年男人拿着一双新胶鞋冲教室里摇晃。于是黄云飞同学高兴地穿过讲台出去了。是黄云飞的父亲。过了一会儿,黄云飞便穿着新胶鞋扎眼地从前面跑过,是一种凯旋的神气。我低下头看了一眼自己的脚,朝桌底藏了藏,就决定自暴自弃。下课后专往雪里踩。我是想回到家里,我五十二岁的父亲会拿起扫帚啪啪地打我的屁股。可事与愿违。

我的作文写得好,老师总爱在我的作文本上批很多红字,打最高的分,然后得意地在课堂上念。我的同桌叫方文清,一天要借我的作文本,说是回家给他爸看。要是我的作文写得跟你一样,我爸肯定要高兴死的,方文清说。几天以后,是清明节,我偷偷地把作文本连同一沓纸钱烧了。想到我五十五岁的父亲戴着眼镜挑剔地指点我的作文的情景,我便流泪了。

读高中的时候,我喜欢一个女孩子,她像鸟一样在我的座位前面叽叽喳喳,搅得我晚上睡不着觉。考大学的时候,都劝我报财经学院。我知道我的人生已经开始面临重大选择。我还没有成熟到胸有成竹地自作主张的地步,我希望五十九岁的父亲首先给我一个参考或者命令,然后我再遵守或者叛逆,两者必居其一。做父亲的不可能对儿子的选择无动于衷。

但我终于失望了。我驱逐了那个女孩子的声音,我报了师范学院。我的父亲竟然再一次不置可否。

现在,父亲应该老了,从单位退休下来坐在家门口喝茶看报纸晒太阳,偶尔花半天时间写一封毛笔信,用一些比较老式的句子和语法。他写信给他的儿子,叮嘱他要专心研究学问,不要老想着做官和淘金;叮嘱他要好好爱护自己的妻、子,一切不顺利都要看得无所谓……

我写信怎么寄给你呢?我的八十岁的老父亲!

1991年3月27日,西安西北大学

放　飞

当儿子说要骑自行车上学的时候,我以为他只是说说而已。

按照以往的表现,我不相信他真的能学会骑自行车。但这一次,儿子显然洞察了我的消极心态,并不跟我进行太多的理论。他找到了很久不用的自行车钥匙,独自去车棚拽出了那辆落满灰尘的自行车。一番擦洗之后,还推到街边的修车摊,把瘪了接近两年的车胎打饱了气。

一切停当,儿子上楼来,请我当他的教练。我正在被一篇要交的稿债逼得神魂颠倒,哪有时间陪他做这件在我看来只有几分钟热度并注定要前功尽弃的事情呢!于是颇为险恶地告诉他,可以自己一个人先试试看,等我写好了文章就下来指导指导。

儿子下楼了。一个多小时以后,儿子上楼来,把自行车也搬到了门口的走廊边。我激战正酣,预备跟儿子例行道歉。儿子却轻描淡写地跟我说：会骑了，明天早晨就骑自行车上学。

我太不相信了！尽管骑自行车不是什么高难技巧，但在我看来儿子不会这么快就会骑自行车。小学阶段，为了培养他的自立精神，多少次软硬兼施、循循善诱，都没有让他掌握这一门技术，现在竟然无师自通了，这怎么可能呢？

第二天凌晨，五点刚过就被儿子叫醒。儿子已经穿好了衣服、收好了书包，一副整装待发的气势。面对这种破天荒的举措，我跟他妈只能表现出无限的欢欣。下了楼去车棚取车，车棚自然还没有开门。叫来值班的小伙子，小伙子说：我小时候也这样！

在黑暗的清晨，看着儿子背着重重的书包上了自行车。自行车摇摇晃晃，几乎不能直行。我和他妈紧张得透不过气来，恨不得宽阔的大道上永远没有一辆车、一个人，让我们的儿子安全地纵横。但我们知道，汽车很快就会多起来，人也会变得熙熙攘攘。这时，只有我们牵挂的心，永远跟随儿子，在这都会的上空放飞。

回到家里，我们坐卧不宁。最终，还是找了一个上班的借口，开了车沿着儿子骑行的道路走了一遍。一路上，不断地搜寻着路边，希望能够看到那个熟悉的身影。快到附中南门，终于接到了儿子发来的手机短信。

车过当代商城，看到那一群北京城有名的鸽子，在晨曦中慢慢地展开了它们的翅膀。

2007年12月20日，北京

田园将芜

老家的破屋早就不在了,只有疯长的青草弥漫。那是少年曾经蹚过的小路,在春天,绽放母亲一般孤独的野花。

母亲已经长眠,这孤独的墓碑旁是长眠了更久的父亲。两人守候的家,是一片将要荒芜的田园,在平原的没落中伸向远方。父亲照例是沉默的,甚至几乎不曾存在过。新儿,回来啊……母亲的面容虽然模糊,但声音从来没有消失。

梦中回家了很多次,也很多次梦见了孤独的母亲。即便在梦中,母亲也是病着,怏怏地躺在床上,默默承受身心的苦痛。新儿,不走吧……母亲不识字,也没有体会到读书的意义,她只是希望唯一的儿子不要走,最好能永远留在她的身边。

但儿子是要走的。从老家走到了西北,从西北走到了京城,又从京城走到了东洋,从东洋走到了西方。母亲是看不见了,也听不见了。但没有了母亲,儿子在哪里呢?

母亲只知道儿子读书的学校在县城。她想到儿子应该没有钱吃饭了,就背着一袋大米和几条咸菜,坐船渡过了长江。好不容易打听到学校的位置,门房还不让进去。又不知道儿子的学名,只好蹲坐在围墙外磨蹭了大半天。等到下课的儿子偶然发现了母亲,那瘦小而又伛偻的身影蜷曲在夕阳里。那便是母亲永远的形象,一百个子女都不会忘记,一千个子女都偿还不起。

夕阳里望儿的母亲,总是在老家的屋檐下发呆,或者在附近的长堤上徘徊。明明知道是不会回来了,可还要到儿子必经的路口看一看。这样的思念和等待,没有一个子女能够担当。但没有了儿子,也就没有了母亲。

母亲已经长眠,儿子仍在流浪。田园将芜,清明已至,细雨纷纷。

没有了父母和子女,我们都是丧魂落魄的人。

2016年4月2日,北京

无地域空间的身体伟力

观看舞剧《女娲》时,我一直在期待听到一种由旷野发出的、超越一切人造乐器的声音,也一直在渴望看到一种来自本能的身体悸动,无遮无拦而又无依无凭。在我的心目中,往古之时的苍天、四极和九州,理应是个超越了国家、民族与历史、文化特质的无地域空间;包括女娲传说在内的任何有关补天、创世的文化生产,都必须回到视觉与听觉的原初状态中去体会,进而对人文与现实进行独特的批判与反思。

但当尾声到来的时候,在亦真亦幻、动感十足而又无限延展的舞台上,女娲抱捧伏羲之心深情而舞,伏羲也从天边踏云而来,我终于觉得应该放弃执着的念想,从另外一个方向感受这一场光影盛宴带给观众的撞击与抚慰。事实上,没有相伴文化而生的乐器与被文化标示的身体,任何一部舞剧的文化表述也都无法实现。在舞剧中,问题的关键可能并不在声音与动作的文化附着,而在文化附着声音与动作的方式和方法。

这样理解舞剧《女娲》对原初和混沌的阐释,就能够接受傩戏元素和爵士舞动作同在一个舞台上表情达意的特殊状况了。这种跨越时空、杂糅文化的创作理念,恰恰完成了创作主体试图消解独特的历史与文化的动机,使作品不可避免地回到了远古神话的陌生情景与纯净意味之中,这样的一种效果体验确实是令人称奇的。也正因为如此,《女娲》通过融合中国民族乐舞与西方现代乐舞、巧妙的机械装置与多维的投影影像等大量跨界表述,将女娲抟土造人、炼石补天等神话传说以极为时尚而又令人震惊的方式呈现在观众面前。这是一种久远的文字记载的复现,也是一个绵长的民族神话的创造;通过正在兴起的现代媒介和高新科技,将其不可思议的美丽与魅力传达到观众的眼帘和耳膜;这种既相似于战争大片又类同于电游动漫的舞剧创作实践,在重视现实关注与文化特征的中国当下舞剧界,应该并不多见;但就其对神话题材的挖掘、对舞剧语汇的探索以及对年轻受众的预期而言,却又是极为难得、值得褒扬的。

现在的问题是,在将传统素养与现代理念结合之后,舞剧到底想要表现什么样的主旨以及抵达什么样的目标。在舞剧《女娲》中,创作者确实较有成效地讴歌了女娲形象所蕴含的无地域空间的身体伟力,但其作为民族神话所应具备的民族特性与现实意义,却有待观众的填补与舞台之外的阐发。这种状况的出现,给中国神话舞剧带来了迫切需要解决的新的话题。

此文原载《光明日报》2011年9月7日

谛听摇滚

第一次感受到摇滚,是在 1988 年夏天。

大学毕业分配前夕,去向已定。孤高的心灵自然承受不了理想与现实的强烈反差,于是失魂落魄地独自行走在细雨中的黄石街道上。

渴望发泄。

音像商店里就清晰地奏响了一首摇滚。我停下脚步,突然感动得几乎不能自持。从头到尾听了一遍,再抬头看看灰蒙蒙的远山和灰蒙蒙的天,我流泪。

是崔健的《一无所有》。在此之前,还没有任何一首歌曲这样打动过我。从此我相信,声嘶力竭的摇滚,实际上离人的心灵最近。

两年后的西安,陕西省体育馆。费了九牛二虎之力,听了一场崔健个人的摇滚音乐会。观众席上那股狂热的气氛,已经令人动容,我不可能不汇入拼命呐喊的洪流之中。但是,我发现我已经不可能站在这股狂潮的最高峰。两年来,这个国家和我自己都已经历了太多,我也比两年前更加冷静和成熟了一些。不再相信摇滚能够救赎我们日益悲凉的心境。实际上,无节制的狂欢过后,扔给我们的将是狼藉一片。崔健式的反抗、寻找和忧伤,也很难在我的心中激起两年前的那种共鸣。"我要从南走到北,我还要从白走到黑",如果人生只是假行僧一般漫无目的的行走,那么,我们还是没有跨越等待戈多的藩篱。崔健仍在以生命的真诚体验世界的虚无和荒诞,而摇滚似乎已经步入程式。

摇滚一旦程式化,就会变得浅薄和庸俗。在渴望拯救我们陷落的灵魂的同时,我也渴望拯救摇滚。它曾经是一种多么令人亲近的存在!如果这种充满棱角和野性力量的音乐,在庞大的社会语境下,如此轻易地被驯服,悲哀的就不仅仅是摇滚了。

我忍受着震耳欲聋的喧嚣。其实,年近而立的我,更需要的是从容和平静,但我还是不情愿放弃摇滚。在我看来,它应该是每一个人平庸而疲倦生活中的兴奋点,是不屈服的创造欲望和人生的高峰体验。背离摇滚,便意味着信仰的老化和精神的死去。

就是在这样的背景下,我又听到了新的摇滚。这是一支以唐朝命名的乐队。年轻的歌手们显示出超出常人的成熟感。他们似乎不再自恋,甚至连偶尔的自哀自怨都没有。他们关注着历史的风烟和民族的盛衰。在这个物欲横流的时代里,唐朝的摇滚闪耀着罕见的理想主义的光辉。同样的吉他和架子鼓,唐朝敲响了中国的暮鼓晨钟。

我再一次被摇滚深深地感动。这也是一种心灵的震撼,最贴近而又最遥远,最直接而又最深刻。我不知道除了摇滚,还有什么形式比这更悲壮。

不会再因摇滚而落泪,更不会再因摇滚而疯狂。但面对摇滚,总会以全部的热爱去谛听。

1994年8月12日,江苏无锡

想法或幻梦

小时候,有些想法不可理喻。

生在农村,却是独子,被娇宠得手无缚鸡之力。看村里同龄娃儿攀着小桑树荡秋千,煞是眼红。小桑树立在一条干涸的小沟边,早被折磨得不成树样,竟有一颗黑红的桑葚孤零零挂着,这是小桑树唯一的风景了。

我自是不敢去摘。不是害怕掉进沟里摔折了腿,而是担心爬了上去,小桑树承受不住,咔嚓断了可惜,朱家婆婆会骂我的。我坚信小桑树会折断,只要我一离开地面,把我的重量全部放在它的身上。

长得再大一点,想法就很有艺术特色。灶里经常没有烧柴,只好拾点树枝、扒点野草什么的往灶膛里填。可是浓烟弥漫,呛得眼睛红肿。此时正好太阳出来了,在地平线上圆圆地燃烧。我便渴望太阳走错道路,走到我家灶里来,又干净又舒服地把饭焖熟以后,再回到天上去走。此类幻梦也涉及月亮。譬如,凑在微弱的煤油灯下做算术,一阵风从后墙破缝处呼过来,光明顿失。我便要去到屋外,看看那镰刀一般生辉的月牙,咽一口唾沫,幻想月亮飞过来,稳稳地挂在屋檐下,优美娴静而又抒情地为我发光。

小小的身体得之于父母,还完全没有独立,却有一连串惊心动魄的幻梦,自由得无遮无拦、无拘无束。

经过有限的几个困难,人就会成长起来。成绩自然是不错的,奖状也会得到几张。知道了越来越多的事情,感觉了童稚幻梦的可笑。接着读大学,再接着读研究生。毕业后不敢用力过猛,便留在大学当了助教,缓一口气。有余暇便想检查检查自己的想法或者幻梦,还在哪个角落左右徘徊或者垂头丧气。然而,要实现这个想法也有许多阻碍。

首先,是没有所谓真正的余暇。上课回来,温一杯茶,旋开柔和的台灯,准备思想一些什么,好不容易逮住一些飘荡的思想的碎片,捡出一个自以为值得思考的话题,咚咚咚,有人敲门。是很铁的哥们儿,于是大侃经济潮对精神文化的负面冲击以及知识分子的心理失衡还有媚雅与媚俗。没有敲门的时候,安静得虫子的叫声都隐约可闻。这可是城市里的虫子,活过来就不容易,何况还能奏乐,足见其顽强的生命力。幻梦正待展翅欲飞,偶尔一眼却看到了书架上的哲学、美学,还有英语的精读、泛读,都是名著级的身份,不读是不放心的。便毅然斩断那只不太听话的翅膀,沉湎于符号、语言以及存在、时间之中,把自己弄得昏昏沉沉了才肯罢休。

有时就退一步设想。如果有所谓真正的余暇,我还会有所谓真正的想法或者幻梦吗?这种设想让我惊悸。我小心翼翼地列出一大堆想法或幻梦,结果没有一个是自己的,我失望得几乎一蹶不振。我两手空空,一无所有。更深夜静,我在想:我还是那个瘦瘦的,站在干涸的小沟边,凝望着那根伤痕累累的小桑树的小男孩吗?

1993年6月4日,西安西北大学

香格里拉,无须理由

或许,这世界只有一个地方,在你决定前往的时候,不需要任何理由。

这个地方就是香格里拉。

前往香格里拉的路途,比想象中要靠近一些。离开丽江古城,沿着 308 省道,继续向西。高原的山路确实崎岖,180 度的急弯,一个接着一个,加上时阴时晴时雨的天气,你想要不难受也是不容易的。但你的心中装着的是香格里拉,那个比天堂还要天堂的所在。你一心一意都在等待的,可不就是那个遭遇天堂的时刻。想到这里,再放眼车窗之外,你就看到了一条浑浊的河,流淌在蓝色的天空和青黛的山峦之间。近处绿色的松林,衬托着远方悠悠的白云,引得你的心一阵阵悸动。金沙江!你默念着这三个动人的字眼,想到的却是阳光下的童年和油菜花开遍的家乡。

石鼓镇到了。这里是长江第一湾。你都有些不相信,你目力所及,就已经是香格里拉。在这条由江水舞动的、天下罕见的V字形河流对面,静静地坐落着香格里拉南部一个名叫沙松碧的村庄。据说,站在沙松碧村后的小山上,能够看到长江第一湾绝美的落日。你迫不及待地相信这个说法,只是因为香格里拉。

下起了小雨,置身于云中雾中雨中的金沙江畔,你开始在脑海中勾勒曾经勾勒过多次的虎跳峡。这时,汽车越过金沙江大桥,驶上一段简易的碎石公路,虎跳峡镇迎面而来,还上来一位导游叫扎西。扎西导游是个典型的藏族小伙子,他不告诉你虎跳峡的具体数据,而是唱了一首歌,告诉你香巴拉并不遥远。你知道了香巴拉就是香格里拉,还知道了在这块没有痛苦也没有忧伤的土地上,所有的男人都叫扎西,所有的女人都叫卓玛。来到了香格里拉,你也就是扎西和卓玛。面对虎跳峡刀劈斧削的奇险和雷霆万钧的激流,扎西和卓玛不可能不懂得天神的力量与自然的伟大。

离开虎跳峡,跟随扎西的歌声,沿着一条直通香格里拉县城的高等级公路,走向高原的深处,那个希望的开端,也是梦幻的尽头。在公路的两旁,依次展开着白云缭绕、连绵起伏的群山。群山的怀抱中,不时浮现出一个个恬静的村落,家家户户的青稞架直指天空。小溪穿越房前屋后的田野,大地的颜色交织成碧绿和金黄。坐看云起,前方的公路没入天边的山峦,你已经置身于一大片鲜花盛开的草甸。头戴藏帽的妇女,悠闲踱步的马群,静静的嘛呢堆旁迎风招展的经幡,你的心灵已被这种无言的美丽和深远的肃穆所占据,你的身体沐浴在清新的空气之中,渴望着圣洁与飞升。

在县城,需要努力体会,才能感受到香格里拉的气质和魂魄。除了建塘古镇的藏族风习和独特魅力，县城新区已很现代和开放。只有一些被命名为岗坚尼玛、格桑拉和天界神川、康巴的酒店，还有一些被命名为雪域、藏地和牛棚、乌鸦的咖啡吧，才表明你来到的不是另外一个香巴拉王国，也不是另外一个香格里拉。然而，城中的香格里拉，终归不是"心中的日月"，你想靠近的地方，更远，更高，更超越。

这个更远，更高，更超越的地方，便是普达措。藏语中，普达措意为普度众生到达彼岸之舟湖。山幽情悠物华灵空，湖净心静佛意天成。普达措国家公园的幽山、净湖、古木、芳草，就是普度众生到达彼岸之舟。或许，你避开人群、远离都市，就是为了这一片净幽、这一种心情，但普达措已是炙手可热的目的地，徜徉在美得异常的属都湖和碧塔海，你看到的风景，最多的还是人。但你不必无奈地叹息，也实在没有愠怒的资格，就像所有的秘境都不应专属一样，普达措存在的动机，原本就是为了普度众生。

你来了，你看了。你触摸了心中的日月，你在梦中的香格里拉。

梦醒的时候，才在公园的门外重逢扎西。这位言语偏少、静候多时的藏族导游，是你第一次遭遇的香格里拉。如果你用心交流，他会告诉你，家里的卓玛很漂亮，三岁的小扎西很可爱。送别你的那一刻，扎西还是唱了一首歌。或许，他是想告诉你，永留心中的香格里拉，是一段循环往复的旋律，会在你融入人群和都市后，常常不经意地响起。

2008 年 7 月 25 日，云南—北京

西北望

有一种让你期待与哀怨的情绪在你的梦里。常常站在暮霭中，你对着迷蒙的天际永久地遥望。这时，有一只鸟孤独地飞向黄昏，远方的山峦一动不动。

你曾经把几百首诗写给了清凉的小溪和遍山的野菊花。那时你的梦其实比夏日的早晨还要单纯。夏日的早晨有几缕乳白的阳光温柔地流进窗台，爱抚着栀子花的浓香和写诗的你。你很惆怅因为你的诗中没有忧愤与深沉。你们一群群五颜六色地把双手插在裤子口袋里把蛋糕斜放在左肩上，用鞋跟很响地敲过微雨后的人行道，或者沉默或者疯疯癫癫地大喊一无所有。

这便是一种很值得思恋的意境。如果绿绿的五月风总想把你唤醒，粉红的夹竹桃笼着烟湖给你诗意，而山坡上那朵无名花独自开得热烈给你激动的哲理。

然而呼唤也是热烈的。即使在平原你也不要停下你的脚步。你应该相信你选择的路不是这一条,你看到的风景也是加了色彩的。

于是,你沉浸在一种恍恍惚惚的氛围。你以为还有绚烂的河道召唤你,你不以为这么容易就会在人海中走失,你以为每对着蓝天中轻飘飘的白云看一眼,就有美丽的传说在远方等着你。你不以为涓涓的流水是没有感情的。

你将忧虑的目光转向夜空。夜空很诱人。星星们推开窗户细心地挂一盏灯在你的瞳孔里。你很失望,因为它们总是走不到一块儿,有一种力量有推开它们的欲望。

你知道眼前的一切都很生动很形象很深刻但离你十分遥远。你默默地走到原野,看见炊烟袅袅地亲近无云的天。芦苇荡勃发几千年的野情,古老的河道依然像伤口穿透这块黑土地。一棵树光秃秃地支起枯臂指向西北方,江涛呜咽着诉说过去现在和将来。呆呆的你什么也不想,只想一只狗突然冲出来对你伸着獠牙汪汪地诅咒。你便弯下腰去拾起土坷垃,将它吓得哼哼地向后退。

然而一切都很平静。你的到来只在证明一个亘古的命题。你孤独地站在沙滩上,你的身影只是一个很小的逗号。你试着哼了一下那首有趣的歌子,可它很快地跑了调。你只能怔怔地看着河流,幻想着有朝一日能架起一只扁舟,寻找你的归宿。

1989 年 1 月 13 日,湖北石首

生日，或写给自己

这是一个你不愿正视的日子。

此时此刻，你独自一人坐在研究生楼的4338宿舍。天还未黑，你旋亮台灯，不让收音机里传出任何一种声音。坐在秋日的傍晚，你想起这一天。你不知道世界上还有多少人为这一天去买蛋糕，去买粉红的小蜡烛，欢笑或者落泪。

这是在西北大学，在西安，中国最负盛名的古都之一。你不知道秋天的西安到底应该是什么样子，为什么下一场小雨就会这么冷，天晴了却热得似夏日的南方。譬如今天，知了蹲在窗外绿色的树丛里，一阵一阵地歌唱晕眩。你觉得这是一种延续，一种顽强的生命力的延续。但你不喜欢知了。

你是研究生，目前已经读到二年级，你研究中国当代文学。各种各样的理论和作品你看了很多，看着看着你便惶惑而且自卑，有时也会十分超脱。前人以一种和颜悦色的姿态与你对话,你对答如流。每当这种时候,你都要提起笔,在笔记本里写下你的成绩。熬过一个艰苦的不眠之夜,你再痛快而不无疲倦地睡它一个美丽的白天。你悄悄地干着一件事情,你认为它就是你的事业,你没有让任何人知道,你希望自己干得不坏。

今天是你的生日,你认真地保守着这个秘密没有让任何人知道。一个月前,你在台历上的这一天仔细地标了记号,实际上你不可能忘记这一天;今天你没有把台历从昨天的日子上翻过来,但你确实意识到,你的这一天已经永远过去了。

你在秋日之风中跋涉了24个年头,这24次寒暑对你来说是一种赐予。你懂得了爱与恨,懂得了生存和死亡。从乡村到城市,从平原到山地,每时每刻你都怀着一种深深的虔诚和祝福,对别人,对自己。

从你知事起,你就再也没有见过你的父亲。那是二十年前的一个闰七月,天空没有云彩,充满着令人头晕目眩的明亮质感,蔚蓝得似乎一敲即破。那年,你的父亲万分不情愿地走向了生命的终结,以一种忘我的姿态魂归土地。二十年后的另一个闰六月,你怀着些许落寞的心境故地重游。那块被人遗忘的角落已是荒草萋萋,你的父亲长眠不醒。你再也忍不住,滚烫的泪水挂满双颊。你以赤子之心爱着每一位别人的父亲,你发誓将会是他们勤奋扎实、才华出众的儿子。

你面临着一些失败。你身体瘦弱,小学二年级的时候被一个女同学打了一顿,你哭得死去活来,发誓不再娶她,甚至连理也不理她。后来,女同学辍了学,在家看牛。十年后,女同学喝了农药,死了。你准备去看她，但心中的另外一头怪兽战胜了你。你当时并不知道，她时常念叨着你，也怨恨着你，总因你的出息而骄傲。小学毕业你考不上重点初中，初中毕业你考不上重点高中，但高中毕业你考上了大学。

你考上的是师范学院，感受着田埂外面精彩而又无奈的世界，目睹着食堂里的豆芽菜，从一毛钱涨到两毛钱然后涨到六毛钱，你知道许多未曾预料的事情正在发生。你跟同学们一起浪漫，弹西班牙吉他，写忧伤的诗。

毕业的时候你很苦闷。你没有在四年内成为一个作家，你甚至只在一张小报上发表了只有几行的小诗，你仍然渴望有更多的人读过它。你当了一个中学教师，成为五十四个高一学生的班主任。他们任性而聪明。他们经常拿酸果给你吃，让你哭笑不得。恨你的学生巴不得你在街上被流氓痛打一顿，喜欢你的学生占压倒性优势：他们在你被审查的公开课上，积极踊跃地举起他们从来不举的手，回答你的问题；女孩子遇到伤心的事，连夜去敲你的寝室门，站在你的面前流眼泪，离开的时候你背过头去，也抹了一把伤心泪；五十四位同学凑了七十三元五毛三分钱，买了一把吉他挂在你的肩膀上就去上课了，那是一堂由他们的新班主任上的语文课。

第一次觉得自己是重要的，你再也没有后悔你过去的选择。那一年你 22 岁。

23 岁的时候，你又见校园。校园的一切既熟悉又陌生。你多了一份冷静，少了一份冲动，你知道如今的你在生活着，为自己，也为别人。

但这是一个你不愿正视的日子。

此时此刻,你独自一人坐在研究生楼的4338宿舍。不断有人敲门,你希望他们知道你的心境,并为你的未来许下诺言;但你满面微笑地看着他们,什么也不说。

1990年9月16日,西安西北大学

后　记

这是我的第一本散文随笔集。

书中所录文字,写作的时空跨度比较大,可以说伴随并记录了一部分我最重要的生命体验和心路历程。从 1989 年到 2020 年,超过 30 年时光;而从湖北石首到陕西西安,从江苏无锡到国内各大城市,再从日本东京到意大利罗马,从巴西坎皮纳斯到英国爱丁堡,几乎横贯世界各地。也正因为如此,很多篇幅的灵感和构思,往往产生自高铁或飞机这样的交通工具;特别是当我独自从学术研究的空隙中抽身出来,从一个目的地赶往另一个目的地。

之所以名为《燕园散纪》,是因为只有在北大或者回到燕园,才会让我找到真正的自己。

本集总共 78 篇,大约分成 3 个部分。题材和体裁的选择相当自由,大凡游记、悼文、演讲、序言、影评、散论等无所不包。唯一的共同点是:有感而发、率性而为。

2015年11月22日清晨,周末北京,大雪纷飞。我从武汉乘夕发朝至的动车回到北京西站,在西站坐上特19路公交车直抵北大东门,赶着为艺术学院广电方向的专业硕士生授课。快到教室的时候,我的激动心情已经难以自持,更被涌出的文字击昏:"又是周末,又是漫天飞舞的雪;又是京城,又是一梦归来的园。"

这样的情形,便是我从学术著论走向散文随笔的每一个瞬间。

2020年3月20日,北京